大人也需要童话

童亮

著

四川文艺出版社

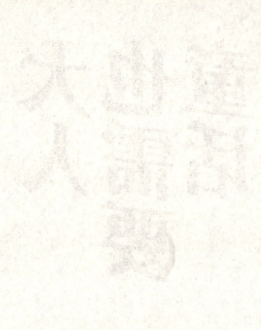

目　录

大人
也需要
童话

牧羊七哥

　　我何尝没有想过放弃？但是每到要放弃的那一刻，又不甘心，怕荒废了一生辜负了自己。

1

有一个牧羊人名叫七哥，他喜欢一边牧羊一边唱歌。歌声欢快又好听。

许多姑娘慕名而来，跟随着他的羊群，只为听到他的歌声。

七哥的母亲希望他选择其中一个姑娘，可是他不愿意。

七哥的母亲问他为什么。

七哥说："我在等一个人出现。"

以前，他在河边让羊饮水的时候，曾遇到一位老人。

那位老人说他能预测未来。

七哥很好奇。

那位老人说："知道自己的未来未必是好事。"

七哥不信，他请求老人预测他的未来。

那位老人说：在这个世界上有一个头上戴着紫色发夹的姑娘，她的名字叫伞喜。这个姑娘是最适合他的伴侣，他也是这个姑娘最适合的情郎。他们两个人若是走到了一起，会有一个无比幸福的未来。

老人说完，天上出现了一道彩虹。

老人在他眼前变成了一只白鹤。

他看见那只白鹤穿过彩虹飞走了。

他愣愣地站在河边，一阵风吹来，河面波光粼粼。

2

从那之后，他偷偷观察跟随着羊群的姑娘，可是没有看到头上戴着紫色发夹的姑娘。

他有心听过姑娘们的名字，可是没有听到伞喜这个名字。

这一等，便等了几十年。

七哥在等待中渐渐老去。

他的歌声还是非常好听，可是前来听他唱歌的姑娘越来越少。

他的歌声渐渐变得惆怅。

七哥的母亲劝他说："那个人恐怕不会来了，趁还有姑娘来听歌，选择其中一个吧。"

七哥说："她不会不来。我能感觉到，她也在茫茫人海等待我寻找我，就像我在茫茫人海等待她寻找她一样。只是我们还没有遇到。"

日起日落，羊清晨出去，晚上回栏。七哥渐渐变成了一位老人。

曾经跟着羊群听歌的姑娘也渐渐离开老去。

每当他唱歌的时候，只有鸟雀来听。

有时候，他感觉到那位姑娘已经走到了山的那边，他急忙爬到山头上去眺望，可是从来没有看到过戴着紫色发夹的姑娘。

　　有时候，他感觉到那位姑娘已经走到了路的前方，他急忙加快脚步奔跑一程，可是从来没有碰到过名叫伞喜的姑娘。

　　他忧愁无比，忍不住唱出了心中所想。

　　他唱道：

怎么办？

知道你的名字叫伞喜，不知道你在什么地方。

怎么办？

知道你的发夹是紫色，不知道你长什么模样。

　　唱出心里的话后，他舒畅了许多。

　　第二天清晨，他来到羊圈旁边，将羊群放了出来。

　　一个姑娘悄悄地跟在了羊群后面。

　　他看到姑娘的头上戴着紫色的发夹。

　　七哥心里发慌。

　　他问姑娘："请问你叫什么名字？"

　　姑娘说："伞喜。"

　　他问姑娘："你怎么才来？"

　　姑娘说："昨天我听到了你唱的歌才来。"

　　七哥欣喜不已，带着这个姑娘去牧羊，唱歌给她听。

　　太阳下了山，七哥将羊群赶进羊圈里。

　　姑娘突然忧愁地对七哥说："对不起，其实我的名字不叫伞喜，发夹也是借来的。我是听到了你唱的歌，才戴上紫色发夹，自称伞喜。"

七哥的快乐忽然消失了。

姑娘说："看到你越快乐，我就越内疚。我以为你受够了等待，等来的到底是不是伞喜已经不重要。"

七哥说："我何尝没有想过放弃？但是每到要放弃的那一刻，又不甘心，怕荒废了一生辜负了自己。"

3

七哥照常去牧羊，照常唱歌。

他的歌声不再好听，鸟雀都不来了。

有一次，七哥又赶着羊群来到河边。

他想起了那位老人，恰好此时天边出现了彩虹。

苍老的七哥对着彩虹大喊："伞喜到底在哪里？"

彩虹没有回答他。

他悲伤不已，正要离开河边，一阵风吹来。

一张泛黄的纸随着风飘了过来，落在了七哥脚下。

那是一张经历了四季和风霜雨露的纸，脆得像一片枯萎的落叶。

纸上有娟秀的字。

七哥小心翼翼地捡起来，稍稍用力，纸就会破碎。

纸上写的是：

怎么办?

知道你在牧羊,不知道你在哪座山上。

怎么办?

知道你在世上,不知道你在哪条路上。

纸的最下面留有一个名字。

那名字是:

伞喜。

情
蛊
药

你想过的生活，是别人想让你过的生活。你容易被人蛊惑，是因为你没有主见，从来不知道自己想要什么。

1

徽州城外有很大一片竹林，竹林里有个很大的伐竹场，伐竹场有个名叫嬷娘的姑娘。

嬷娘有一副好看的皮囊，做事也很勤快。但是当地人大多不认识她。

嬷娘天天砍细毛竹，将细毛竹卖给篾匠做笋筐簸箕，以此为生。

伐竹场有很多砍毛细竹的人，有男有女，有老有少，嬷娘是里面起得最早砍得最快的那一个。

伐竹场旁边有个寨子。寨子里的人好像都很富裕，篾匠做的笋筐簸箕大多被寨子里的人买去了。

每当夜幕降临，寨子里就有个男子来到伐竹场，从窗外爬进嬷娘的屋子里。

嬷娘一看到他，就忘记了白天砍毛细竹时被竹片划出许多细长伤口的疼。

男子温柔地握着她伤痕累累的手，跟她说："等你砍倒九万棵细毛竹攒下来的钱足够做嫁妆，我就可以娶你了。你长得太好看，我家里人总觉得你不会跟我过安生的日子。你又无父无母，倘若跑了，我家里人都没有地方去找，所以要求你带着嫁妆嫁到寨子里来。这样他们才觉得你是真心实意过安生日子的人。"

嬿娘觉得这个要求非常合理。她害怕无依无靠的孤独，心想嫁到寨子里就好了。

每当鸡打鸣的时候，男子就趁天没亮回到寨子里，嬿娘就起来砍细毛竹。

嬿娘虽然每天砍细毛竹特别累，双手都是伤，但对那男子心存感激。

她每天都特别卖力地砍细毛竹，并记下砍倒的细毛竹数量。她觉得这是她喜欢且有希望的生活。

嬿娘有个朋友叫景杏，她们两人常常在一起砍细毛竹。

景杏卖了细毛竹就去徽州城里把钱花掉，买喜欢的东西，穿好看的衣服。她见嬿娘从不花钱，问嬿娘："你的钱都留着干什么呢？"

她告诉景杏，她要砍九万棵细毛竹，然后嫁到旁边的寨子里去。

景杏羡慕不已，但依然有钱就花掉。

2

一年春分时节，一个外地人从伐竹场经过，看到了嬿娘。

那个外地人惊讶地喊："哎！嬿娘！嬿娘！你怎么在这里？"

嬿娘更惊讶，她根本不认识这个外地人。

外地人说："你不记得我啦？我们以前经常一起喝酒，喝完酒就去看花，你忘记啦？"

嬢娘滴酒不沾。她也没有去看过什么花。

外地人见她一脸茫然，偷偷拉她到偏僻的地方。

外地人悄悄问她："你是不是吃了这里人给的情蛊药？"

嬢娘不知道什么是情蛊药。

外地人痛心疾首地说："你都忘啦？"

嬢娘问："我忘了什么？"

外地人于是说她以前住在什么地方，父亲叫什么名字，母亲叫什么名字，本来家里托人说好了媒，两方都很满意。她中意的男子住在一个叫青山的山脚下，相貌堂堂，卖花为生。可是嬢娘突然消失了。家里人找了好几年，一直没有她的消息。她的父母因此悲痛非常，不久相继离开人间。

听外地人这么一说，嬢娘忽然如梦中惊醒。她想起来，自己是有父母的，一个叫青山的地方有位开花店的男子等着她。

她顺而想起来，以前自己的性情也不是现在这样。她的性情跟朋友景杏差不多，她常常和三两个好友一起喝酒，喝到微醺，在黄昏的时候走过一座河上的石桥回家。河的两边是金黄色的稻子，风一吹便如浪一般起伏。路两边的草丛里躲着许多小青蛙，在人经过的时候吓得纷纷跳进稻田里。

外地人说："你不知道吧，旁边寨子里的人会做一种叫作情蛊药的东西。他们如果看上了谁，就想方设法取得那个人的唾沫，然后混入自己的唾沫，喂给小竹片上的虫吃，几日之后，将那虫碾磨成粉，放到看上的人的食物里。被看上的人吃了之后便会忘记以前的生活，心甘情愿地跟着下药的人，以为自己喜欢那个人，离不开那个人，无论那个人长得好看还是不好看，无论那个人待她好还是不好。而下药的人会告诉被看上的人，你以前就在这里生活。被看上的人很容易信以为真，并且喜欢上这种生活。这个伐竹场里的许多男的女的，大多不是这里的人，是被人下了药才留在这里。"

嫿娘如梦初醒，惊恐万分。

她跟着外地人偷偷离开了伐竹场，回到了她记起来的地方。

果然如那人所说，她的父母已故，曾经居住过的老屋年久失修，成了断壁残垣，现在已经住不下人了。

嫿娘在青山脚下找到了记忆中的花店，找到了那个卖花的人。

卖花的人惊喜不已，与她相拥而泣。

从此以后，嫿娘与卖花的人住在青山脚下，种花卖花。

虽然买花的人不多，日子过得清苦，但她颇为心安，常常黄昏时喝点小酒，微醺而眠。她觉得这才是她想要的生活。

卖花人长得很丑，偶尔有人偷偷跟她说，这花店老板配不上她。

她不以为意，自己常常偷看卖花的人，越看越顺眼；拿起花来闻，越闻越醉人。

3

又是一年春分时节，一个陌生人来到青山下买花。陌生人见到嫿娘，大惊失色。

陌生人问："哎！嬷娘！嬷娘！你怎么在这里？"

嬷娘觉得莫名其妙。

陌生人问："你不记得我了？"

嬷娘摇头。

陌生人说："我叫景杏，以前跟你在伐竹场砍细毛竹啊。"

嬷娘浑身一凉，赶紧说："我一直在这里生活，从未去过什么伐竹场，也没砍过细毛竹。"

景杏说："你看你手上的伤痕还没有消失呢。"

嬷娘慌忙将双手藏到身后。

景杏说："那时候你每天都跟我说你已经砍了多少棵细毛竹，等砍到九万棵的时候就可以嫁到旁边的寨子里，过上安生的日子。可是不到九万棵，你就突然消失了。我们到处找你，可是你消失得无影无踪。你怎么跑到这里来了？"

嬷娘这才想起阳光透过茂密的竹叶落在地上和身上的斑驳光影，想起手指被竹片划伤的疼痛，想起从窗外爬进来的要她砍九万棵细毛竹的男人。

景杏悄悄地说："我以前听人说过，卖花的人会一种蛊术，他们用一种特殊的花抹上两个人的唾沫后研磨成花粉，可以做成一种叫情蛊药的东西，趁人不注意让人吃了之后，可以让人忘记自己，并且以丑为美，以臭为香，死心塌地地跟着下药的人。"

嬷娘想了许久许久，想得脑袋都疼了，但是想不起自己到底属于这里还是属于那里。

景杏问她："那你更喜欢现在的生活，还是之前的生活？"

嬷娘想了许久，回答道："我也不知道。我在那里的时候，喜欢那里的生活，在这里的时候，喜欢这里的生活。"

嬷娘又问："为什么有人给我下情蛊药，你却没有呢？"

景杏说："因为我很清楚我自己想要什么样的生活。"

嬷娘不解地问："有什么区别吗？"

景杏说："你想过上的生活，是别人认为很好的生活，不是自己真正想要的生活。这种情蛊药只对你这样的人有效。因为你没有主见，总是被别的人影响。"

4

第二天，嬷娘不见了。

花店老板找遍了青山，没有找到她。

寨子里的人找遍了伐竹场，也没有找到她。

谁也不知道嬷娘去了哪里。

又过了好几年，徽州市面上出现了一种茶，这个茶柄长如剑，叶绿如潭，一杯水沏下去，瞬间如棵棵碧树，蔚蔚成林。茶香清透宜人，回味甘香，且此茶能助饮者清浊去秽，健美身心。

徽州城里拥趸者盛。

有个茶商好奇这茶的来源，去山里寻访。他第一次喝这茶的时候，热泪盈眶，说茶中有天地之气，做茶之人敬茶、畏茶，这人也有谪仙气。

茶商到了山里，只见一个女子站在一段白墙边，面前是一个焙笼，笼下有一盆炭火，炭火稀薄，如闪闪烁烁的星。

女子将硕大的茶叶一枚一枚摆上焙笼，摆好后就手托香腮望着星空，哼起了山歌：

"月儿明，风儿轻……"

茶商认出了这个女子，她是寨子里砍细毛竹的嬢娘。也是青山脚下种花的嬢娘。

茶商走上前问嬢娘："你怎么在这里做茶？"

嬢娘答："我爱做茶。"

茶商问："现在你和哪个男人在一起？"

嬢娘答："我没有和任何一个男人在一起，我只和我自己在一起。我再也不信他们的话了。他们都只想让我为他们所用。现在我做茶，只是因为我自己喜欢茶。"

茶商大喜过望，他决定追求嬢娘。

这个茶商还没有娶亲呢。

花瓶女

最贵的不是马蹄金，而是时间。

1

店铺开在西城的花店老板有点儿担心。

最近有个干干瘦瘦面色蜡黄的人，常常在太阳最烈的中午来到花店门口，踮起脚伸着脖子朝里面望。一看到花店老板拿着浇花的水壶出来，那人就赶紧离开。鬼鬼祟祟的。

前不久花店就丢了两个装在花瓶里面的女人。

对花店老板来说，这样的损失不算大。但是俗话说，不怕贼偷，就怕贼惦记。长期这样下去，恐怕越来越多的人会来偷花瓶里的女人。

最让花店老板放心不下的，还是那个刚来不到一个月的新花瓶女。那个花瓶女已经被顾客定下，交了丰厚的定金。那个花瓶女要是被偷走了，花店老板无法跟顾客交代。

2

不知道是什么时候，这城里出现了第一个装在花瓶里的女人。

城里的人第一次看到一个半人高的花瓶里露着一个漂亮女人

头的时候，还以为这是从异国他乡跑来表演戏法的魔法师。

结果花瓶里露着头的女人向少见多怪的人们说，她不是魔法师，她是花瓶女，虽然是人，却要像养花那样养她。她不食烟火，只喝清晨从花草上采集的露水。每天搬到阳光底下晒一晒，然后洒洒水，她就能活下来。

人们啧啧称奇。

花瓶女故意停顿了一会儿，等人们消化她说的话。

有个好奇的人敲了敲花瓶。

花瓶女急忙制止道："小心点儿！在花瓶里待久了，手脚包括身体会退化。要是花瓶敲破了，我的内脏就会漏出来。那样就不好看了。"

那人吓得赶紧缩回了手。

花瓶女的目光在人群里寻找，然后落在了一个衣着华贵的人身上。

花瓶女说道："在我的故乡，只有特别富有显贵的人家才能拥有花瓶女。越富有显贵的人家，拥有的花瓶女越多。在重要或者不重要的宴会上，他们会将花瓶女搬出来，一是装饰，二是彰显实力。一般人家可以买得起一个花瓶或者养得起一朵花，但是绝对养不起一个花瓶女。家里有个花瓶女，既彰显身份，又赏心悦目。"

她这么一说，那个衣着华贵的人果然动心了。

那人问花瓶女的价格，价格自然高得离谱。那人毫不犹豫，将花瓶女抱走了。

3

从那之后，城里的花瓶女越来越多。

很多人为了虚荣而购买花瓶女。很多人为了虚荣而成了花瓶女。

也有一些人开起了专门做花瓶女生意的花店。

生意做得最好的，要属西城的这个花店老板。

别的老板不过是做了个买进卖出赚差价的生意。这个西城的花店老板，却能将不那么好看的花瓶女养得越来越好看。寻常的姑娘经过他一番修剪调整，会变得貌美如花。只有貌美如花的姑娘装进花瓶里，才称得上是真正的花瓶女。

因此，很多女人心甘情愿被他装进花瓶里，待价而沽。

花店老板则天天要采集露水，喂养之后将店里的花瓶女一个一个搬到阳光底下晒一晒。

花店老板原来其实是卖花瓶的，并不卖花，也不养花。

城里出现第一个花瓶女之后，就有女人走进他的店里后直接钻进花瓶里，或者挤进花瓶里。

有些花瓶太大，即使钻进去也成不了花瓶女。有些花瓶太小，挤进去的时候破了。

这样下去，花瓶的生意是没办法做了。

他便转行做起了花瓶女的生意。

可是店里来的不全是有钱的顾客，有时候小偷也会混进来。小偷是来踩点的，选一个满意的目标，晚上再来将白天看好的花瓶女偷走。

花店老板心里明白的，这些花瓶女跟花瓶和花还是有很大的区别。对于花瓶女来说,花店不过是一个进入富有显贵人家的跳板。

小偷偷走的不仅仅是花瓶女,还有花瓶女蜷缩自己之后祈求获得不一样的生活的愿望。

花店老板心疼的不只是损失,更心疼的是那些愿望落了空。花瓶里的女人为了获得看起来美好的生活,放弃了四肢和身体,到头来却被小偷截胡,竹篮打水一场空!

因此,当干干瘦瘦面色蜡黄的人屡次出现在店门口而不进来之后,花店老板开始担心起来。

很快花店老板发现那个人不像是小偷。

4

在一个烈阳如火的中午,那个人又来到了店门口。这一次他看到花店老板的时候没有躲避。他战战兢兢地跨进摆满了花瓶女的花店。他的衣服上有许多洞,不是磨破的洞,是被什么东西烧破的洞。年纪大约二十出头,要是气色好一点,看起来应该更年轻。

花店老板见他进来,一时之间愣住了。

以往进店的人从来没有穿得像他这么寒酸的。

花瓶女们纷纷侧目,低语交谈,猜测这个人的目的。

“他肯定不是顾客。瞧那寒酸样儿!怎么可能买得起!”一个花瓶女鄙夷地说道。

“怕是进来要饭的吧?”另一个花瓶女嬉笑道。

“也可能是进来看看吧?买不起但是想拥有的人也多着呢!”

"看也不行！不是什么人都有资格看到我们！"

花瓶女们你一嘴我一嘴地说起来。

花店老板回过神来，"啧"了一声，挨个给花瓶女们浇水，边浇水边说道："你们能不能安静一点儿？你们是花！哪有叽叽喳喳说话的花？就是有顾客要买，见你们叽叽喳喳的，说不定就不买了！就算卖，也卖不了一个好价钱！你们看看美景，她就一言不发，端庄得很！顾客都喜欢这样的花瓶女！"

花瓶女们收住了嘴，纷纷往那个名叫"美景"的花瓶女看去。

那是来花店还不到一个月的新花瓶女。她的花瓶上是一幅良辰美景图，做工精致。她的脸也有一种精雕细琢的精致。

那个人窃窃地瞥了一眼美景，腼腆地问花店老板道："老板，花瓶女多少钱？"

花店老板以为那个人图个眼馋，进来看看就会走，没想到那个人居然敢询问价钱！

有几个花瓶女听到那个人这么问，憋不住"噗嗤"笑出声来。

花店老板瞪了瞪笑出声的几个花瓶女。

"来者皆是客。"花店老板说道。

花瓶女们赶紧忍住不笑。

花店老板放下水壶，拍了拍手，漫不经心地问道："你有多少钱？"

那个人将手伸进衣兜里，小心翼翼地摸出一个不起眼的小布包。

有个花瓶女忍不住说道："这能有多少钱？还敢询价！癞蛤蟆想吃天鹅肉！"

花店老板又朝那个说话的花瓶女"啧"了一声。

花店老板心想，管他买不买得起，不是小偷就好。

等那个人将小布包像剥蒜一样一层一层打开之后，花店老板惊呆了！

布包中间居然是半颗绿豆大小的黄灿灿的金子！

"你这是哪里来的？"花店老板狐疑地问道。

那个人微微一笑，笑容如同小布包上的皱褶。

那个人说道："用金粉熔起来的。"

花店老板顿时明白了。那个人是隔壁街道上金铺里金匠的徒儿。金匠抠得很，跟着他做学徒是没有薪水的，但是可以将散落的金粉收集起来归为己有。可是金粉熔成金子，如同聚水成海，聚沙成塔，谈何容易！因此，金匠的徒弟换得频繁。

"这要多少金粉？"花店老板捻起小金豆，问道。

那个人想了想，说道："两三年吧。"

"你师父可真抠！两三年才给你这么点儿！"花店老板放下小金豆，撇嘴道。

"不抠不抠。每次熔完金粉，师父只拿走一半。"那个人笑道。

"就这么点儿！你师父还要克扣一半？"花店老板嚷嚷道。

那个人只是笑。

"这是你所有的钱？"花店老板问道。

那个人点头。

"那还差得远。照你两三年熔这么点儿来看，要收集一辈子的金粉才能买走我这里的花瓶女。"花店老板说道。

那个人叹了口气，低下头，重新将那小金豆包起来，放回衣兜里。

花店老板指了指最远的一个角落，说道："你拿两颗绿豆大的金豆子，勉强能买那个角落里的花瓶女。"

那个人朝着花店老板指的地方看去，那个角落里有个红颜不再灰头土脸的花瓶女。装着她的花瓶也懒于打扫，满是灰尘不说，瓶身甚至出现了裂纹。

"那是我在城北的齐财主那里收过来的，只要了一个花瓶的钱。说实话，我本来不想收的。这个花瓶女对齐财主来说已是明日黄花，齐财主不再细心照料她。我见她可怜，且那花瓶原来就是我店里的花瓶，于是将她收了过来。反正我这里有这么多花瓶女，一并照料着也方便。"

那个人一惊，问道："据我所知，你这个花店以前是个花瓶店，不过花瓶店也是四五年前开始开张的。她刚成为花瓶女时，应该正是貌美如花的年纪，怎么会在短短四五年的时间里老去？"

花店老板看了一圈店里的花瓶女们，摇摇头，说道："人有人寿，花有花期。她们一旦成了花瓶女，是人也是花，是花也是人，青春比人短，比花长。因此花瓶女的美貌，长的能保持十年，短的两三年就凋零了。富有显贵人家每隔四五年会换花瓶女。"

那个人奔至美景旁边，跪地抱着美景的花瓶大哭。

美景含泪道："你哭什么？我早就知道，一旦成为花瓶女，青春会变得短暂。"

那个人哭道："我原以为我的金豆可以将你买回来。没想到要收集一辈子的金粉才能买到你！我想一辈子也行，大不了等你老了再买。可是现在我才知道，你长则十年，短则两三年，等我攒下足够的金粉，你却可能已不在了！"

美景流泪道："我不是嫌你穷。要不是父亲重病，急需用钱，我断然是不会做花瓶女的。你回去吧，别再给金匠做徒弟了，他让你昼夜不息，把你磨得只剩一把骨头了！此生无缘，等来生，我做你房间里的一朵花，也就心满意足了。"

花店老板拿来水壶，急忙往美景头上浇水。

花店老板说道："别哭别哭！千万别哭！我早上给你喂的露水不是很多，你要是把眼泪流干了，不到两个时辰就会枯萎。你是有顾客交过定金的，等几天后顾客来付完剩下的，你就有足够的钱给父亲治病。为了你自己，也为了你父亲，你不能哭。"

美景立即止住了哭。

那个人也止住了哭，站了起来，缓缓走出花店。

5

几天后，一个衣服上有许多破洞的老人慢慢吞吞地走进了花店。

花店老板看了看那个人，鸡皮鹤发，步履蹒跚，觉得有几分面熟，却不知道那个人是谁。

老人从衣兜里掏出一个布包，一层一层翻开来，露出一个拳头大小的马蹄金。

这个情景着实让花店里所有花瓶女瞠目结舌。

"这些钱，可以买走美景吗？"老人颤颤巍巍地问道。

美景惊讶道："你怎么老了？"

　　花店老板这才认出，这位老人是几天前带着金豆子来的那个人。

　　老人费力地朝美景看了一眼，笑容在脸上的皱纹里融化开来。

　　"不是说，我要收集一辈子的金粉才买得起你吗？我怕错过你，回去之后，便跟师父说，我如何才能在几天内赚到一辈子的金粉？我以为师父会骂我贪心，没想到师父说，这还不简单吗？几天里把一辈子要做的金器活儿做完不就行了？我以为师父说笑。师父将我带到一个以前从未带我去的装满了金器的房间。师父说道，你以为金粉换取的是你的辛勤吗？它换取的其实是你的时间。在你之前，有几个徒弟来这里收集金粉，获得足够的钱财之后离开了。我心想，难怪城里人都说师父换徒弟频繁！我信了师父的话，在那个满是金器的房间加班加点，夜以继日地加工金器。我沉浸其中，忘记了时间。要不是师父几天后闯入提醒我，我都不知道落在脚下的金粉足够熔一个马蹄金了。我欣喜不已，我竟然真的几天时间内完成了一辈子才能做完的金器活儿！我熔好马蹄金，从那房间出来，走到镜子前，才发现我已经变成了一副老人模样！镜子里，师父在我身后说，一寸光阴一寸金，看来又要换个徒弟了。"老人说道。

　　一滴泪水从美景的眼角爬了出来。

　　"我不能哭。"美景咬着嘴唇说道。

　　老人将马蹄金放到花店老板手里，问道："这价钱够不够？"

　　花店老板深吸了一口气，缓缓吐出，然后说道："够了！够了！"

　　花店老板后来说，那是这座城里第一次有穷人买走了价格最贵的花瓶女。

　　最贵的不是马蹄金，而是时间。

鱼的生日

人间其实也是一个池塘，一条河流，一片大海。
人的身体里就住着一条鱼。

1

每个人的身体里都住着一条鱼。

一千零三十六年来，多鱼一直是这么认为的。

在第一千零三十六个生日那天，她决定离开岳麓山。

她的坐骑白鹤已经在湘江边等了半个多月，冻得哆哆嗦嗦，只等她的决定，然后展翅背着她飞往这个世界上最繁华的都市——京城。

白鹤是师父送她的。

师父将白鹤送给多鱼的时候，多鱼不敢要。

多鱼说："我是鱼修炼成人的。白鹤是吃鱼的。我怎么敢坐？"

师父说："人还吃鱼吃肉呢。你怎么敢变成人的？"

多鱼说："还不是你要我变成人的？"

当初多鱼并不是自愿上岸变成人的。

2

回想上岸的那一天接近中午的时候，她正在长河里追逐一条小鱼，而那条小鱼刚吃下一个鱼饵。

长河的水面上，鱼标已经横躺在一片水草之中了。

长河的岸边上，钓鱼的少年正在打盹。

少年钓了一上午的鱼，没有一条鱼咬钩。

少年的母亲重病在床，等着他钓一条鱼回去做鱼汤。他没有钱买肉，只能做鱼汤给母亲补补身子。

那时候她已经有了五百年的修为，可以化身为人了。但是她一直没有上岸。

她早就看透了人类钓鱼的把戏，从来不去吃不明不白的，尤其是弯成弧状的东西。

那种叫作鱼饵的东西上面往往有一根在水里看不见的丝线，丝线上面是一根钓竿，钓竿后面是个饥肠辘辘的人。

她在上了岸以后才发现，人间其实也是一个池塘，一条河流，一片大海。

人的身体里就住着一条鱼。

在人生活的世界里，也有各种各样的鱼饵。鱼饵上面往往有一根看不见的线，线上面有一根类似钓竿的东西，那东西后面是个不怀好意的人。

师父曾经笑话她身为鱼精，却不怜惜鱼类。

因为多鱼最喜欢吃的东西就是鱼。鱼肉，鱼汤，鱼丸，鱼火锅。清蒸，油炸，红烧，水煮。来者不拒。

多鱼忍不住辩驳，在鱼的世界里，向来都是大鱼吃小鱼，小鱼吃虾米。她吃点儿鱼怎么了？

后来多鱼心想，人间不是一样吗？强的人吃弱的人，弱的人吃更弱的人。跟鱼有什么区别？有的人自称有骨气，那也是鱼骨气！

等多鱼发现人间没有那么有趣的时候，她已经有了人的五官，人的四肢，也有了人的欲望。

再回长河里去，也不过是从一个鱼的世界回到另一个鱼的世界里。这跟当年从长河上岸又有什么区别？

但是回想上岸的那天，她还是气不打一处来。

当初要不是那条小鱼吃下了鱼饵，帮鱼饵做了掩护，她也不至于马失前蹄。

她一口吞下那只小鱼，同时吃下了小鱼吃下的鱼饵。

藏在鱼饵里的鱼钩挂伤了她的嘴。她疼得猛甩尾巴，搅得水哗哗响。哗哗的水声惊醒了岸边的少年。

少年大喜，握住钓竿，用力一甩。

她被丝线扯出了水面，在空中画出一道弧线，带起一阵小雨般的水珠，落在了岸上。

这便是她第一次上岸的全过程。

幸好她的师父此时路过，看到了她。

3

她的师父开出了离谱的价钱要买下她。少年心动了。有了钱给母亲看病，他便不执着于做一碗萝卜丝炖鱼汤。

少年一走，她的师父就对着嘴巴一张一合的她说道："赶紧变成人吧，不然你会渴死的。"

多鱼说道："我确实早就可以变成人了。每次有人从江边走过的时候，我就想过要变成那个人的模样，可是到现在我还不知道按照哪个人的模样变成人才好。"

师父说道："如果不知道，那就先变成我的模样吧。"

多鱼变成了师父的模样，从地上站了起来。

她一直以为要不要变成人身是取决于自己意愿的，没想到第一次变成人的这天来得那么快。

她甚至还没做好心理准备。

光脚踩在泥土上的时候，脚板心仿佛被挠痒痒一样受不了。

鱼鳞只能变成衣服，不能变成鞋子。

多鱼问她的师父："你为什么要救我？"

"我救下九百九十九条生命，便能得道成仙。"她的师父说道。

多鱼问道："那你救了多少条生命了？"

她的师父想了许久，回答道："你是第九百九十九条。"

多鱼上下打量她的师父，说道："可我怎么看你都不像是神仙！"

她的师父笑道："你忘记了，你已经被钓上来过九百九十九次，每回都是我救了你。第九百九十八次后，你学聪明了，开始有了灵智和记忆，才开始修炼。而对我来说，九百九十八次等于只救了一条生命，所以几百年来原地踏步，没有积累。"

多鱼撇嘴道："实在不好意思，连累你了。我该怎么报答你？"

她的师父笑道："如果你想报答我，就上岸做人吧。那样的话，我就可以安心救下一条生命。"

多鱼想了想，说道："行吧。"

师父道："做人的话得有个生日。你记住了，今天是你的生日。"

多鱼问道："生日是什么意思？"

鱼是没有生日的。

师父道："就是到了明年今天，你就一岁了。年年如此，计算岁数。"

多鱼问道："计算岁数做什么？"

师父道："别人问你贵庚多少时，你就回答你的年龄。"

多鱼点点头，接受了这个生日。

师父道："对了，你还得有个名字。"

多鱼问道："名字是什么意思？"

鱼是没有名字的。

师父道："名字里寄托了希望。你有什么希望没有？"

多鱼道："我希望天天能吃到很多的鱼。"

师父道："那你就叫多鱼吧。别人问你姓甚名谁时，你就回答你的名字。"

多鱼的名字便是这时候师父给她取的。

多鱼点点头，接受了这个名字。

师父又道："对了，你还得有个姓。"

多鱼问道："姓是什么意思？"

鱼是没有姓的。

师父道："人都是有姓的。姓代表了家族血缘。"

多鱼后悔了，说道："做人太麻烦了，我还是回水里去做鱼吧。"

师父劝道："上都上来了，你不妨去人世间看一看，等我功德圆满成了仙，你再想回水里，我也不拦着你了。"

多鱼心想，人家救了我这么多回，这个忙都不帮，好像有点儿说不过去。

于是，多鱼答应了。

师父道："如果你在人间露了馅儿，千万不要慌张。你就说你是我的徒弟，学了我的法术。人家必定来找我，我可保你平安。"

多鱼就是这样拜了师父的。

师父说："要体验人间乐趣，最好的去处是人来人往如过江之鲫的地方。"

多鱼笑了，说道："如过江之鲫的话，那还不是跟长河一样？"

话虽如此，师父还是带她去了这个世界最繁华最热闹的地方——京城。

师父没有进入京城。

在城门处，师父说："你进去吧。我还要去救其他的生命。"

师父举手一招，一只白鹤从云间飞了出来，落在多鱼面前。

师父说道："为师没有什么好送你的，就送你一只白鹤吧。你若是想来找我，就骑这只白鹤来找我。"

多鱼说："我是鱼修炼成人的。白鹤是吃鱼的，我怎么敢坐？"

师父说："人还吃鱼吃肉呢。你怎么敢变成人的？"

多鱼说："还不是你要我变成人的？"

师父说："谁不是没有办法了才变成人？"

多鱼问道："你不进城体验人间乐趣吗？"

师父说："对我而言，这个地方是座空城。"

多鱼从城门口往里面看去，看到了房屋顶上琉璃瓦片密如鱼鳞，房屋之间来往的人如过江之鲫。

多鱼往城楼上看，高高的城墙就如河岸，拦住了车水马龙。城门就如涓涓细流，城内就如百川入海。

还没进去，多鱼就心生向往。

看来师父没有骗我，我来对了地方！多鱼恨不能一头扎进胭脂酒气混杂，男男女女游玩的人海里。

"怎么是座空城呢？"多鱼问道。

师父道："我看到的都是鱼，不是人。"

多鱼心头一惊。

师父又道："京城内其他的地方都可以去，唯独有个地方你千万不要去。"

多鱼问道："哪个地方不能去？"

师父说："望江亭。"

多鱼点头。

于是，师父和多鱼在京城门口作别，分道扬镳。

很快，多鱼被京城的繁华和美丽吸引，天天在人头攒动的京城街头流连忘返。这里的一切都那么新奇且有趣。

4

几年下来，多鱼玩遍了京城所有地方，包括烟花巷，但是没有去过望江亭。

这几年里，师父从来没有出现过。

不过她从京城里人人皆知的传说中听到一件奇事，以前有个骑鹤的仙人在京城里住过一段时间，后来骑鹤飞到南方，落在了岳麓山上，过着与世隔绝的修行生活。

多鱼心想，师父怕是回岳麓山去了。师父到了城门口而不进城，肯定不会再到京城来了。既然如此，我就是去了望江亭，师父也不知道。

于是，她偷偷摸摸地去了望江亭。

望江亭其实是个卖菜刀和砧板的大市集。

望江亭的高处都挂着大大小小的菜刀，刀刃寒光闪闪，如同星空璀璨。低处都摆着或圆或方的砧板，木纹圈圈层叠，如同波浪荡漾。

多鱼行走其中，恍惚想起在星空之下的长河游出水面的情形。

一股思乡之情油然而生。

"你想买点儿什么？"一声吆喝打断了多鱼的思绪。

多鱼转头一看，吓了一跳！

一位少年正朝她招手。那少年居然跟长河边将她钓起的少年长得一模一样！

"你你你……"多鱼吓得扭动腰肢，想要游走。

可是她寸步未移。这一瞬间，她忘记了自己是人不是鱼。

这时候周围响起了热烈的掌声。

望江亭的人们立即聚了过来，以为多鱼在跳舞。

"跳得真好看！灵活得像我家乡长河里的鱼一样！"那少年含情脉脉地看着她扭动。

家乡？长河？这少年就是当年在河边钓鱼的少年？她忍不住上下打量。

"你的家乡在长河？"多鱼问道。

少年听出了多鱼的口音，欣喜道："你也是从长河来的？"

多鱼修炼人身的时候，也学了人语。她听到的都是长河边上人说的话，自然说话带着长河边的口音。

多鱼假装惊讶，问道："你是长河边上的？"

少年点头道："对。"

多鱼问道："你为什么到京城来？"

少年道："我一直想来京城，但是那时候我母亲病重，我不能离开。后来有个陌生人花了大价钱买了我钓上来的鱼，我治好了母亲的病，然后来了这里。"

多鱼哆嗦道："原来是这样！"她感觉到嘴里一阵疼痛，当年鱼钩划伤了她的嘴，虽然早已痊愈了，但是见了这少年，那消失已久的疼痛突如其来。

"他乡遇故知，真是值得高兴的事！来来来，我请你喝一碗家乡的甜酒。"少年盛情邀请。

多鱼犹豫不定。

少年道："酒是用长河水酿的。"

多鱼心动了。

酒嘛，京城到处都有。

但是长河里的水她已经很久没有喝过了。

想起长河里的水，她竟然口舌生津。

"那敢情好！"多鱼进了少年的店。

几杯甜酒下肚，她看到少年的眼睛开始迷离，如两汪泉水。

她有种要纵身一跃，跳进那泉水里的欲望。

少年说道："我这里有几条小鱼，我给姑娘做下酒菜吧。"

多鱼高兴道："我最喜欢吃鱼了。"

少年惊讶道："是吗？我也喜欢吃鱼。"

等几条鱼下了肚，几杯酒见了底，多鱼已经走不稳路了，于是在少年的店里住了一晚。

从那之后，多鱼日日来望江亭，与少年饮酒吃鱼。

偶尔醺醉之际，多鱼想起在长河水中的光景，不禁为以前的自己感到可惜。人间这么美好，自己竟然晚了五百年才来！

如此半年后，恰逢多鱼生日。

多鱼喝得酩酊大醉。

朦胧之中，多鱼听到少年兴奋大喊："半年饮酒，醉鱼终成！"

少年将多鱼双脚捆住，倒吊于房梁上。

一盆凉水泼在多鱼脸上。

多鱼终于醒了过来，发现自己衣不蔽体。

"你你你……"多鱼恐惧得说不出话来。

她看到少年身边站着许多手持菜刀和铁钩的人，个个垂涎欲滴。

其中一贼眉鼠眼者抹嘴道："我真钦佩你的耐心，能花半年时间与她饮酒，只待今日做成醉鱼，与我们分而食之！"说完，那人抱起一坛酒，给身边一老者倒了一碗，又给其他人每人倒上一碗。

老者端着酒碗说道："醉鱼之所以是京城第一名菜，时间漫长是难度之一，但醉鱼最难做成之处在于让鱼在愉悦时饮酒。"

少年走至多鱼身前，指着老者说道："这位是望江亭长，最爱吃鱼，尤其爱吃京城第一名菜醉鱼。望江亭长曾许诺，谁能做出他最爱吃的醉鱼，就可以做下一任望江亭长。我来京城多年，困顿多年，亏得姑娘相助，我才有咸鱼翻身之日。"

多鱼这才明白，往日痴心和愉悦竟然是他们的下酒菜！

多鱼问道："你是怎么知道我是鱼的？"

少年道："数年前长河边一别，你忘记了？"

多鱼叹道："原来你早就发现了！那时你要吃我，是因为母亲病重，我不怪你。如今你要吃我，是因为利益熏心，叫我如何原谅？"

少年道："切莫伤心，待会儿影响了入口的味道！"

多鱼伤心欲绝，想起师父送的白鹤，于是举手一招。

白鹤破窗而入，啄断绳子。

多鱼抱住白鹤，骑在白鹤身上，飞入夜空。

众人惊讶，纷纷拜地，以为仙人。

是夜，京城许多人看到一仙人骑着白鹤飞往南方。

几天后南方有传言流入京城，说是骑鹤仙人最后落在了岳麓山上。

5

多鱼到了岳麓山，依然没有找到师父。

岳麓山有个岳麓寺。

多鱼询问寺中人有没有看到她的师父。

寺中一老僧反问道："数年前你骑白鹤离去，在此之前从未听说过你有什么师父，怎么现在问我你的师父在何处？"

多鱼明白过来了，老僧把她当作了她的师父。因为她是按照师父的模样变成人的，如今又骑着师父的白鹤，岂不是跟师父一模一样？

多鱼想着，师父或许是云游去了，不如在这里等师父归来。

等了整整一年，又到了她生日那天，她没等到师父，也没有打听到师父的消息。

她决定了，如果今日还没有师父的消息，就回京城去，找那少年复仇。

离开岳麓山之前，多鱼又去岳麓寺问了一圈。

老僧看到多鱼，又道："上次你离开岳麓山之前跟我说，你已厌倦人间，希望早日飞升成仙，可是必须找一个跟你一模一样的人，代你在红尘行走，你才能超脱此身。如今你找到没有？"

听老僧这么说，多鱼大吃一惊。

老僧掐指算了许久，说道："据我师祖传下来的说法，一千零三十六年前，你就在寻找可以代你在红尘行走的人。而那个人在千里之外的长河边上。如今找了一千零三十六年，你还没有去长河找到那个人吗？"

多鱼送走老僧，急忙招来白鹤，骑鹤飞往长河。

回到长河的多鱼感慨万千，数年过去，长河的山和水依然如故，长河边的房屋和人却不认得了。

多鱼漫步河岸，忽然看到前方有一钓鱼的少年。

那少年许是等得太久了，竟然抱着钓竿打盹。

就在这时，钓竿的鱼标横躺了，接着丝线乱晃。水哗哗地响。有鱼上钩了！

少年惊醒，急忙挥动钓竿。

一条巨大的鱼在空中划出一道弧线，带起一串水珠。

鱼落在了地上。周边地上如下了一阵小雨。

少年扑了过去，喜得大叫。

多鱼看出那条鱼不是普通的鱼，而是一条颇有灵性的鱼。

多鱼急忙上前，许以重金，要买那条鱼。

少年犹豫道："我要这条鱼给重病的母亲做萝卜丝炖鱼汤。"

多鱼道："你有了这么多钱，可以买药给母亲治病，岂不是更好？"

少年醒悟过来，与多鱼成交。

看着少年欣喜离去的背影，多鱼忽然浑身一凉！

这不就是多年前师父救我的情形吗？

眼前的鱼不就是当年的我吗？

现在的我不就是当年的师父吗？

原来当年让我变成人身的师父就是我自己！厌倦了人间的我

到处寻找可以代替我入红尘的人，找来找去，找到的都是自己！没有人能代替我入红尘，让我自己超脱出来，只有我自己可以。

如果我让这条鱼代替我去京城，她依然会遭遇我所遭遇的一切，她依然去岳麓山寻找我。那时候她还不知道，我就是她，是未来的她，她就是我，是最初的我。最后她依然会找到长河边来，再次看到一位钓鱼的少年，和一条上了岸的鱼。如此循环往复！

这一千多年来，我竟然不知不觉陷入了这种一切重来的轮回之中！

那个师父，那个未来的我来到长河边上的时候，说她已经救了我九百九十九次。她意识到了这种循环，她必定记不清循环了多少次，便说是九百九十九次。但是她依然不甘心，要将我，将最初的她救下，再尝试一次！

人间常有人说"如果当初让我重来一次，必定不是现在这样"之类的话，如今看来，即使让那些身体里住着一条鱼的人回到最初，重来一遍，依然不会有任何改变。

7

多鱼如梦初醒，急忙追上少年。

少年以为她反悔了，抱紧了怀中的钱财。

多鱼说道："我不是来追回钱财的。我只要多加一个条件。"

少年问道："什么条件？"

多鱼说道："等你母亲病好之后，陪在母亲身边，不要去京城。"

少年点头答应。

多鱼回到长河边，抱起那条鱼，将那条鱼放回水中。

鱼在浅水边徘徊，似表感谢。

多鱼说道："你不用谢我。我告诉你，每个人的身体里都住着一条鱼，人的世界其实跟鱼的世界没有区别。你好好做一条鱼吧，不要上岸。"

鱼似有所悟，潜入长河深处。

多鱼在岸边坐下，轻轻摇头，自叹道："一千零三十六年来，我又何尝不是在缘木求鱼？"

多鱼把这一天定为她的生日。

重生之日。

瓦罐猫（一）

世上许多的逢凶化吉，不过是有爱你的人为你承
担了你本该承担的凶险。

1

从前有一棵黄精，它在苍山上生长了三百多年，日夜吸收天地精华，慢慢有了灵性，便开始修炼。

黄精的旁边有一只瓦罐猫。瓦罐猫本是瓦罐，但做成了猫的样子。猫的嘴巴张得很大，却从没说过一句话。

瓦罐猫在黄精旁边也有几百年了，虽然看起来愚钝，却也有了灵性。

黄精不喜欢瓦罐猫，觉得瓦罐猫样子丑，又不会说话。

黄精闲得无聊的时候喜欢幻化成女子模样，跑到大理城里作祟逗人玩。但是毕竟修为有限，因此真身依然留在山上，无法移动。

大理城里有个道士。

这道士连道观都没有，天天在大理街上游荡。他举着一个幌子，上面写着"指点迷津"四个字。他手里拿着一个签筒，肩膀上栖着一只黄雀。

每当有人找他占卜的时候，他就吹一下口哨，黄雀听到口哨，就跳到签筒上，叼一支竹签出来。

道士根据黄雀叼出的签子给人预测凶吉，讨几个铜板，以此为生。

有一天，贪玩下山的黄精在街道上遇到了这个道士。

黄精闲得无聊，准备逗一逗他。

黄精说："臭道士，你给我算一算财运吧。"

道士说："钱财乃身外之物，不能算。"

黄精说："那你给我算一算桃花运吧。"

道士说："缘分妙不可言，不能算。"

黄精说："这也不能算，那也不能算，那算算今日凶吉，总可以吧？"

道士将幌子靠墙一放，吹了一声口哨。

他肩膀上的黄雀跳了起来，落在签筒上，叼了一支竹签出来。

道士拿起那支竹签看了看，惊讶道："哎呀呀，不好！"

黄精问道："怎么不好了？"

道士说："这竹签上的字是'山间神仙山间住，不应无故进城来。三百多年无忧虑，如今右眼常跳灾。'"

黄精听到道士把她的来源说得清清楚楚，右眼皮忍不住跳了又跳。

道士见黄精右眼皮跳个不停，更是慌张。

道士说："你看，你看，俗话说，左眼跳喜，右眼跳灾！三百多年平安无事，今天怕是到了渡劫的时候！"

黄精心想，这道士说得倒是不假，像她这种修炼的精怪，迟早是要经历渡劫这一难关的。渡得过去，功德圆满；渡不过去，灰飞烟灭。

黄精急忙问他："那怎么办？"

道士从怀里掏出一个纸符来，说道："莫慌莫慌，我这里有个逢凶化吉符，你放在身上，便可一路逢凶化吉。"

黄精接了纸符，翻来覆去地看了看，说道："臭道士，做你们这行的，怎么行骗的手段从不变化？五十年前有个道士也说我会遇到劫难，要我从他那里买了一个逢凶化吉符。可是五十年来，我什么事都没有。"

道士尴尬一笑，说道："是吗？"

黄精还是掏出三枚铜钱来，放在道士手里，然后将纸符收了起来。

道士掂了掂铜钱，铜钱轻飘飘的，没有什么重量，相互碰撞时没有发出声响。

道士说："这铜钱是树叶变的吧？"

黄精尴尬一笑，说道："你怎么知道的？不过这不怪我，你既然知道我是山上来的，就应该知道我不食人间烟火，也不用人间钱财，我哪里有钱给你？"

话音刚落，道士手里的铜钱变成了树叶。

障眼法一旦被说破，就会露出原形。

黄精揣着纸符，去酒馆喝了几杯酒，然后醉醺醺地回苍山。

道士连忙给了酒店老板几枚铜钱，把黄精给的铜钱换了回来。

走到了苍山脚下，她碰到了一个采药人。

采药人大约二十岁，提着一把小锄头，背着一个竹篓。竹篓里有许多采来的草药。

她顿时浑身一颤。

她问道："先生，你这是要往哪里去？"

采药人笑道："我要上山去采一棵养了许多年的上好黄精。"

她大吃一惊，说道："我在这山上生活多年，从没听说山上有什么上好的黄精。"

采药人说："你不要骗我。我爷爷曾经告诉我说，五十年前，他还年轻的时候，曾经来过这里，看到了一棵极为隐蔽的上好黄精。"

她问道："那为什么今天才来采？"

采药人说："五十年前我爷爷发现它的时候，碰到了一个道士。那道士说，他曾给了这黄精一个逢凶化吉符，有生之年要保它平安。"

黄精一怔，想起五十年前卖给她纸符的道士。

她问："那你爷爷听了吗？"

采药人说："怎么可能？我爷爷说，他靠采药为生，这么好的黄精三百年难得一见，可以卖个好价钱，然后给我爹凑齐娶亲的钱。没想到那道士竟然给了我爷爷一大笔钱。我爷爷这才打消了念想。"

她暗暗松了一口气。

采药人又说："我爷爷记得黄精的位置，后来又来这山上，想要挖走黄精。没想到又碰到了道士。我爷爷说，他儿媳身子虚弱，迟迟不给他生孙子。这黄精大补，他挖回去给儿媳熬汤喝，希望她早日怀喜。道士说，他给了这黄精一个逢凶化吉符，要保它平安。我爷爷若是放过它，他保我爷爷子嗣延绵。果然不久，我母亲肚子渐渐大了起来。"

她听得直冒凉汗。

她问采药人："那你怎么又来了？"

采药人说："现在五十年过去了，我估摸着那道士已经得道成仙，管不了什么逢凶化吉了，所以来挖走那棵黄精。"

她慌忙拿出刚刚得到的纸符，对采药人说："你不能挖！我带着逢凶化吉符呢！"

这一说，她就露了馅儿。

采药人两眼发光，迅速取了竹篓，将她扣在竹篓里。

采药人惊喜道："我估摸着这棵黄精修炼多年，已经有了灵性，恐怕会跑掉！没想到让我撞上了！"

她顿时醒了酒，大声呼救。

采药人劝道："你就别喊了。别人知道你是黄精，不会救你，只会抢走你。跟落在我手里没有区别！"

她说："别人怎么会知道我是黄精？"

采药人说："你以为这么多年来你平安无事，是因为周边人都不知道你吗？其实好多人都知道你是黄精，好多人都想来山上将你挖走。"

她说："那这些年我怎么不知道？"

采药人说："还不是因为逢凶化吉符？那道士将他们都拦下来了。"

就在这时，一个道士从后面奔跑了过来。

"万万不可伤了她！我刚给过她逢凶化吉符！"那个道士大喊。

黄精一看，原来正是大理城遇见的道士。

采药人说："你还没有得道成仙？虽然你是我家的恩人，但是现在我母亲久病在床，需要筹钱医治。我不挖了黄精，就救不了我母亲。"

道士说："我刚去你家看过你的母亲，她已经能下床行走了。"

采药人欣喜离去。

道士扶起黄精，送她上山。

黄精羞愧不已，问道："臭道士，你为什么给我逢凶化吉符？"

道士说："说不得，说不得，一说就破。"

黄精说："你倒是说说看。"

道士想了想，说："经历这一劫难，你已功德圆满，确实也能说了。"

黄精满怀期待地看着他。

他说："……我喜欢你呀。"

话音刚落，道士不见了。

2

一只瓦罐落在了她的脚边，摔得粉碎。

黄精懊悔道，还真是"一说就破！"

但她依稀还能看出瓦罐是一只猫的形状。

她终于明白，从来没有什么逢凶化吉，不过是有爱你的人为你承担了你本该承担的凶险。

瓦罐猫（二）

我的愿望，是希望你能实现自己的愿望。

1

苍山上有一棵修炼了一千年的黄精。按道理来说，这棵黄精已经得道成仙了，可是她总感觉差了那么一点点。

她常常幻化成一个女子的模样，去询问已经修炼成仙的神仙，去询问人间的高人。

可是神仙和高人也找不到她差那么一点点的原因。

有一天，一个道士从苍山路过。百无聊赖的黄精邀请这个道士一起喝酒。

黄精的酒量并不好，抿了几口就有了醉意。

黄精问道士："道长云游四方，见识多广，请问道长知道我为什么修炼了一千年还成不了仙吗？"

道士也有了一点儿醉意，但听黄精说她修炼了一千年，吓得酒都醒了。

黄精见他害怕，笑道："哈哈哈，你放心，我是黄精，向来吃素，不吃荤腥。像你这样的，我没一点儿兴趣。"

道士稍稍安心，反问道："你是不是尘缘未了，所以成不了仙？"

黄精皱起眉头，说："我自问已经七情六欲皆无，不羡鸳鸯只羡仙。"

道士长长地"哦"一声，想了想，又问道："是不是道行不够？"

黄精咬着嘴唇，说："渡劫凶险，我已历尽。千般变化，我已掌握。"

道士又"哦"了一声，想了想，说："如此说来，你应该成了仙才是。"

黄精叹气道："可是我感觉就差了那么一点点。感觉近在咫尺，却又遥不可及。"

道士说："命里有时终须有，命里无时莫强求，这样，我给你卜一卦吧。"

道士掏出几个铜钱来，为黄精卜了一卦。看了看铜钱，道士说："从这里出发，往南边走十多里有一条河。七天之后，有一艘小船从那条河上经过。船上有一个人，你去问问那个人，或许可以找到问题所在。"

黄精大喜，送了许多贵重药材给道士。

下山时，道士不禁存疑，心里嘀咕道：这么傻的一个人，在钩心斗角的人世间能活到成年都不容易，她是如何在人间顺顺利利活了一千年的？

2

七天之后，黄精赶到道士说的那条河边，果然在河面上看到了一艘小船。船头有个戴着斗笠的船夫在划船。待小船靠岸时，黄精登上船。船里果然坐了一个风度翩翩相貌不凡的人。

黄精说明来意，那人笑了笑，拿出一个布袋。

那人说："答案在这个布袋里。你若是想知道，就钻到这个布袋里看看。"

黄精二话不说，一头钻进了布袋里。那人立即束起袋口，将黄精困在了布袋里。

黄精惊恐呼救，那人哈哈大笑，说道："实话告诉你吧，七天前你见的道士就是我。我云游四方，就是为了寻找各种世上罕见的药材，真是踏破铁蹄无觅处，得来全不费工夫！"

黄精这才恍然，原来这是道士做的一个局。

道士笑道："我见过世间无数偷偷修炼的精怪，为了得道成仙，避人耳目，无不老奸巨猾。可惜因为老奸巨猾，它们往往又成不了仙。善良好心的精怪，又往往被利欲熏心的人所害，活不到成仙的年纪。没想到世上还有你这种善良单纯的精怪，能存活一千年！"

黄精惶恐问道："你捉了我做什么？"

道士说道："你这种千年难得一见的药材，自然是高价卖给药铺。"

他们两人下了船，进了城。在去药铺的路上，街边一个乞丐拦住他们。乞丐拉住道士的脚，哀求道："道长行行好！"

道士掏出一个铜钱，丢在乞丐脚边。

乞丐看了看地上的铜钱，仍然抓住道士的脚，哀求道："道长行行好！"

道士不耐烦地又扔了一个铜钱。乞丐又看了看地上的两个铜钱，还是抓住道士的脚，哀求道："道长行行好！"

道士瞪眼道："你这个叫花子不要贪心不足！我已经给你两个铜钱了！"

乞丐看了一眼道士手里的布袋，说："我不要钱，只要道长这个布袋里的药。"

道士一听，臭骂道："你这个叫花子真是不识好歹！快给我滚！"

乞丐从怀里摸了摸，摸出一个黄灿灿的疙瘩。乞丐道："我不是乞讨，我是要从你这里买。道长你即使去了前面的药铺，这黄精也卖不了这个价钱。"

道士拿起乞丐手里的疙瘩一看，竟然是块金子！

道士大惊，问道："你一个叫花子，怎么会有这么多钱？"

乞丐答道："我在这个城里乞讨，得了铜钱换碎银，积了碎银换金粉，如此几百年才有了这一块金子。"

道士一听，知道这个乞丐不是普通人，掂了掂金块，心想药铺确实给不了这么多，于是收起金块，将布袋给了这个乞丐。

乞丐得了布袋，匆忙赶到苍山，将黄精放归原处。黄精感激流涕，问："这位大哥，你为什么帮我？"

乞丐抹脸一笑，道："几百年前我给过你两个逢凶化吉符，要保你平安。你遭遇凶险，我当然要帮你逢凶化吉！"

黄精想起她修炼到三百多年的时候，确实曾有一个道士送给她两个逢凶化吉符，每次她遇到危险，这个道士便会出现。

可惜这个道士是一个瓦罐猫修炼化形而成。后来这个瓦罐猫摔破了。粗粗算来，此事已经过去了将近七百年！

黄精问道："你不是摔破了吗？那时候你总化身为道士，我以为你消失了。"

乞丐回答道："那次我确实是摔破了，其实那时候我差一点点就修炼成仙，可惜为了你功亏一篑。"

黄精惊讶问道："你那时候差一点点修炼成仙？"

乞丐点头道："是啊。我本是一个破罐子修炼而来。修炼到即将功德圆满的时候，就要帮别人完成一个愿望，别人的愿望实现了，我才能成功。但是实现别人的愿望，我要付出自己破碎的代价。因此我陷入了轮回循环，即将圆满的时候要帮别人实现愿望，实现愿望又会让我破裂，这样不停地破裂愈合，愈合破裂。"

黄精同情道："这也太痛苦了吧！"

乞丐说："我已经习惯了。其实这六七百年，我又破裂了好多回。"

"是不是有几次还是为了我？"

乞丐害羞地笑笑，承认了。

黄精想起在后面将近七百年的时间里，她又遇到过几次危险，每次遇到危险之时，都能峰回路转，逢凶化吉。

她这才明白，原来瓦罐猫一直在暗暗保护她。

3

乞丐坐在一棵松树下，光从树枝穿过来，像斑斑驳驳的光环罩在他身上。

乞丐又抹了抹脸，笑问道："妹妹，我积攒了这么多年的道行，又可以实现你一个愿望了。你不是差一点点就要修炼成仙了吗？我可以帮你实现这个愿望。"

黄精大为感动，问道："那你呢？"

乞丐低下头，笑道："不过是回到破裂的形态而已，我已经习惯了。"

黄精想了想，说："我确实有一个愿望。"

乞丐看着她。

黄精说："只要是我的愿望，你都能帮我实现吗？"

乞丐笑道："是的。"

于是黄精一字一顿地说："我希望，你再也不要破裂，马上得道成仙。"每一个字，她都咬得很认真。

话音刚落，只见一个猫形状的瓦罐落在地上，完整无缺。

乞丐得道成了仙。

黄精欣喜道："这次没有摔破！"

乞丐开心地点点头。

但过了一会儿，黄精就情绪低落了，她像个失去玩伴的小孩子，小声道："你成了仙，可我还没有呢，我还得继续修炼，等过些时日，我成了仙，再去找你吧。"

乞丐哈哈大笑，摸摸黄精的头："傻丫头，你真是傻啊。你不知道其实你早已得道成仙了吗？你差的那么一点点，是你一直不相信自己，一定要等别人认可了才相信。这次我来，就是想告诉你这个事呢。"

人
蜕

　　追求永恒本来就是缘木求鱼、刻舟求剑、水中捞月的事。
世界常变，才是真相。不完满是常态，这世间没有永恒。

1

常山上据说住着一个长生不老的人。

常山脚下居住的人每隔二三十年才能见到那人一回。

据说每次见到那人之后不久，常山的草丛中就会出现一张薄如蝉翼的人皮。

据说那人皮如果代替牛皮做了大鼓，敲击之后的声响如同万人齐喝，震撼人心；如果代替蟒皮做了二胡，演奏之时如同宫女哭诉，催人泪下；如果做了衣服，穿上之后能看到平时看不到的景象；如果吃了，次日容光焕发，如同年轻了好几岁。

因此，每当那人出现之后，山脚下的人们便遍山寻找。有人称找到过，也有人不信。

一位早已过世的老人曾言，那长生不老的人会一种叫人蜕的妖术。每隔二三十年，那人就如金蝉脱壳一般从衰老的皮囊里蜕出来。人从皮囊里蜕出来之后，肌肉上面没有皮，会火辣辣地疼，如同全身在烈火中灼烧。在漫长的痛苦中缓和过来之后，人会生出一层新的娇嫩皮肤，恍若年龄倒退了二三十岁。如此反复，所以长生不老。

老人在世时，曾有人反驳道："您又不会妖术，怎么知道人蜕的痛苦是在烈火中灼烧一样的？"

老人说："我曾在常山脚下等了二三十年，终于等到了他。我求他让我恢复青春。他说，你明日带一盆燃烧的炭火来。第二天，我带了一盆燃烧的炭火去见他。他说，这种人蜕之术其实不难学，难在忍受。你若是脱下鞋子，光脚踏进这炭火里，熬至炭火熄灭，便能忍受人蜕之苦。若是不能，学了也是枉然。我问他，这痛苦岂是一般人承受得了的？他说，你忍受不了一般人忍受不了的痛苦，又怎会获得一般人无法获得的恩赐？"

老人说："我脱了鞋，却不敢踩进燃烧的炭火里，因此没能学会人蜕的妖术。"

老人的话有人相信，也有人不信。

但传说就这么一直流传下来了。

2

常山上的树绿了又黄，黄了又绿。常山脚下人家的燕子来了又去，去了又来。

不知多少年后，有一女子听到这个传说，来到常山，等候那人出现。

数年之后的一个夏天，女子居然等到了那人。

那人刚从皮囊中挣脱，浑身鲜红，颤抖不已。

女子求那人教她人蜕之术。

那人说："许多年前，也曾有一人来求我教他，可是他忍受不了人蜕的痛苦。如今那人恐怕早已作古。"

女子咬牙道："我能忍受。"

女子脱下鞋子，脚底血肉模糊。

女子说："我天天踩踏炭火，直至炭火熄灭。"

那人眼珠子一鼓，即使面目全非，仍教人看出几分惊讶。

那人问道："你为什么？"

女子说："我有一心上人，情投意合，相濡以沫。本以为可以白头到老，谁知后来我们渐渐冷淡，不复当初，人生若只如初见，我想变回当初见他时的模样，或许他会改变，我们就能重归于好。"

那人听了这话眼睛里汩汩落下泪来。泪水一出，那人疼得蜷缩打滚。

女子手足无措，只好站在那人旁边，以身体挡住阳光，让那人在她身影之下，稍稍抵挡阳光对他造成的痛苦。

那人平复后说道："谢谢，让我痛苦的不是阳光，而是泪水。泪水有咸味，我在皮囊里时，泪水不会让我感觉疼痛，现在没有皮囊，泪水就如虫噬火燎，就如伤口撒盐。"

女子连连说抱歉。

那人想了想，说："以后叫我做师父吧，我教你人蜕。"

自那之后，女子跟随那人学人蜕，叫那人做师父。

女子天资聪颖，很快学会了人蜕，回到了二三十年前的模样。

她要回到心上人身边去，师父送她下山。

分别前，女子感慨道："此去一别，不知何时才能再见。"

师父笑而不语。

3

常山上的树叶一如既往地绿了又黄，平常人家的燕子依然去了又来。

在一个草叶上的露水尚未蒸发的清晨，当年那个女子回来了。

常山脚下的人大多认出了她。她跟二三十年前来的时候一模一样，但是认识她的人大多青丝变成了白发。

有人听到了女子和师父的对话。

师父问："此去如何？"

女子说："刚回去的时候，心上人既惊讶又激动。两人仿佛回到了当初。可是没多久，新意退去，两人又渐渐冷淡。心上人说，只有我回到了当初，而他没有，那么只等于回去了一半。我让心上人学人蜕，他又无法承受人蜕的痛苦。慢慢地我们日渐生疏，越走越远。最后我离开了他。后来又遇见了一个人，那个人让我再次找回了从前的感觉。我以为这样的日子会长久下去，可是几年之后，我们又渐渐冷淡疏远。我这次回来，是准备蜕下皮囊之后再去找他。"

数日之后，女子又与师父告别。

4

女子第三次来到常山的时候，许多认识她的人已经故去，但常山脚下依然炊烟袅袅，人畜兴旺。

她对师父说："哎，还是如此，我还是没有得到我想要的。"

师父看着她，沉默不语。

她不死心，又蜕下皮囊之后，再次离开。

5

又不知过了多少年，一个鸡皮鹤发的老妇人来到了常山脚下。

常山脚下的人都不认识她。

但是她的师父一眼就认出了她。

师父惊讶问道："今日归来为何是如此面貌？"

她叹了口气，问师父："师父如何一眼看出是我的？"

师父说："对我来说，看人只看骨肉，不看皮相。"

师父问："你这次为何任自己老去？"

她苦笑摇头。

"你是忍受不住痛苦了吗？"

她说："师父，我只是厌倦了。我发现我无论怎么变换，都得不到我想要的东西。"

师父笑笑："你追求永恒？这本来就是缘木求鱼、刻舟求剑、水中捞月的事。世界常变，才是真相，不完满是常态，这世间没有永恒。"

女子点点头。

女子问："师父，您是如何一直坚持人蜕的？"

师父苦笑："其实，我当年和你一样，追求永恒。只是我比你还执着，一而再，再而三，永不死心。慢慢地，身体适应了人蜕，不蜕反而受不了了。其实这次你不回来，我也要下山去找你了，阻止你继续人蜕。我不该在你身上还不死心，以为你能创造奇迹。"

6

师父说，其实上古时期，人人会这种妖术，只不过后来都厌倦了，所以才失传。

女子和师父经历了一场长长久久的沉默。他们望着山下的璀璨烟火人间，山下有人家在办婚礼，一顶红轿犹如一粒朱砂。山下还有人家在办葬礼，白幡摇在青瓦上。

两年后，女子老死了，师父刚经历完一场人蜕，他的泪流在他的血肉上，刺得他痉挛。他将女子葬在了山间，给她刻了一块碑，上书：永恒。

摸骨

有的人之所以变成动物，是因为他们要守护他们在乎的人。

他们失去人生，是希望被守护的人能拥有自己的人生。

1

对于阿兰来说，所有的人都是动物。

有的人是温顺的猫，有的人是凶猛的熊；有的人是孤傲的鹿，有的人是势利的狗；有的人是奔波的豹，有的人是翱翔的鹏；有的人是聒噪的雀，有的人是安静的鱼；有的人是富贵的麒麟，有的人是劳碌的牛。

阿兰自小双眼失明，十二岁之后，她全靠一双手去认识世间万物。

不同的动物，会拥有不同的人生。

麒麟多为官员，牛多为下人。雀大多遭遇口舌是非，鱼大多喜欢偏安一隅。豹常常背井离乡，鹏常常离群索居。鹿往往孤独寂寞，狗却多酒肉朋友。猫向来养尊处优，熊则常被利用。

判断一个人到底是什么样的动物，阿兰只需要摸摸那个人的头骨，手骨和脚骨，就有了八九分把握。

因此，许多人来找阿兰，想看看自己到底是什么样的骨头，会有什么样的人生。

在阿兰的世界里，这个世界没有人，只有动物和藏在人皮底下的动物。

但是，在阿兰十九岁那年夏天一个山雨欲来风满楼的下午，她被一个人改变了想法。

2

那天的风很大，带着湿气。

刚刚还热得"知了知了"地叫着的蝉们都噤了声。

阿兰坐在家里，听到外面的树被吹得哗哗响。外面的人叫着喊着收衣服收晒在地坪上的谷物。

就是这个时候，那个人走进了阿兰的家里，坐在了阿兰面前。

像之前的所有人一样，那个人将双手放在阿兰的手里。

阿兰只是轻轻一捏，额头就冒出了汗珠。

她居然摸不出那个人皮下面藏着什么样的动物！

这是她第一次遇到这样的情况！她干咽了一口，强作镇定。

"把头伸过来一些吧。"阿兰说道。

那个人伸了头。

阿兰扶住那个人的额头，摸了摸那个人的头，依然一无所获。

"把鞋子脱了吧。"阿兰说道。

那个人脱了鞋子。

阿兰在那个人的脚上搭了一块干净的棉布，然后隔着棉布揉捏那个人的脚。阿兰从他的脚趾捏到了脚踝，然后收起棉布。

"穿上吧。"阿兰说道。

那个人穿上了鞋。

"脚骨薄者劳碌，厚者安逸。"阿兰缓缓说道。

"那我是劳碌还是安逸？"那个人问道。

阿兰笑了笑。

"你的脚骨，既不厚，也不薄。"阿兰说道。

她摸不出那个人的脚骨到底是什么动物的骨头，只好先找了这样的说辞。

"如此说来，我既不是劳碌者，也没有安逸的命？是平平庸庸之人？"那个人问道。

阿兰心想，他是不是故意来刁难我的？

阿兰以前不是没有遇到过难她的人。

自从她给人看骨相开始，就时常有人登门挑事。俗话说得好，同行是冤家。挑事的人目的明确，就是要让她难堪，让别人看笑话。

有人用猪肉包了牛骨头，外面套了袖子，假装自己的手，让阿兰看看他是什么手骨。

有人用缎子裹了狗头骨，戴在自己头上，假装自己的头，让阿兰看看他是什么头骨。

有人用袜子装了枯枝丫，塞在鞋子里面，假装自己的脚，让阿兰看看他是什么脚骨。

遇到那样的手骨，她便说："这肉是好吃懒做的肉，这骨却是勤勤恳恳的骨。这人嘛，是没有好吃懒做的命，又不肯勤勤恳恳的人。"

来者听出这是在骂他，只好悻悻离去。

遇到那样的头骨，她便说："这皮是吃肉的人才穿得起的皮，这头却是吃秽的人才有的头。可见这人嘛，虽然穿得人模狗样儿，却改不了吃秽的习惯。"

来者被骂得面红耳赤，羞赧而回。

遇到那样的脚骨，她便说："张天师说，人是无根树，人的魂儿如树上的花。凡树有根，故能生发而开花，唯人身无根，生死无常。这树枝是枯掉的，看来这人时日不多了，尽早准备后事吧。"

来者碰了一脸的晦气，却不敢声张。

"实不相瞒，我不知道你是什么骨相。每一种骨相对应一种动物，每一种动物预示一种人生。因为不知道你的骨相，所以我无法告诉你将来有什么样的人生。"阿兰如实说道。

那个人沉默了，许久没有说话。

3

在漫长的沉默中，阿兰想起她十二岁生日那天，有个陌生人来到阿兰的身边，叹息道："生得一副美人胚子，可惜眼睛看不见了！孩子，我教你一个手艺，保证你以后有口饭吃，还能保护自己。"

之所以阿兰觉得那个人是陌生人，是因为她以前没有听到过这样的声音。

在十二岁之前，阿兰依靠声音来认识人。说话的声音，咳嗽的声音，走路的声音，甚至呼吸的声音，她都记在心里，以此区别这个人和那个人。

但是经常有人故意欺负她，那些人捏着脖子说话，改变声音，让阿兰不知道他到底是谁。

当一个她不知道是谁的人靠近她的时候，她会非常恐慌。

那个陌生人接着说道："人是善于隐藏自己的。人的声音可以随时改变，相貌可以通过妆容暂时改变，甚至性情也会临时改变，对有的人温和恭维，对有的人残忍冷漠。唯一短时间里无法改变无法隐藏的，是人的骨头。我教你一种从骨头认识人的方法。学会了从骨头看人，比眼睛看人要准确千百倍。"

聪明的阿兰很快就学会了陌生人教的以骨识人的方法。

陌生人离去之前，阿兰问他："我有一个疑问，人为什么会有动物的骨头呢？"

陌生人回答道："人刚出生的时候，其实是有人的骨头的。但是做人很难的。在人世久了，人就难免越来越接近动物。"

自那以后，阿兰捏一下别人的骨头，就知道那个人是谁，还知道那个人以后的人生境遇。

人们对阿兰心生敬畏，果然没有人敢欺负她了。

她也因为给人看骨相而能养活自己。

4

"听人说你能通过骨相看到一个人的命运，我慕名而来。现在看来，我是白来一趟了。"那个人的声音中充满了失望。

阿兰从记忆中回过神来，听到那个人的脚步声越来越远。

"请等一下！"阿兰喊道。

脚步声在门口的位置停止了。

阿兰站了起来，说道："我知道你是什么骨相了。"

"哦？"那个人的声音中有了一丝期待。

"我的师父曾经说过，人本来是有人骨的，但是做人太难了，难免渐渐变成动物的骨头。我给人看了这么多年的骨相，摸到过各种各样的动物骨头，从来没有摸到过人的骨头。我想……刚刚我摸到的骨头，就是人的骨头。"

"人的骨头？"那个人的声音中带着迷惑。

阿兰深吸了一口气，缓缓吐出，然后说道："是的。很多人活着活着骨头变成了动物的骨头。你不想这样，所以历尽沧桑，不屈服于生活和其他躲在人皮底下的动物。你不懂得隐藏自己，行走世间就如行走在猛兽横行的山林。有时候你会受伤，有时候你会孤单，有时候你会迷茫。有时候，你甚至不会怀疑他们，而会怀疑自己。所以，你来找我预测命运。"

那个人默不作声。

阿兰嘴角一弯，微笑道："我说对了吧？"

那个人问道："那你说说，我会有什么样的人生？"

"你会有一个不那么好，也不那么差的人生。"阿兰说道。

那个人问道："那有什么意义？"

阿兰接着说道："但是你会拥有一个你自己的人生。"

那个人问道："请问，你自己的骨相是什么？"

阿兰浑身一颤。

她从来没有摸过自己的骨头。

那个人说道："我来找你，其实是因为喜欢你好久了。我并不需要一个我自己的人生，我需要一个有你的人生。"

阿兰怔住了。

那个人继续说道："既然你没有预测到我的人生里会有你，能否摸摸你自己的骨头，预测你以后的人生里是不是有我？"

她的双手颤抖起来，微微张开，又捏成了拳头。

她说道："我现在回答你，并没有什么意义。我在这里待了许多年，除了给人看骨相，没有去过外面，没有经历过人情世故。不如我跟你去人世间走一走，过些年岁，再摸摸我自己的骨头。那时候我再给你回答。如何？"

于是，那个人带着阿兰离开了阿兰的家。

5

多年后，阿兰带着那个人回来了。

许多人又来找阿兰摸骨。

阿兰摇头拒绝，称从此不再摸骨。

若是来者不依不饶，站在阿兰身旁的那个人就会瞪起发光的眼睛，胸腔里发出像野兽一样的呼噜声。来者被吓到，慌忙离开。

阿兰摸着那个人的头，含泪道："骨相并没有高低之分。有的人之所以变成动物，是因为他们要守护他们在乎的人。他们希望被守护的人能拥有一身人骨。他们失去人生，是希望被守护的人能拥有自己的人生。"

翠雀

花是土做的梦，鸟是人做的梦。翠雀是鸟亦是花，是真实亦是梦。

1

罐儿第一次解梦，找的是城外二十四里一个破庙里的老人。

罐儿说："我昨晚做了一个梦，梦见窗外有只鸟雀不停地叫。梦里的我困得很，被那鸟雀叫得想睡却睡不着。于是我起了床，拿起书桌上的砚台，打开窗户，看到了那只绿色的鸟雀。我一气之下将砚台朝那鸟雀扔了过去。砚台里还有未干的墨汁，墨汁脏了我的手。砚台打到了那只绿色的鸟雀，鸟雀落了地。我顿时心下慌乱，觉得自己过了分，不该拿砚台打它，伤它性命。我急忙打开房门，跑了过去。"

说梦的时候，罐儿不时地瞥一眼那位坐在大殿上打瞌睡的老人，生怕老人没有听进去，又不敢上前摇一摇，看看老人睡着了没有。

城里人都说这位老人会解梦，罐儿也没当过真。要不是这个梦让他感到害怕，他绝对不会坐着一路颠簸的马车到二十多里外的这个既不遮风也不挡雨的破庙里来。

来的路上，罐儿听赶马车的人说，这老人既不是和尚，也不像道士。谁都不知道他是从哪里来的，什么时候来的。这老人就像是破庙里台阶上长的青苔一样，在一次雨后或者在一个夜晚之后，自然而然地出现在大殿里。没有来处，不知去处。

老人总是一副睡不醒的样子，总是垂着脑袋。要不是偶尔嚅动一下嘴巴，他就成大殿里的雕塑了。

老人虽然看上去瘦骨嶙峋，跟晒枯了的树根似的，但是曾有五六个熊腰虎背的壮汉想把他抬到大殿外晒晒太阳，一起使劲却不能将他挪动。

有人奇怪地喃喃道："怎么这么重？莫非他在这里生了根不成？"

老人打了个哈欠，懒懒地抬起眼皮看了看这五六个好心人，挪了一下屁股，又闭着眼睛打瞌睡了。

罐儿听赶马车的人这么说，对之前的传言更信了几分。

他也更相信这位老人可以给他解梦。

罐儿继续说道："我跑到外面一看，那只绿色的鸟雀掉落在树底下，墨汁染脏了它的羽毛，它受了伤，躺在那里，可怜兮兮地看着我。我跪在它旁边，将它捧在手心。不知道为什么，我突然无比悲痛，仿佛这鸟雀是我的亲人。我哭得无法抑制，心口疼得如被扎了一刀。"

罐儿说到这里，又忍不住流出泪水来。梦里那种刻骨铭心的疼痛，仍然记忆犹新。那种悲痛如此真实，仿佛那不是梦。即使梦醒之后，他仍然十分失落，像是失去了最心爱的人。

虽然他还未曾有过心爱之人。

大殿上的老人发出"嗯嗯嗯"的声音，仿佛正在梦呓，又仿佛刚从梦中醒来。

"那种感觉就像……我亲手杀死了自己最爱的人一样。可是……此生我还未曾爱过什么人。一个未曾爱过的人,怎么会有失去爱的悲痛呢?"罐儿问老人道。这是他觉得这个梦奇怪的地方。但是让他更为惊讶的,并不是这种未曾拥有却体会到失去的悲痛。

老人没有回答他。

"我从梦中哭醒。原以为这就是一个梦。起床的时候,我看到手上有墨汁,还不觉得惊讶,心想可能是昨晚洗手时没有洗干净。可是起床后,我看到书桌上的砚台碎了。昨晚我还用它研墨写字来着。走出门外,在梦中鸟雀掉落的地方,我居然看到了一根翠绿的羽毛,羽毛上竟然染了墨汁!"

罐儿激动地说道。

老人的眉头一皱。

"先生,您说说看,我明明是在梦里打了那只鸟雀,怎么会在醒来后看到砚台碎了,树下还有跟那只鸟雀一样的羽毛?"罐儿不安地问道。

老人终于说话了。

"可能是你梦里的鸟雀飞出来了。也可能是鸟雀飞进了你的梦里。"

老人的声音无比沧桑,让罐儿有种身在老林里睡觉,却听到了来自海边的浪涛声的错觉。

罐儿焦急问道:"梦里的鸟雀是虚幻的,醒后的鸟雀是真实的。它怎么会从真实飞到虚幻里去?或者从虚幻飞到真实里来?那么,它到底是真实的，还是虚幻的？是存在的，还是不存在？"

这时，一阵风吹进了大殿。地上的灰尘扬起，房梁上的灰尘扑簌簌地落下。

罐儿忍不住打了一个喷嚏。

风过后，大殿依然到处都是灰尘，仿佛没有任何变化。

老人问道："刚才起风了吗？"

罐儿点头，说道："起风了。"

老人说道："是你刚才打了一个盹儿，梦到起风了。"

罐儿瞪眼道："刚才我打盹儿了吗？"

老人嘴角露出一丝笑意，说道："不用执着于刚才有没有起风。只要是过去了的，都跟梦一样不真实。"

罐儿迷惑道："我不明白。"

老人缓缓说道："我给你讲另一个梦，你就明白了。"

罐儿点头。

2

老人说道："在你来之前，有位姑娘刚找我解完梦。她说，她昨晚做了一个梦。梦见自己是一只鸟雀，浑身翠绿。她飞呀飞呀，飞了好久好久，觉得累了，落在了一棵树上。树旁有个房子，房子的窗户开着。她看到窗户里面有个人正在睡觉。一看到那个人的脸，她惊喜万分。那是她魂牵梦绕的人啊！

"那位姑娘说，虽然这是她第一次见到这个人，并且是在梦里，但是她确定这就是她魂牵梦绕的人。一见如故，大概就是这个意思吧。第一次见，就如故人。她激动得不能自制，她说她害怕梦醒后不能再见到这个人，于是在枝头奋力啼叫，希望引起这个人的注意。

"这个人果然起了床，朝着窗户这边走了过来。她欣喜不已。她没注意到这个人手里拿着一个砚台。等她反应过来的时候，这个人已经将砚台扔了过来。她躲避不及，脑袋被砚台击中，一阵晕眩，她从枝头掉落在地。"

罐儿惊讶得说不出话来。

老人继续说道："那位姑娘说，她躺在树底下，身上的羽毛被砚台里残留的墨汁染了。这一刻她终于想起来，前世她是宫女，一次不小心将砚台打翻，将皇上心爱的白鹳羽毛弄脏了。这是杀头的罪，她吓得不知如何是好。白鹳看了看她，似乎感觉到了她的恐惧。它以喙咬住弄脏的羽毛，将羽毛硬生生扯下，然后将羽毛放在了她的手上。她知道这是一只有灵性的鹳，跪地磕谢救命之恩。

"到了晚上，一个少年闯入她的房间，少年风度翩翩，穿着镶着黑边的白袍。在守备森严的宫中，陌生男子是不可能自由行走的。她吓了一跳。少年小声道，我虽然扯掉染了墨的羽毛，但伤口越来越严重。你能不能给我敷药？

"姑娘明白了，原来这个少年是白鹳。她赶紧拿出自备的药来，敷在少年的伤口上。从此以后，少年常来她这里。两人渐渐生出宫中禁忌的情愫。好在少年来无影去无踪，宫中没有人发现异常。几十年后，她红颜老去，被开恩放出宫外。出宫前，皇上念及她多年苦劳，问她想要什么恩赐。她说，别无他求，但求白鹤。此时那只白鹤也垂垂老矣，皇上早已不如先前那样喜欢了。皇上问道，良田你不要，宅院你不要，要白鹤做什么？她将白鹤当年撕扯羽毛的事情说了出来。事已久远，皇上自然也不追究了，同意让她带走白鹤。

"回到老家后，他们终于获得自由。但是她见少年渐渐有了白发。她问道，你该是得道的精灵，怎么也会老去？他说道，虽名得道，实无所得。道不过是为了找到自己。以前我想修行，现在只想做一个普通人。

"临终前，她迟迟不舍得闭上眼睛。她握着他的手，担忧地问道，以后我们还会相见吗？他说，这不过是一个梦，梦醒后，很多人会忘记自己做过什么梦。她悲伤地说道，那我以后还能梦到你吗？他笑着说，你是我做梦都想见到的人。"

罐儿泪流满面。

老人停了片刻，说道："那位早上来找我解梦的姑娘说，没想到昨晚居然真的梦到了他！可是他没有认出我。但是他从房间里出来后，将我捧在手心，居然号啕大哭。我想他应该是想起来了。我一高兴，就从梦中醒了。"

3

罐儿再也忍耐不住了，他问老人："那姑娘有没有说名字？"

老人摇头。

他问："那姑娘家住哪里？"

老人摇头。

他问："那我如何才能找到她？"

老人说："她来时带了一朵花，走时留在这里了。"

老人指着大殿的香鼎。

落满灰尘的香鼎上果然有一朵蓝色的小花。

刚才风吹进来的时候，尘土飞扬。那朵小花也应该吹走了才是。可是那朵小花仍然安安静静地搁在香鼎上，花上也没有灰尘。

罐儿心想，难道刚才我确实打了盹儿？风是梦里吹出来的？

老人说："这花名叫翠雀，因为形似飞燕，又叫飞燕花。有诗言，西飞燕，东流水，人生倏忽春梦里。因了这句诗，据说这花能让人穿梭于真实与梦幻之间。"

罐儿情不自禁地走进香鼎，将手伸向翠雀。

老人说："她是你梦中人，你若是拾起这花，就会进入梦中。这里便没有你了。你考虑好了吗？"

罐儿毫不犹豫地拾起香鼎上的花。

这时，大风骤起，尘土飞扬，眯了他的眼睛。

"瓦罐者，土也。鹳雀者，鸟也。花是土做的梦，鸟是人做的梦。翠雀是鸟亦是花，是真实亦是梦。"他听到老人的声音变得洪亮，却越来越远。

4

风过后，他睁开眼，老人不见了，周围不再是破落的庙，而是富丽堂皇的所在。

罐儿看到一位姑娘端着一个砚台慌慌张张地朝他走了过来。

罐儿正要喊她。

她的手一抖，砚台翻了，墨汁溅出，洒了几滴在他身上。

罐儿低头一看，身上的衣服不见了，却长了一身好看的羽毛。除了翅膀边缘和尾部有黑色羽毛外，其他地方的羽毛洁白如雪。落在白色羽毛上的墨汁煞是显眼。

姑娘脸色煞白，浑身哆嗦，惊恐地自言自语道："完了完了！这是刚进贡来的白鹤，皇上非杀了我不可！"

天意

天意只让有心的人看到。

1

茫茫山往北三十里，有一座庙，据说求财的人都去那个庙里拜，拜过的人大多财运亨通。

这庙里有个妖怪，它化作守门人，天天在庙里接送香客，偷偷修行。

一天晚上，它关了庙门，却发现大殿里还有一位香客没走。

它走了过去，想提醒那位香客该走了。

离那香客还有五六步远的时候，它闻到了一股香味。

它站住了，轻声问："姑娘如此虔诚，是很缺钱吗？"

从身形上，它已看出那是一位瘦弱姑娘。

来它这个庙里的，无外乎求财。

姑娘转过身来，身着罗绮，气质不凡，一看就不是普通人家的姑娘。她腰间坠着一个香囊，香气应该是从那里散发出来的。

姑娘施礼说："你觉得我是来求财的吗？"

它还礼笑道："如果不是，你就来错地方了。"

姑娘微微一笑，说："我自然知道人们都是为了求财来这里的。但我来这里不是求财，而是天意。"

它虽然修为高深，敢与人斗，敢与妖斗，唯独不敢与天斗。

它连忙弯腰说："天意不可违。"

那姑娘很满意地点点头，绕着大殿走了一圈，没有要离开的意思。

它又说："姑娘，山下人家的鸡都回笼了。"

姑娘说："哦。"

她在大殿前坐了下来，抬头看着天上的星星。

它又说："姑娘，外面玩的孩子都回家了。"

姑娘说："哦。"

它只好说："姑娘，这里要关门了。"

姑娘说："你这人真是的，我又没要你不关门。"

它问："姑娘，你还不回去吗？"

姑娘指着天上的星星说："天意还没有让我回去。"

它顺着姑娘指着的星空看去，并没有看出今晚的星星有什么不同。

它问："姑娘，敢问天意在哪里？"

姑娘面露惊讶，反问道："我以为你守在这里许多年，多多少少有些修为，怎么连天意都看不到？"

它又看了看星空，星空渺茫。

姑娘指着渺茫的星空，说："你看，就是那颗星星指引我来到这里，等它暗淡下来，我就走。"

它又看了看星空，不知道她指的是哪颗。

它不敢违背天意，于是说："那我先去休息了，姑娘走的时候，帮我把门带上。"

2

守门的妖怪第二天醒来,去开了门,回来却发现早饭都摆在桌上了。

那姑娘站在桌边,垂手而立。

它惊问道:"你没走?"

姑娘点头说:"昨晚星光灿烂,天意让我留下,我就顺便给你做了早饭。"

它吃了一口,咸得发苦,连忙吐了出来。

姑娘充满歉意地说:"抱歉,我以前没有下过厨。"

它说:"看你的穿着,就知道你不是普通人家的姑娘,不会做饭。"

姑娘说:"天意让我来到这里,我可以慢慢学。"

它吃了一惊,说:"你不打算走了吗?"

姑娘说:"天意让我走的时候,你留都留不住。"

它觉得好笑,问道:"姑娘,哪有那么多天意?你又是怎么看到的?"

姑娘拉着它走了出来。外面有许多求财的人陆陆续续从门口走了进来,他们直奔烧香的大殿而去,没人关心这个守门的人。

姑娘看着那些行色匆匆的人,说:"我刚来的时候,你恰好站在门口,像是在等我来。这是其一。"

它说："我未曾等过什么人。"

姑娘说："这不要紧。天意给我了暗示，没有给你暗示而已。我进来之后，将香火插入香鼎的时候，你恰好站在我对面，像是我祈祷的神明。"

它说："我在香鼎旁扫香灰。"

姑娘说："那我不管。我正在祈祷神明给我指引，你正好出现。这就是天意。我那时候也在犹豫自己是不是弄错了。等我出门的时候，脚绊在了门槛上，像是被人拖住了脚。"

它说："庙里的门槛有点儿高。"

庙里的门槛已经用了一百多年，这一百多年里，没人跟它说出门的时候绊了脚。

或许，这真是天意吧。它心想。

3

姑娘就这样留了下来。

姑娘每天都教它怎么看天意。

在她的世界里，一朵花开，一次骤雨，一声雀叫，一阵风起，一片叶落，一点星光，一个印记等等，都可以是天意。

她说：这跟随时占卜看卦象一个道理。占卜的人要知道天意，就要看卦象。其实身边处处有卦象，有预示，比如说喜鹊叫即好兆头，乌鸦叫即坏兆头。左眼跳有喜事，右眼跳有灾事。麻雀聒噪，口舌是非。瓦片堕落，诸事不顺。梦见棺材，升官发财。琴弦乍断，知己难留。只是很多人忽略了。

它试着去学，但总揣摩不透天意。

姑娘笑它灵性不够。

它暗自纳闷：我活了成百上千年，这庙里雕像是按照我的真身做的，我怎么在这个二十几岁的姑娘面前灵性不够了？

姑娘留下来的第三个月，到了十五那天晚上，姑娘的手被香灰烫了。

姑娘痛得叫了一声。

它走过去一看，手指头上落了一个苍白如月亮的痕迹。

"怎么这么不小心？"它问道。

姑娘却说："不是我不小心，这是天意，我再小心也躲不过去的。它迟早会落到我的手上。"

它不以为然地问："这怎么又是天意？"

姑娘说："香灰烫手，预示今晚有火灾。"

姑娘一说，它的心里就咯噔了一下。

恰好这两天周边的农户人家砍树卖柴，农户人家把砍好的柴木码放在庙的四周，说是过几天收柴木的商人会来估价，到时候一并拖走。要是柴火燃烧起来，这个庙很快会变成一片焦土。

它说："那我现在就去把那些柴木搬走。"

姑娘说："柴木那么多，你一个人要搬到什么时候？"

它是可以用法术搬走那些柴木的，但姑娘不知道它是妖怪。

它只好说："也对，那么多柴木，搬到明天早上都搬不完。那我晚上看着，防患于未然。"

姑娘说："那也不行。"

它迷惑地问："看着也不行吗？难道天意要烧掉我的……我看守的庙，我只能看着它烧掉？"

姑娘说："亏你在这个香火旺盛的地方待了这么多年，一点儿躲避天道的常识都没有！"

它不知道姑娘说的是什么意思。但姑娘说它躲避天道的常识都没有，这让躲避了天劫雷击数百年的它实在难以服气。

不过处处能看到天意的姑娘让它生不起气来。何况她还天天给它做饭洗衣。

她给它洗衣的时候常常莫名其妙发现一两根动物毛。她笑话它，说它可能是偷鸡摸狗之辈。

姑娘继续说道："所谓天机不可泄露。你要是把柴木搬走或者守着柴木，就是与天意过不去。火灾或许今晚不会有了，但逃得了和尚逃不了庙，今晚没有了，明晚或者后天晚上还会有。你只有假装没有泄露天机，巧妙地、神不知鬼不觉地渡过难关。"

它见姑娘似乎已经有了主意，便问："那你告诉我，如何才能避免你看到的天意发生？"

姑娘说："这个简单。庙里有水，我们提水过去，将那些柴木淋上水。这样的话，即使天雷地火，柴木也燃不起来。你也可高枕无忧。"

它想了想，觉得姑娘说得有道理。如果真是雷击引燃柴木，它守在旁边的话也会被雷击惊得魂飞魄散。别说保住庙了，自身都难保。

于是，它和姑娘从井里打水上来，一桶一桶地淋到柴木上。等到柴木淋得湿透了，姑娘身上也被汗水湿透了。

它不经意看到姑娘正一手提着空空的水桶，一手擦额头的汗水，忽然心里如有一头小鹿，用力地撞击它的胸口。

它经历过几百年的人来人往，见过形形色色的女人。它以为自己不再会对任何一个人产生好感。可此时此刻，它知道自己即将陷入危险。

对任何一个妖怪来说，喜欢上任何一个人，都会让自己陷入危险之中。就它来说，虽然有几百年的时间沉浮人海，但它知道哪些可为，哪些不可为。而一旦喜欢上一个人，妖怪往往会忘记哪些可为，哪些不可为。这样极易暴露自己，所以对妖怪来说特别危险。

就在那个夜晚，那一个瞬间，它忘记了哪些不可为。

它捂住胸口，安抚心中的小鹿。

姑娘见了，问："你心口疼吗？"

它说："疼，疼得厉害。"

姑娘放下水桶，着急地问："是不是刚才提水累着了？"

它心想，这点水哪里累得着我？

它说："不打紧。谢谢你。谢谢你为我做的这些事情。我该怎么报答你？"

它心里其实想说，无以为报，唯有以身相许。但那都是女妖怪报答世间男人时爱说的话。它要是对这位姑娘说这样的话，肯定会被姑娘认为轻浮。

姑娘打趣说："你一个守门的，怎么报答我？"

它知道姑娘是开玩笑的，但这回它认了真。

一瞬间，它忘记了隐藏自己的身份。它诚恳地说："我要让你成为最富有的人，让你拥有怎么用也用不完的钱财。"

姑娘捂住嘴，笑得弯了腰。

它继续说："那些钱财就像是流水一样涌向你，做什么生意都财源滚滚，走路都会捡到意外之财。它们会变成你的奴才，你会变成它们的主人。"

姑娘抓住它的手，叫它不要说了。

"见过吹牛的，但没见过你这么吹牛的。"姑娘乐不可支地说。

"你可以叫我做财神。"它一本正经地说。

"我知道你是为了逗我开心。我很开心。谢谢。"姑娘说。

姑娘嘴上说着"我很开心"，眼泪却奔涌而出。

她蹲了下来，哭得很伤心。

它不明白，为什么姑娘开心的时候要哭。

4

淋湿柴木的第二天清晨，它刚打开门，就有两个人冲了进来，直奔大殿，跪在了它的雕像前面。

其实细心一点的人认真看一看它，就会发现，它和大殿上的雕像非常像。

但是没人认真将一个守门人和神像对比。

那两个人在大殿里一个劲儿地磕头。

其中一个人说："小的有眼不识泰山！因为拜了您之后赌博没赢钱，便想半夜点燃柴木，烧掉您的庙宇。没想到您显了神通，我们怎么点火也点不着。以前我不信您有神通，如今相信了。求您大人有大量，不要记我们的仇，不要找我们的麻烦。"

它听得心惊胆战，却又差一点笑出声来。

自那之后，它更加相信那姑娘能看到天意。

庙里第一回有官兵出现，是在中秋的前一天。

往日里来求财的有各种各样的人，唯独没有官兵。这里的官府似乎从来没有为钱发过愁。

它看到官兵冲进来的时候，就预感到不妙了。

官兵将姑娘住的那间屋围了起来。

领头的跪在门外，喊道："小姐，您的父亲十分想念您。您若不跟我们走，我们这些人都将人头落地。"

它听到前来烧香的人们议论纷纷。它七拼八凑地听出来龙去脉。

那姑娘是封疆大吏最心疼的女儿。她因为不愿被选入宫中做嫔妃，没有告诉家人就逃了出来，住在了这个庙里。前不久姑娘家的一个下人回老家，来了这里烧香，恰巧看到了这位姑娘，于是急忙回去告诉了姑娘的父亲。那姑娘若是不肯走，不但这些官兵会人头落地，这个庙恐怕也保不住了。

姑娘坐在屋里没有出来。

由于官兵阻挡，它也进不去。

等到中午，太阳光线最强烈的时候，姑娘终于打开了门。

官兵们都跪了下来。

领头的说："小姐，请回吧。"

姑娘看了人群之中的它一眼，然后上了官兵抬来的轿子。

它冲出人群，挡住了轿子的去路。

领头的提起大刀，怒目走来，身上起了腾腾的杀意。

姑娘掀起轿子的帘子，对它唤道："过来！"

领头的只好侧立一旁，让它过去。

它走到轿子边上，姑娘微微一笑，说："是天意要我走。今天早上你没注意吗？庙前的桂花落了一地。桂花落地，桂者，归也。唉，教了你那么多遍，你还是学不会。"

它心生愧疚。

姑娘朝它招手，说："你再过来一些。"

它往前迈了一步，又闻到了她身上传来的香气。那是它第一次见到姑娘时闻到的香气。

姑娘说："你喜欢我吗？"

它愣了一下，目光却离不开她。

不等它回答，姑娘说："我也喜欢你。"

姑娘放下了帘子，轿子再次前行。

轿子出了庙门，它还呆立原地。

它后知后觉地追出门去，轿子已经走了。

门外有一棵八月飘香的桂花树。

地上并没有落桂花。

5

五十七年后，它闲坐在门槛上看烧香的人来来往往。它容颜从未改变，但是没人关注一个小小的守门人。

一位看上去八十岁左右的老婆婆颤颤巍巍地走到它身边。

它看到过太多逐渐老去的人，只需瞥一眼，便能猜出较为准确的岁数。

"没想到你还在这里，模样一点儿都没变。"老婆婆对它说道。

它看出老婆婆就是五十七年前在这里住过的姑娘。

它看到过太多容颜逝去的人，只需瞥一眼，便能猜出以前长什么模样。

"请问，今天有什么天意？"它问道。

老婆婆笑了，说："亏你还记得我。天意让我来再见你一面。"

它说："你真的能看到天意吗？那天你来到这里，其实是为了逃避你父亲逼你入宫，所以假借天意，躲在这里。那晚你说这里有火灾，那是你听到有人说要烧了这个庙。你怕我跟人结仇，所以假借天意，让我在柴木上淋水。那天你离开这里，你怕我跟官兵冲突，又假借天意，说桂花落地。但外面的桂花没有落地。"

老婆婆笑着说："原来你都知道？"

它说："之前我并不知道。你走的那天，我看到桂花树，忽然明白了。"

老婆婆转头看了看门的外面。那棵桂花树还在，仍然飘香。

它当年在外面种上桂花树，是因为桂花树的寿命很长，一般能活几十年到几百年，有的甚至能活到千年。

世间容易流逝的东西太多了，只有这棵桂花树能和它作伴。

老婆婆收回目光，说："你灵性真的不够。天意只让有心的人看到。"

它问："天意只让有心的人看到？"

老婆婆笑得开心，说："只要你是有心的人，你看到什么，什么就是天意。"

它恍然大悟。原来她根本就没有解读天意的本领，所谓的天意，就是她的心意。

老婆婆说："所以我走的时候问了你那句话。你给了我肯定的回答。我很高兴，天意指引我来到这里，果然是对的。只可惜人妖殊途……"

它问道："你那时候就知道我是妖怪了吗？"

老婆婆说："你吹牛的时候，我就知道了。那天是我最开心的一天，也是我最伤心的一天。开心是因为你给我不切实际的承诺。伤心是因为我发现那些不切实际的承诺，竟然是真心的。"

老婆婆转身要离去。

"哎——"它喊了一声。

老婆婆回过头来，发现它竟然白发苍苍，身形佝偻。

它步履蹒跚地走到老婆婆身边，说道："桂花落地的那天，我忽然想要和你白头到老。"

老婆婆抹泪，说道："你这么多年的修为岂不浪费了？"

它说："天意如此。你没有感应到吗？"

甜人

经历的事情不同，对和错的标准便不同。有人遇到了甜味的人，有人错过了甜味的人，有人自始至终没有遇到甜味的人，这都是对的经历。

1

姜草芽曾听一个吃过无数人的妖怪说，这世间的人，就是那荷花塘里的莲蓬，一点儿都不好吃。

坐在荷花塘边的姜草芽听得糊里糊涂的。

姜草芽也是妖怪，虽然只有两三百年的修为，但是人间常说"四十不惑"，她自以为对人间的事情了解得差不多了，可是听到妖怪前辈这么说，还是困惑不已。

姜草芽问："为什么呀？"

妖怪前辈说："因为人的皮跟莲子的壳儿似的，小的时候很软很薄，但是随着年纪增长变得又硬又厚。好不容易扒开了坚硬的皮，咬上一口，就苦得跟中药似的，好比吃到了莲子里的心。"

姜草芽向来吃素，没有吃过人。

姜草芽问："人的味道为什么会苦？"

妖怪前辈说："你想想啊，人们常说人生不如意事十之八九，心里苦啊。又说什么吃得苦中苦，方为人上人。平时总吃苦的东西，难免苦味都被肉身吸收了。所以吃到肉的时候就泛苦，吃到心的时候苦得不得了！"

姜草芽吃过莲子心，听到妖怪前辈这么说，想起吃莲子心时的苦味，仍然心有余悸。

她是个吃不了苦的妖怪。

妖怪前辈说："我以为人与人之间有所区别，但几百年吃下来，还没有尝到一个好吃的。看来众生皆苦的说法没有错，倒不如吃点山中的飞禽走兽，大多像麦芽糖一样甜。"

姜草芽说："那可未必，可能是前辈吃的人不够多而已。"

妖怪前辈幽幽道："可能是吧。如果能让我吃到一个甜味的人，此生就无憾了。"

没等妖怪前辈吃掉足够多的人，妖怪前辈就被住在荷花塘南边山上的一个道士吃掉了。

2

荷花塘的南边有一座说高不高，说矮不矮的山。可能是因为它平平常常，附近的居民叫它做常山。

常山的山顶跟别的山不一样。别的山顶一般是山尖，常山的山顶却是一片平地。

山下的人们说，远古的时候常山是很高很高的，高耸入云，据说一直往上爬的话，可以爬到天上去。在山顶待几天再下来，山下的人就换了一茬，认识的人就都作了古。后来有个修行的高人路过这里，长剑一挥，将整个山顶给削去了。

修行的高人在山顶的平地上修了一个庙不像庙，道观不像道观的宅院，据说是要在这里修仙。再后来高人可能修仙成功，腾云而去，也可能失败，化为枯骨，总之最后留下了一个奇怪的宅院在这里，千百年来无人居住。

又不知道几百年后，一个和尚不像和尚，道士不像道士的人登上常山，在那个宅院里住了下来。

因为那人不剪头发，山下的人便把他当作道士。

道士自耕自种，很少下山。

山下的人不知道这道士供的是什么神仙，不知道能求什么，虽然常在山上砍柴放牛，但很少到山顶上去。

山顶和山下鸡犬相闻，但山顶和山下的人互不打扰。

山顶的人独自清净，山下的人安居乐业，但苦了半山腰的狐妖鬼怪们。

道士没来之前，山顶的残屋破院往往成了它们的寄身游玩之所，无聊时还能下山去作祟逗逗男女老少，要点供奉。

道士来了之后，狐妖鬼怪们山顶住不得，山下惹不得。它们都不知道这个道士的底细，害怕一作祟就暴露行踪，被他捉了。

果不其然，那个吃了无数人的妖怪前辈骚扰了一下山下的人，就被道士捉去炖了汤。

其实妖怪前辈吃腻了人，看到人就倒胃口。它不过是想试探一下山顶的道士，看看他是不是关心山下的人，看看他有什么能耐和破绽。

妖怪前辈曾跟姜草芽和山上其他狐妖鬼怪说："但凡是个人，就有破绽。只要发现了他的破绽，我们就能打败他。"

这样的话妖怪前辈说过好几次了。

在这个道士来之前，曾有其他道士到这山上来过。道士来这里，无非是要斩妖除魔，替天行道。

但是之前来的道士都被狐妖鬼怪破了功。

有的道士被狐妖幻化的美女诱惑，羞愧而逃。

有的道士被牛粪变成的黄金买通，绕道而行。

还有的道士不等美女和黄金出现，就受不了破宅院的荒凉孤寂，早早离开了。

这个新来的人跟之前那些道士不同。

狐妖化作美女诱惑他，他却捧着书看，说道："书中自有颜如玉。"

伥鬼送了黄金过去，他看都不看一眼，说道："我视钱财如粪土。"

只要狐妖鬼怪不骚扰山下的人，他也视若无睹。

妖怪前辈叹气道："这人怕是个呆子。"

道士将说他是呆子的妖怪前辈放在铁锅里大火煮了三天，又小火熬了三夜。那几天，山上到处散发着肉汤的香味，惹得许多平时吃肉吃惯了的妖怪肚子里咕咕叫，却不敢下山去作祟弄点吃的。

吃就吃吧，这道士还要发出"吧唧吧唧"的吃肉喝汤的声音，还打嗝。

在寂静的夜里，吃肉喝汤打嗝的声音整座山上的妖怪都能听见。

道士吃完肉，喝了汤，打了嗝，最后挺着个圆滚滚如同怀胎十月的肚子，走到山间小路上，摘了一根狗尾巴草当牙签，在牙齿缝里挑来拨去。

见这道士如此嚣张，姜草芽决定为妖怪前辈复仇，破戒吃掉这个道士。

3

她化作山下一位经常上山割草的姑娘，走到道士跟前。

道士看了她一眼，继续用狗尾巴草挑牙缝。

姜草芽问道："道长，肉好不好吃？汤好不好喝？"

道士咂咂嘴，说道："肉烂汤鲜，难得的人间美味。"

姜草芽问道："不苦吗？"

道士笑道："苦得很。不过就是因为苦，所以要熬嘛，熬到苦尽甘来。你要不要尝一口？锅里还剩了点儿。"

姜草芽连连摆手。

她要吃的是这个道士，不是妖怪前辈的残羹冷炙。

道士上下打量她，说道："你就是那个修炼了三百年的黄精吧？"

姜草芽吓了一跳，想要逃跑，两脚却生了根似的跑不动，仿佛这三百多年的修为都白费了。

糟糕，吃人不成，反要被人吃了。她心中慌乱。

道士又说道："你别怕，我不吃素的。我不但知道你是黄精，还知道你的前世。"

姜草芽听他说不吃素的，稍稍放下心来，问道："我的前世是什么？你又是如何知道的？"

道士走到姜草芽近前，嗅了嗅鼻子，说道："我当然知道，你前世是仙儿。"

姜草芽惊讶道："我前世是仙儿？那为什么今生成了一株花草？"

道士望着天际，说道："前世你和心上人一起羽化登仙，位列仙班。有一次仙尊给众仙传道解惑，仙尊说，世人皆苦。众仙点头。你却在下面碰了碰身边的心上人，偷偷接了一句，唯你是甜。仙尊大怒。一因不敬仙尊，二为离经叛道，仙尊将你逐出仙界，贬下人间，让你尝尝人间的苦，重头再来。"

姜草芽道："原来如此，这仙尊竟然跟被你吃掉的妖怪前辈想的一样。等等，莫非你是仙人？"

道士摆手。

"你既然不是仙人，又怎么知道我前世在仙班被贬的事情？"姜草芽问道。

道士抬起手来，拇指与四指相碰，说道："我精通玄黄之术，能掐会算，自然知道。"

姜草芽撇嘴道："人间的玄黄占卜之术，我都学过，为何我算不出来？"

道士说道："那是因为你学艺不精。"

姜草芽不服气，说道："我学艺不精？随便你出个题，让我算一下，看看我算不算得出来。"

道士弹了弹狗尾巴草的尾巴，说道："那你算一下，你会不会喜欢我？"

姜草芽脸一红，骂道："你这个臭牛鼻子道士！要杀便杀，何必羞辱我！"

道士哈哈大笑，说道："就说你学艺不精吧，你还不信。你喜不喜欢，全在你，岂是通过掐算能算出来的？"

姜草芽气得牙痒痒，恨不能咬他一口。

"既然你学艺比我好，那我也出个题，让你算一下。"姜草芽计上心来。

道士点头道："随便出。"

"但是咱们得打个赌。"姜草芽说道。

"赌什么？"道士似乎颇有兴致。

"要是你输了，你就让我吃掉。"

道士一愣，随即说道："可以。那要是你输了呢？"

"要是我输了，我就承认学艺不精。"

道士皱起眉头，摸摸下巴，挠了挠胡子，说道："这不公平吧？"

"反正你也不是吃素的。"姜草芽道。

道士倒是爽快，将袖子一挥，说道："行吧。你出题。"

"我姜草芽从来不欺负人，不问难的问题，问和你一样的问题。你算一下，我会不会喜欢你？"姜草芽问道。

不等道士回答，她就接着说道："你若是算出来喜欢，我就偏偏不喜欢。你若是算出来不喜欢，我就偏偏喜欢。"

说完她就得意地笑出声来。这下肯定可以为妖怪前辈报仇了！

道士也露出一丝狡黠的笑，说道："既然这样的话，我算出来了，你不会喜欢我。"

姜草芽张嘴就咬。

才一口下去，满嘴血的姜草芽惊住了！

"你竟然是甜的！"姜草芽回过神来，大喊道。

被咬的道士忍着疼痛，含笑看着大惊小怪的她。

"可惜了可惜了！"姜草芽连连摇头，叹息。

道士迷惑道："怎么可惜了？"

姜草芽道："妖怪前辈一心想吃到一个甜味的人，却始终未能如愿。要是他没被你炖掉，我好让他也尝尝。"

道士失望道："我还以为你知道我是谁了。没想到你还惦记着把你贬下人间的仙尊。"

姜草芽一脸茫然，问道："他不是妖怪吗？怎么又是仙尊了？"

"他把你贬下人间之后，跟着你也来到了这座山上。他之所以吃那么多人，就是为了证明你的回答是错误的，他的说法是正确的。"道士说道。

姜草芽想了想，说道："那么，我和他，到底谁对谁错？"

道士叹道："他找了几百年，没有找到一个甜味的人。自然他还认为他是对的。"

姜草芽问道："那么是我错了？"

道士看着她，说道："你吃到了甜味的人。当然你是对的。"

"我们……都是对的？"

"哪有什么对错，经历的事情不同，对和错的标准便不同。

有人遇到了甜味的人，有人错过了甜味的人，有人自始至终没有遇到甜味的人，这都是对的经历。他即使吃了我，也是苦的。"

"你明明是甜的，为什么又说是苦的？"

"甲之蜜糖，乙之砒霜。有的人对你来说是甜的，对别人来说是苦的。你喜欢的就是甜的，你不喜欢的就是苦的。"

姜草芽若有所思地问道："你到底是谁？"

道士往地上一蹲，变成了一只瓦罐猫。

脸匠

所谓脸匠，就是帮人换上更想要的脸的人。而一旦得到别人的脸，就要过那个人的人生。

1

阿琳常常感觉有人亲她的鼻子，尤其是睡觉的时候。

她怀疑是自己的错觉。可是每次被亲的时候，那种感觉非常真实。她不仅感觉到鼻子被亲了，还闻到一股淡淡的烟味。

她心想，那个亲她的人应该有抽烟的习惯。

她很不喜欢烟味。

每次感觉到被亲的时候，她就迅速睁开眼睛，却发现身边或者床边连个人影子都没有。就算那个人能躲到床底下去，动作也不可能比她睁开眼还要快。

她不敢往床底下看，害怕真的看到一个散发着烟味的人。

后来她在床底下塞满了东西，但是被亲的感觉还是时常出现。

她跟她的闺密抱怨了好几次。

她对闺密说："都怪你要我去阿部那里把鼻子弄得好看一些。"

2

阿部是闺密介绍给她认识的。

闺密说，阿部是脸匠。

阿琳听说过木匠、铁匠、瓦匠之类的，从未听说过脸匠。

闺密解释说："木匠是做木具的，铁匠是打铁具的，瓦匠是修房子的。这个脸匠啊，是专门修脸的。眉毛啊鼻子啊嘴巴啊下巴啊颧骨啊，对别人来说，生下来是什么样就是什么样，但是在脸匠这里都可以修改。你总是觉得鼻子不够好看的话，可以去阿部那里修改一下。"

闺密还说："这附近曾有一个姑娘，脸上有一颗蚕豆大小的痣，本来那姑娘挺好看的，就是被那颗痣破了相。那姑娘找到阿部，希望阿部把那颗痣拿掉。阿部掏出一把锋利无比的小刀，在姑娘脸上刮了一下。姑娘还没有反应过来，那颗痣就掉在了地上，落在地上的痣突然伸出八只脚，爬虫一样爬走了。"

她惊恐地问闺密："那颗痣是个爬虫？"

闺密说："可不是嘛？用阿部的话来说，一切东西都有灵性，哪怕一颗痣，也是有灵性的。眼睛啊鼻子啊嘴巴啊舌头啊都有灵性。不然怎么会有'相由心生'这样的话呢？你的脸知道你的心里想些什么，才会变成现在这个样子。"

闺密又说："那个姑娘去掉痣以后，原来看不上她的人都来找她提亲。脸改变了，人生也会发生改变。这就是那些算命先生观看面相预测人生的依据。"

她觉得闺密说得有道理。

闺密趁热打铁说："你对目前的人生不够满意，就是因为你感觉鼻子不够好看。要是鼻子变得让你满意了，人生也会变得更加满意。"

她被闺密的话打动了，于是跟着闺密找到了脸匠阿部。

阿部给她吃了一颗药，她昏睡了过去。

等她醒来，她发现鼻子变得又高又挺。

她很满意。

从阿部那里离开的时候，阿部对她说："凡事有舍有得，是药还有三分毒。你的鼻子是好了，但会有一点儿副作用。"

她以为鼻子会偶尔疼痛，这是她早就有心理预备的。

没想到她没感觉到疼痛，却常感觉到被亲了。

这种感觉虽然有点儿奇怪，但好在她的人生似乎真的发生了微妙的变化。

在大街上行走的时候，她能感觉到路人们纷纷注目，被她吸引。

有些人以前对她不冷不热，现在时不时主动献殷勤。

她很享受这种变化。

闺密对她说："我没骗你吧？你的相貌跟你的人生是息息相关的。"

她说："可我常常感觉鼻子突然被人亲了一下。"

闺密不以为然地说："亲就亲吧，跟美一比，这算不了什么。"

3

没多久，她就习惯了这种被人注意的感觉，也习惯了鼻子偶尔出现被亲的错觉。

她对闺密说："你觉得我脸上哪里还需要修改一下？"

闺密说："你的嘴唇如果再饱满一点儿，就更好看了。"

于是，她催促闺密带她去阿部那里修改嘴唇。

阿部给她吃了一颗药，她昏睡了过去。

等她醒来，她发现嘴唇变得更饱满了。

她离开的时候，阿部说："你的嘴巴也会感觉到有一点儿副作用。"

她打趣道："不会是被人亲到嘴巴的错觉吧？"

后来她并没有嘴巴被亲到的感觉，而是发现说话的声音有点儿改变。这让她感觉自己变成了另一个人。

不过她没太放在心上。嘴唇不一样了，说话自然会有些不一样。她这样安慰自己。

同时，她惊喜地发现，街道上越来越多的人注意到她，献殷勤的人也越来越多，她曾经暗恋过的人也向她表达了爱意。不过她已经不喜欢那个人了，她觉得那个人已经配不上她了。她有了新的暗恋的人。

4

人生似乎越来越美好。

但是鼻子还是常常忽然感觉到被什么人亲了一下。淡淡的烟味乍现又消散。

她鼓起勇气，向新的暗恋的人表达了自己的爱意。

没想到，那个人拒绝了她。

她哭着找到闺密，要闺密带她去阿部那里。

阿部见了她，问道："这次你要修改哪里？"

她说："只要是可以变得更好的地方，都要修改。"

阿部说："以前修改的地方少，你人生的变化也少。要是修改得太多，你人生的变化就会太大。你想好了吗？"

她没有一丝犹豫。

阿部给她吃了一颗药，她昏睡了过去。

这次等她醒来，她发现身边躺着一个又老又丑的男人。

她惊叫着爬了起来，惊慌之中看到镜子里有张陌生却异常好看的脸。

那张脸就在她的脸上。

男人酣睡如猪，没有管她。

她跑了出去，发现自己在……青楼里。

她的闺密迎面走了过来，将食指放在嘴唇上，示意她安静。

她惊慌失措。

她问闺密："这是怎么回事？"

闺密凑到她的耳边，轻声细语地说："你都忘了吗？我们警告过你的，要是修改得太多，你人生的变化就会太大。你现在有这个地方最漂亮的脸，是这个地方最受欢迎的花魁！"

这时候，那个又老又丑的男人走了过来，将她拖了回去。

男人点了一根烟，抽了一口，说道："曾经有个花魁住在这里，看见你从楼下经过。她希望像你一样过普普通通自由自在的生活。正好你想要一张漂亮的脸，于是她先将鼻子换给了你，又将嘴唇换给了你。最后，你还一直想换，于是就得到了她全部的脸。所谓脸匠，就是把别人不想要的东西换给你。而得到她的脸，就要过她的人生。她现在成了你的样子，已经去过你的生活了。"

她吓得僵住了。

然后，这个带着烟味的男人轻轻地亲了一下她的鼻子。

这跟她第一回感觉到鼻子被亲的时候几乎一模一样！

男人说："你们女人，为什么总要嫌弃自己呢？"

借水

有情之人，经得起生死考验，但经不起一点儿猜疑。

1

有一个村子没有水井，但家家户户有水缸。村里的人每天都要去绕村而过的河边打水回来，倒进水缸。因为河离村比较远，所以各家各户都会在晚上之前把自家的水缸续得满满的，留着早晨起来做饭洗漱用。

这个村里有个名叫绵子的男人，自从他的媳妇死了之后，家里就出现了怪事。

他每天晚上都把水缸挑满了，可是第二天水缸里的水会消失得一干二净。

世上有偷钱的，有偷肉的，有偷米的，没见过偷水的。

绵子觉得不对劲，可是他不在意。

自从媳妇死后，他除了每天去挑水，什么都不做，天天想他媳妇想得泪流满面。

媳妇在的时候，每天晚上睡觉前都会问他，缸里的水挑满没有？

他每次睡前想起媳妇的样子，想起她说这句话，才去挑水。要不是有这个念想，他水也懒得挑了。

除了挑水，他对什么都提不起兴致。

很快，绵子变得人不像人，鬼不像鬼了。

2

这件事传到了一个姓杨的高人那里。

这个姓杨的高人借口到绵子家里来坐。高人一走进绵子的家里，就说他家里有一股奇怪的味道，并且问绵子最近是不是有亲人去世了。

绵子告诉高人，他的媳妇不久前去世了。

高人点点头，然后说："这就对了，你媳妇可能要诈尸。"

这可把绵子吓坏了。

高人叫绵子带他去他媳妇的坟地看看。

到了坟地一看，高人说："你媳妇埋错了地方。这块地极阴，水气特别大，女子又属阴，所以才会把水搬到坟地来。"

绵子说："难怪我家缸里的水会消失！原来是她搬来了！"

高人又说："你挖开她的坟，不出意料的话，你家消失的水都在她的棺材里。"

绵子找了几个人来挖坟，挖到地下三寸的时候，就发现下面的土是湿的，都是稀泥。

打开棺材之后，他们发现棺材里面果然装满了水。绵子的媳妇就躺在水里，脸上长了浅浅一层白色的绒毛。

奇怪的是，他媳妇的身体一点儿腐烂的痕迹都没有。唇红齿白。手指依然有弹性，衣服都没有坏一点儿。

绵子问高人接下来怎么办。

高人叹了一口气，说道："这件事接下来怎么办，还得看你怎么选择。我建议你把她烧掉，你看到没，她脸上都开始长白毛了，马上就要变成僵尸了。"

绵子说："一日夫妻百日恩，我怎么能烧掉她？这不行。"

高人说："这样的话，那就削七根桃木钉，然后找艾蒿来点燃，将尸身熏一遍。熏过之后，把棺材重新埋下去，最后把那七根桃木钉呈北斗七星的形状钉在她的坟周围。"

绵子说："这个行。"

于是，绵子用艾蒿将他媳妇的尸身熏了一遍，艾蒿的烟一熏到他媳妇，他媳妇脸上的白毛就不见了。他把棺材里的水清理干净，将他媳妇的尸身放回棺材，又将棺材重新入土。最后，他按照高人的指示将桃木钉钉在了坟周围。

果然，之后几天，他家水缸里的水没再消失。

3

可是几天之后，绵子发现水缸里的水又消失了！

他赶紧去坟地看出了什么问题。

到了坟地一看，他发现那七根桃木钉已经出来了！

他刨开坟地，打开棺材。棺材里满是水。

他媳妇居然坐在满是水的棺材里！

他吓了一跳。

这时候，他媳妇朝他微微一笑。

他虽然害怕，但这个人毕竟是曾经跟他一起生活过好多年的媳妇，是他日思夜想的人。

他问坐在棺材里的媳妇："你是活过来了吗？"

他媳妇只是朝他笑，不说话。

他伸出手指，戳了戳媳妇的脸。媳妇的脸像以前一样有弹性，只是稍微凉了些。

于是，他将媳妇背回了家。

他媳妇回来之后什么都不吃，什么都不说，只有渴了的时候去水缸那里喝水，一天就要喝一缸的水，比水牛还厉害。

到了晚上，他抱着媳妇睡觉，盖了三层厚棉被他还是冷得打哆嗦。他媳妇却不觉得冷。但是欲望比以前要旺盛得多。

几天之后，他就有点儿支撑不住了，去挑水的时候腿打晃。

有人发现他挑水的时候不对劲，偷偷跟到了他家里。

那人发现绵子家里多了一个女人。

那人等绵子又去挑水的时候，悄悄进了绵子家里。

绵子媳妇发现有人进来，拿了一块打湿了的纱巾遮了脸。

那人问："你是绵子的什么人？以前怎么没听说过他家里有女人？"

绵子媳妇说："我是他的姑老太。我听说他想念他媳妇想得生病了，所以来这里住一阵子，照顾他。"

那人信以为真。

回去的路上，那人碰到了挑水回来的绵子。

那人跟绵子说："你家里的姑老太长得挺好看啊。"

绵子大吃一惊，问道："什么姑老太？"

那人说："我去你家里问了那个人。那人说她是你的姑老太。声音像是老人的声音，没想到长得这么年轻！"

4

那人走后，绵子越想越不对劲，越想越害怕。

于是，绵子放下了挑水的担子，急忙去找那个姓杨的高人。

高人惊问道："那七颗桃木钉你取掉了？"

绵子说："没有。只是都出来了。"

高人说："你赶紧带我去你家里看看。"

绵子领着高人赶回家，发现姑老太坐在床边，正在叠他的衣服，举手投足跟他媳妇生前时一模一样。

绵子大声质问道："你到底是何方妖孽！为什么要自称是我的姑老太来害我？"

这一问，姑老太立即哭了起来，眼睛里的泪水如泉水一般喷涌而出。姑老太的容貌迅速变老，不一会儿就白发苍苍，形容枯槁，面目狰狞。

绵子害怕了，担心姑老太伤他，回身拿了一根扁担来。

姑老太还是不停地哭，仿佛身体里的水都流干了，眼睛深陷，皮肤瘪了下去。接着皮肤腐烂，头发掉落，不过转眼的功夫，床边只剩了一堆白骨。

高人见状，扼腕叹息道："可惜了可惜了！你不该进门就叫她姑老太！"

白骨散发出难闻的气息，如臭鱼烂虾。

绵子捂嘴问道："不叫她姑老太，你就能问出缘由来吗？"

高人摆手道："你不戳穿她，她就仍能以你媳妇的模样在这里生活。水缸之所以空了，是因为她担心你萎靡不振，让你天天去挑水。她见你日夜思念，所以拔掉桃木钉，骨头生肉，回来陪你。人们常说，所爱隔山海，山海皆可平。但我头一回见能突破生死界限的牵挂。我跟你来，本想看看情况，想办法将她留下。可是你见到她就质问，恶语相加，伤了她的心，她所有的努力都没有了支撑，瞬间老去，化为尘土。"

绵子这才明白过来，丢下扁担，扑到床边大哭。

绵子抱起白骨，问道："我把她送回去，她还会回来吗？"

高人缓缓摇头，回答道："有情之人，经得起生死考验，但经不起一点儿猜疑。"

绵子将白骨埋回原来的地方。但是从那之后，水缸里的水再没消失过。

勾勾

你千万不要在他面前提那些往事，免得他知道自己已经死了。

1

有一天晚上，西伯忽然梦见了他的女儿勾勾。

女儿勾勾跟西伯说："我的房子顶上漏水，房间变得潮湿阴冷，实在难受。"

西伯梦中醒来，想起年轻貌美的女儿勾勾已经去世，悲伤不已。

他的女儿勾勾是被嗜酒的丈夫打死的。

第二天，西伯去了女儿的坟墓前。他看到坟前的池塘涨了水，涨起来的水漫到了坟前的墓碑，浸湿了坟墓周围的泥土。

西伯叹息道："难怪勾勾说房子顶上漏水，原来是水渗到下面去了！"

西伯回家拿来了锄头，给池塘放水。

几天后，西伯又梦见了女儿勾勾。

女儿勾勾生气地跟西伯说："我要离家出走。"

西伯惊醒过来，想起女儿勾勾已经去世，悲伤大哭。是他逼迫女儿勾勾嫁给了那个家境很好却嗜酒如命的男人。女儿勾勾不愿意嫁给那个男人。西伯说："你只有跟着他才能过上别人给不了的好生活。"

她说自己已有了心上人。西伯以死相逼。女儿勾勾不得已，只好答应西伯。

出嫁那天，大雨倾盆，池塘涨水，庄稼被淹，女儿勾勾泪流满面。

但是西伯很开心。虽然女儿勾勾不喜欢那个男人，但是在西伯的心里，那个男人才是女儿勾勾最好的归宿。

第二天，西伯去了女儿的坟墓前，发现坟墓居然被挖开了！泥土里的棺材还在，但是棺材里的尸首已经不见了！

西伯惊讶道："难怪勾勾说要离家出走，原来是尸首不见了！"

西伯到处寻找女儿勾勾的尸首，可是怎么找也找不到。

半年之后，西伯听说有的地方有配冥婚的风俗。一个人若是尚未婚配就过世，其家人会偷偷找来一个已经过世的异性，像活人一样举办婚配之礼。

西伯怀疑他的女儿勾勾被盗墓贼盗走之后给人配了冥婚。

于是，西伯到处打听哪里有尚未婚配就过世的男子。

2

不久之后，西伯终于打听到九十多里外有个尚未婚配的年轻男子在半年前去世了，去世的日子跟他最后一次梦到女儿是同一天。

西伯找到了那户人家的房子。房子里有一对穿着朴素的夫妇正在做饭。

西伯想起女儿在婆家从来不用做饭，心里一酸，要是女儿勾勾还在世的话多好啊，有下人做饭，有下人端上桌，有下人洗碗。

西伯问那对夫妇，半年前这里是否有人去世？是否给去世的人办过冥婚？

那对夫妇惊讶不已，反问西伯："你问这个做什么？"

西伯说："我女儿的尸首被盗了。我怀疑我的女儿被人盗走配了冥婚。"

那对夫妇却说不曾有男子去世，不曾给过世的男子办过冥婚，更不曾盗过年轻女人的尸首给过世的男子配冥婚。

西伯看出那对夫妇的眼神闪烁，似乎想隐瞒什么秘密，他觉得那对夫妇的话不可信。

等到晚上，西伯偷偷来到那户人家的窗外，将耳朵贴在墙壁上，想要偷听那对夫妇说话。

西伯认为那对夫妇肯定会在晚上没人的时候聊到他白天询问的事情。

果不其然，西伯听到房内有人说话。

让西伯惊讶的是，房内说话的声音跟他女儿勾勾的声音很像。

西伯偷偷从窗外往房里看，竟然看到他的女儿勾勾躺在床上！

一个他不认识的男人睡在他的女儿勾勾身边！

女儿勾勾爬了起来，与那个男人恩爱快活。

女儿勾勾在叫唤，那个男人在叫唤，床也在叫唤，叫唤的声音大得西伯都脸红了。

等女儿勾勾和那个男人恩爱过后，西伯破门而入。

女儿勾勾见西伯突然闯了进来，吓得慌忙扯起被子捂住身子。

西伯问道："勾勾，你怎么跑到这里来了？"

女儿勾勾哭诉说："半年前我被丈夫打了之后，我哭着回了娘家的池塘边，在池塘边来来回回地走了好久。我既不敢回婆家，怕丈夫又打我，也不敢回娘家，怕你把我送回去。于是，我躲在池塘边的荒草丛里过了几天。其间有一天池塘涨了水，把我的鞋子打湿了。后来，一个白胡子老头从池塘边经过，看到了我。白胡子老头说，九十多里外有个年轻男子为人善良，英俊魁梧，正是婚配的年纪。那个白胡子老头问我愿不愿意嫁过去。"

女儿勾勾抹了一把眼泪，接着说："我反正走投无路了，便点头说愿意。那个白胡子老头领着我来到这里，我就嫁给了这个男人。这个男人对我很好，他的父母对我也很好。虽然日子不宽裕，但是我过得很快乐。我不敢回去，也不敢跟人说起以前的事，我怕回到原来的生活。"

西伯悲伤道："半年前你已经死了。"

女儿说："怎么可能？我现在活得好好的。"

西伯叹息道："你要是不信，明天你跟我去看看你的坟墓。"

3

第二天，西伯带着女儿勾勾回到了池塘边。

女儿勾勾问："我的坟墓在哪里？"

西伯指着女儿勾勾的坟墓，说："你看，那就是。"

还没等女儿勾勾看过去，西伯就看到那个墓碑上刻的不是女儿的名字，而是"周公旦之位"几个字。

西伯说："怎么可能呢？我带你去你丈夫家看看，你就知道了！"

女儿勾勾不肯去。

女儿勾勾说："要去的话，您自己去。我是不会再去那个鬼地方了。"

于是，西伯自己去了女婿家。

西伯发现女婿又娶了一个年轻姑娘，那姑娘跟他的女儿勾勾一样好看。

西伯跟女婿说起以前打死勾勾的事情，女婿没有一点儿悔意。

西伯从女婿家回来，要女儿勾勾回到九十多里外的那户人家去。

女儿勾勾问西伯："你怎么不像以前那样逼我了？"

西伯愧疚道："现在我知道错了。"

女儿勾勾又问西伯："那我到底是死是活？"

西伯说："你放心吧。虽然我不明白这是怎么回事，但是我也不会在任何人面前再提那些往事了。"

4

女儿勾勾与西伯告别，回到了九十多里外的那户人家。

回去后，男子问她："你父亲怎样了？"

她说："哎，他因为我被打而愧疚，常常喝酒，一次醉酒之后失足掉进了涨水的池塘里。你千万不要在他面前提那些往事，免得他知道自己已经死了。"

瓷美人

生活终究要归于平淡。我期待的神仙眷侣的生活，就是与她过平平淡淡的日子。

1

龙湾桥的北街有一位远近闻名的美女，名叫阿词。

阿词家境富裕，五官精致，身材窈窕，皮肤白得让人惊叹。

可惜的是，阿词不仅如瓷器一般白，也如瓷器一般脆弱。

她特别容易受伤，轻微碰撞也会造成严重的骨折或者出血。即使伤愈后，也很容易旧伤复发。

因此，龙湾桥的人将她称作瓷美人。

也是这个原因，许多人爱慕她的容颜，却不敢接纳她。

偶尔有人大胆表明爱意，阿词也不敢轻易接受，她担心容貌破碎后遭人嫌弃。

龙湾桥南边大约九十九里住着一个补碗的匠人。

匠人听到阿词的传闻，来到龙湾桥，找到阿词家，希望获得阿词青睐。

阿词的父母觉得阿词虽然脆弱，但还不至于嫁给一个补碗的，因此拒绝了匠人。

匠人没有离开，他留在阿词家门前，摆下补碗的摊位，天天给人补碗。

2

有一天，阿诃从家里出来，刚出门就绊到了石头，摔了一跤。

阿诃慌忙以手撑地。虽然护住了头和脸，撑地的双手却磕得满是裂纹。

匠人见状，急忙冲了过去，拿出铆钉和锤子。叮叮当当一阵忙活之后，匠人将阿诃破裂的双手补好了。

常见的补碗的铆钉都是黄铜打造的。阿诃看了看双手，铆钉却是白色的，与她的肤色相差无几，几乎看不出修补的痕迹。

匠人道："这是为了姑娘特意打造的白瓷铆钉。这白瓷铆钉娇气得很，不像黄铜铆钉可以随意捶打。白瓷铆钉敲打时轻也轻不得，重也重不得。轻了无法固定，重了容易碎掉。我苦苦钻研了九九八十一天，磨坏了九九八十一双手套，终于掌握了制作白瓷铆钉的技艺。这样既能补好姑娘的伤，又不影响姑娘的美貌。"

阿诃看到匠人双手满是烫伤结的疤，十分感动。

匠人又拿出一套麻布长衣，说："我以多年补碗的心得，做了这件麻布甲。这麻布甲经过一年的暴晒，然后在香油中经过一年的浸泡，又在茶籽壳烧的火上经过一年的烟熏，最后变得坚如钢铁，又韧性极好。姑娘穿上这件护身的衣服，就不再怕摔倒磕碰。"

阿诃感动落泪。

不久，阿诃违背父母的意愿，义无反顾地嫁给了补碗的匠人。

龙湾桥人人为之扼腕叹息，认为阿诃下嫁了。

开始两个人也过了一段幸福生活。只是渐渐地，就出现了问题。阿词实在太脆弱了，肩不能挑，手不能提，每天活得小心翼翼。可过日子是很残酷的，贫贱夫妻百事哀。

渐渐地，匠人就对阿词有点不满。

有时候阿词磕了碰了，他也不再耐心去补。那个麻布甲并不顶大用。

娶了阿词，匠人就不再补碗，想着去做生意。没有本钱，就让阿词回娘家拿。阿词回家拿了，匠人拿着本钱出门，让阿词在家等他，说他挣了大钱，就不用阿词干活了。

可匠人一去，好几个月都没有回来。

3

阿词在家苦苦地等，被人告知，她的丈夫整日住在赌场里呢，把钱都输光了。

阿词去找，见匠人正在赌桌上，因为没了本钱，只能看别人赌。他看见阿词两眼直放光，马上跑过来要钱："阿词快给我钱，我好翻盘。"

阿词不给，说没有。

匠人就骂她："没用的东西，连钱都没有。"

阿词含着泪问他："你不是说要去做生意吗？"

匠人答："我是想先赢点钱，让生意的本钱再大点。"

阿词流下了眼泪。没说什么，她转身就走了。

邻居看见阿词回了家，却再也没见她出来过。心生疑窦，带人上门，发现阿词已经死了。

阿词的父母哭着上门，他们认为是匠人杀害了阿词，找来大夫查验，谁知大夫却说："体外无伤，体内无毒。"

众人不信，问："那阿词为何而亡？"

大夫叹息道："她死于心碎。"

4

阿词死了，匠人也输光了本钱，又回去补碗。

大约半年后，匠人听说有人在龙湾桥看到阿词回了娘家。匠人惊诧，去龙湾桥打听，居然有不少人见到过阿词出入娘家，言行举止一如生前。跟阿词一起回娘家的还有一个男子。

龙湾桥附近有个烧瓷的窑。那男子是窑上的伙计。

匠人去烧瓷的窑上，找到那男子。男子听匠人说阿词已死，并不惊讶。

男子说："我暗暗喜欢阿词已久，因为身份卑微，所以绝口不提。出于私心，我偷偷画下了阿词的画像，按照阿词的模样烧制了一个与阿词一模一样的瓷人，我天天给她擦洗,夜夜与之同眠。

"谁知前不久的一天晚上，我被一阵瓷器破碎的声音惊醒，发现瓷人居然坐了起来。

"瓷人哭得泪水涟涟。

"我吓得翻身起床，差点儿夺门而逃，但见她嘤嘤哭泣，又心中不舍，于是壮起胆走回床边，问她怎么了。

"她说她心口疼痛。

"我问她为何疼痛。

"她却不说。

"自此之后，我对她愈加谨慎关爱，可是无论我多么小心，她还是经常磕伤，碰出裂纹。

"我心疼地抚摸裂纹，问她疼不疼。

"她说，对比那晚心口的疼痛，这实在不算什么。

"我又问她那晚是如何醒过来的。

"她说，那晚之前的记忆浑浑噩噩，如同做梦。是疼痛让她从梦中清醒过来的。

"后来我去龙湾桥送瓷器，听说阿词病故，颇为诧异。为了弄清缘由，我带着瓷人到了龙湾桥。阿词的父母看到瓷人，悲喜交加。

"阿词的父母问起阿词的事情，瓷人皱眉思索许久，说是梦中似乎见过，但记忆模糊。

"阿词的父母也不计较，认她做了女儿，还唤她做阿词，说是图个念想。瓷人欣然接受，也将龙湾桥当作了娘家，不时探望。

"如今我们已经亲如一家。"

匠人不甘心，问道："听起来与常人的生活没有什么差别。这就是你期待的生活吗？"

男子道："生活终究要归于平淡。我期待的神仙眷侣的生活，就是与她过平平淡淡的日子。"

笑哭神

　　涉世未深时，以为人们想哭的时候哭，想笑的时候笑，是多
么平常的事。后来发现，一个人活得自由，才是无上的幸福。

1

曾有一个名叫绿至的女人从大理城经过。

她长得很漂亮，衣着很华丽，一看就不是普通人家的姑娘。可是她的身边没有一个随从。最引人注意的还是她那一双手。她的手白皙得像雪，手指细长，每个指甲上都画了一只绿色的鸟雀。鸟雀形态各异，非常精致。

普通人家姑娘的双手要劳作，养不了一双这么好看的手。

没人知道她是从哪里来，要到哪里去。

走到大理城之后，绿至因为腹中饥饿，便在街道一角卖唱，用路人施舍的钱换些吃的。

她歌声动人，如清晨林间的鸟雀一般悦耳。

听者无不动容，有的听着听着流泪哭泣，有的听着听着喜不自禁。

不论是哭的还是笑的，听过她卖唱的人都赞不绝口。

绿至离开之后，余音尚且绕梁，数日不绝。即便她不在那里了，人们从街边经过时，依然能听到悠悠的歌声，以为她还在那里卖唱。

大理城外有一个名叫追烛的男子，他听到关于绿至的传闻，好奇地来到绿至卖唱的地方，却没有听到绿至的歌声。

住在附近的人跟他说："你来晚了，再香的酒，放太久了也会变成平淡的水。再痴的心，等太久了也会变成坚硬的石头。绿至的歌声虽然余音绕梁，但余音一天比一天小。前天远远地站着就能听到，昨天隐隐约约还能听到一些，今天恐怕要爬到屋檐上贴着房梁才能听到。"

追烛借来梯子，爬到了房梁上，果然听到了隐隐约约的歌声，仿佛从遥远的地方传来。

追烛陶醉在歌声中，一不小心从房梁上跌落，摔断了一根肋骨。

他忍住剧烈的疼痛，又爬上房梁，可是上面的歌声已经消失了。他觉得没有听够，打听到绿至离开了大理城，于是不顾伤痛，出城拼命追赶。

绿至经过一个小村时，追烛追上了她。

追烛拦住绿至，请求绿至唱歌，绿至不肯。

追烛心痛不已，说："我摔断了肋骨，就为听到你的声音。我如此迷恋且诚心，你就不能让我再听一听吗？"

绿至说："不是我不唱给你听，是我唱的时候你不在，你在的时候我没唱。天上的鸟儿只在想唱的时候唱，不会因为人的要求而唱。"

追烛捂着心口说："是我来得太晚了，我这不是追过来了吗？"

绿至说："你要看桃花，就要在春天去看；你要看荷花，就要在夏天去看；你要看菊花，就要在秋天去看；你要看雪花，就要在冬天去看。错过时间的是你，不是花。"

追烛哑口无言，却仍然不让她走。

绿至想要绕道而行，追烛便欺辱她。

绿至向当地人呼喊求救。当地人视若无睹，漠不关心。

绿至离开时放声痛哭，引得整个村庄的男女老少都流泪悲哭。每个人都想起了曾经心碎的悲伤往事。

即使绿至走后，当地所有人依然莫名悲伤，心情低落，睡则无眠，食则无味，常常无缘无故大哭不止。

2

当地人无奈之下，找到绿至，低声下气地把她请回来，求她解除哭泣的魔咒。

绿至于是放声高歌，引得整个村庄的男女老少情不自禁地手舞足蹈，饮酒作乐，似乎忘掉了所有的悲伤。

当地人给了她很多钱，以此感谢她带来的快乐。

绿至摇头拒绝。

当地人于心有愧，想起当初她被欺辱的时候视若无睹，于是抓来当初欺辱她的追烛，任由绿至惩罚。

绿至说："我有一个要求，从此以后，他高兴的时候不可以笑，要哭；悲伤的时候不可以哭，要笑。"

追烛不以为意，说："这有什么难的？"

此后数年，他遇到高兴之事不能笑，只能痛哭；经历悲痛之事不能哭，却要欢笑。

又数年，他病倒，卧床不起，连话都说不出来。

大理城里的神医给他开了大理城里最好的药，但是没能治好他的病。

神医说，心病还需心药医，解铃还须系铃人。

追烛的家人到处打听绿至的消息，可是谁也不知道绿至身在何处。

3

大理城中有位高人听说此事，对追烛的家人说，或许甲马可以挽救追烛。

甲马也叫纸马，用五色纸或者黄纸制成，上面印有马的图像，并写有"迎请神祇"和"追赶甲马"八个字。

大理城的人常常在祭祀时用来焚化。大理城的人认为甲马是人与神灵、鬼祟、自然沟通的载体，是来往于人神之间的使者。

高人告诉追烛的家人，焚烧甲马的同时，焚烧一幅绿至的画像，并祈求绿至原谅。这样的话，甲马或许可以将致歉的话带给绿至。

追烛的家人决定试一试这个方法。他们找到当年在大理城的街角见过绿至卖唱的人，依照人们的描述，画了一幅绿至的画像。

追烛的家人将绿至的画像烧掉，并一边焚烧甲马一边祈求绿至原谅。

果然，烧掉画像的那个夜晚，绿至在追烛的梦中出现了。

绿至问他："这些年过得如何？"

他说："喜悦和悲伤若是憋在心里，无异于尖刀扎在心头。"

绿至说："对你的惩罚已经足够，这回知道被人强迫的滋味了吧。今夜之后，你想哭的时候就哭，想笑的时候就笑，不用憋在心里了。"

梦醒后，他大喜，痛哭不止，也能说话了。

可是后来他发现他更加痛苦。因为多年错乱，他现在想笑的时候笑不出来，想哭的时候哭不出来。他有时候笑着笑着却流泪了；有时候哭着哭着，却破涕为笑。

又数十年后，他感叹说："涉世未深时，以为人们该哭的时候哭，该笑的时候笑，是多么平常的事，经历此番，才发现，一个人活得自由，才是无上幸福。"

言罢气绝。

4

后来，人们造绿至纸像，唤她作"笑哭神"。

每当遇到喜庆之事或者悲伤之事，则先焚烧其纸像，然后或笑或哭。

或者遇到大喜或者大悲，笑不拢嘴或者哭不出来的时候，也焚烧"笑哭神"，让其代为欢歌或者痛哭。据说这样可以延续好运或者消除悲伤。

檐前水

屋檐退一步，檐前水就退了一步。

1

很久以前，有个婆婆常年和媳妇斗。

在那个年代，都说"多年媳妇熬成婆"。这个婆婆好不容易从媳妇熬成了婆婆，以为往后可以欺负媳妇了，没想到这个媳妇却不听她的使唤。

婆婆心怀不满，就去找地仙，想用歪门邪道整一下媳妇。

那时候稀奇古怪的事情多，地仙也有好多，厉害的，不厉害的；会的，假装会的；好的，坏的。很难分辨。

婆婆的娘家有个地仙有些名气。她去娘家找那个地仙帮忙，说自己在家里受了媳妇的气，要娘家人想想办法。

地仙到了婆婆家里，在屋前屋后看了一遍，给了婆婆一个木钉子，然后告诉这个婆婆说："你在你媳妇住的房间窗户下面钉一颗木钉子。"

婆婆问："我要整她，在窗户外面钉木钉子做什么？"

地仙说："你今天在这里钉木钉子，她明天眼睛就会疼。"

婆婆一听，非常高兴。

地仙在她媳妇房间的窗户下面画了一个小圈。

地仙说："你趁她不在的时候，把木钉子钉在这个圈里。"

这婆婆听了地仙的话，趁媳妇出去洗衣服的时候，偷偷将木钉子钉在媳妇房间的窗户下面。

果不其然，第二天早上，媳妇有只眼睛里面长了一个红色的小痘，小痘的形状跟木钉子露在外面的形状一样。媳妇疼得直流眼泪，饭也吃不了，觉也睡不好。

2

媳妇请了大夫看她的眼睛，大夫开了几副药，可是吃了好几天的药不见有效。

村里有位老人见了那媳妇的眼睛，便说："这怕是占犯。"

媳妇不信。

老人说："我虽然不会这个，但是见得多了，也就知道一些。占犯一般是家里的东西挪动了，挪到了不该放的位置，占了不该占的地方，犯了忌讳，所以叫占犯。人居住的房子和周围跟人的身体各部位息息相关。身体突然不舒服，很可能是房子或者房子周围有什么问题。"

媳妇问："家里这么多东西，我哪里知道是什么东西占了不该占的地方？"

老人说："你的眼睛是突然变成这样的，那说明之前放的东西没有什么问题，是这几天内挪动的东西有问题。你想一想，这几天内有什么不该占用的地方被占用了。"

媳妇说："这几天内的话，挪动的东西倒是不多。"

老人说："那你把这几天挪动过的东西再搬动一下。这样的话，不该占用的地方就空出来了。你的眼睛自然就好了。"

那媳妇把近几天内搬动过的东西都挪了位置，可是眼睛不但没有好一些，反而越来越严重，小痘越来越大，她流泪不止，眼睛几乎要瞎掉。

婆婆高兴得不得了，见人就说，这是媳妇不孝顺婆婆的报应，是老天开了眼，是老天要惩罚她。

媳妇听见了婆婆说的话，又气又疼，但拿婆婆没有半点儿办法。

3

那媳妇因为眼睛疼，她娘家的人来看望她。

娘家人里面有上了年纪懂一些阴阳的，一看她眼睛疼得古怪，就知道有人做了手脚。

那媳妇听娘家人这么说，这才开始怀疑婆婆。但是苦于没有证据，那媳妇不好直接找婆婆理论。于是，她托娘家人找来了娘家那边一个颇有名气的地仙，趁婆婆不在家的时候，让地仙绕着她的房子看了一圈。

地仙很快就找到了窗户下面的木钉子。

那媳妇跟地仙商量一番之后，并没有将木钉子拔掉。

这婆婆见亲家来看望媳妇，心里也在打鼓。她怕别人看出问题来。她一有空就假装从媳妇窗外经过，偷偷瞄一眼窗户下面的木钉子还在不在。

亲家在这里住了两天之后走了，这婆婆见木钉子还在，终于放了心，以为没人发现是她做了手脚。

亲家走后的第二天，这婆婆早上起来，感觉到眼睛里面有点疼，像是进了一颗沙子。她走到镜子前一照，发现眼睛里面长了一个小痘！那小痘的形状跟媳妇的几乎一模一样！

吃早饭的时候，这婆婆发现媳妇的眼睛好了！她偷偷去媳妇房间的窗外看，木钉子还在原来的地方。她又去自己房间的窗外仔细检查，她的窗户周边并没有钉过木钉子。

她不敢去问媳妇。质问媳妇是不是做了手脚，就等于承认之前自己做了手脚。

她疼了几天，实在受不了了，又去找娘家的地仙。

娘家的地仙见这婆婆眼睛里长了小痘，便说："这是占犯，怕是你的窗户周围也被钉了钉子。"

这婆婆说："我都检查过了，没有钉子。"

地仙前思后想，想不出问题所在。

这婆婆疼得跪地磕头，求地仙帮她。

地仙没有办法了，便说："我的能力有限，看不出问题。但是我认得另外一个地仙，他的本事比我强百倍千倍不止。因为他矮，有人叫他矮地仙，也有人叫他土地爷。他有一个侄子，名叫刘一寿。刘一寿每天出门之前都会问他，朝哪个方向走比较吉利，做什么事情比较顺利。三十多年来，除了有一次被马车撞到，弄了点皮外伤之外，没有出过任何意外。我告诉你他住在哪里，你去找他帮忙吧。"

通过娘家的地仙指点，这婆婆找到了矮地仙。

4

矮地仙果然矮，只有常人的一半高。

矮地仙看了一眼这婆婆的眼睛就说："这不是占犯嘛！你随便找个人问就知道，何必千辛万苦来找我？"

这婆婆听矮地仙这么说，转身就走。

走之前这婆婆叨咕了一句："就这点儿本事，跟别的地仙没什么区别嘛。"

矮地仙听这婆婆说了这么一句，反而拉住她，不让她走了。

矮地仙问她："你为什么说我跟别的地仙没区别？"

这婆婆说："我问了娘家的地仙，他也说我这是占犯。是他叫我来找你的。没想到你跟他说的没有两样。你说是不是没什么区别？"

矮地仙说："好多人要找我帮忙，我都不愿意搭理。你来了没说两句话就要走，这让我面子往哪儿搁？这不行！你说说看，你的眼睛是什么时候变成这样的？"

这婆婆说："就是这几天。"

矮地仙又问："你这几天搬动过什么东西没有？"

这婆婆说："没有。我看过我窗户周围了，没有木钉子。"

矮地仙问："你怎么知道是木钉子的原因？你以前给人下过

手脚吧？"

于是，这婆婆将在媳妇房间的窗户下面钉木钉子的事情说了出来，又说了媳妇的种种不是。

矮地仙说："那我知道是什么原因了。"

这婆婆惊喜得很，忙问是什么原因。

矮地仙说："是你家屋檐的问题。"

这婆婆一听，觉得不可思议。家里的房子是住过好几代人的老房子，屋檐一直没有改变过，怎么会是屋檐的问题呢？

这婆婆问："难道她把钉子钉到屋檐上去了？您不去我家前后看一看吗？"

矮地仙摇头说："不用去看了。你媳妇没有钉钉子到屋檐上。你回去后，将屋檐下面的挑梁锯掉七寸就可以了。"

5

这婆婆回了家后，跟她丈夫说："地仙要我将屋檐下面的挑梁锯掉七寸。"

她丈夫听了，哈哈大笑。

这婆婆问她丈夫："你笑什么？"

她丈夫笑得合不拢嘴。

婆婆生气道："我都要被你儿媳妇整死了！你还笑！"

她丈夫好不容易收住笑，说道："《增广贤文》里面有句话是这么说的，'羊有跪乳之恩，鸦有反哺之义。孝顺还生孝顺子，忤逆还生忤逆儿。不信但看檐前水，点点滴在旧窝池。'"

那个年代的老屋大多是泥砖青瓦。青瓦屋檐下便是台阶和排水沟。从屋檐落下的雨水经年累月地滴在沟里，水滴石穿，排水沟里有许多被水滴出来的小坑，那小坑便叫窝池。

这婆婆听到她丈夫说出这句老话，顿时羞愧难当。

她丈夫说："挑梁锯短七寸，屋檐也就短了七寸，屋檐水就不会落在老窝池里了。地仙的意思是，你现在跟媳妇斗，都是因为以前你跟婆婆斗，上一代是什么样子，下一代就是什么样子。他也不是真的要你锯掉七寸挑梁，而是要你退让一步。屋檐退一步，檐前水就退了一步。"

这婆婆赶紧熬了一碗汤送给媳妇喝，从此不再为难媳妇。

媳妇见婆婆变好了，这才告诉婆婆，娘家的地仙发现了占犯的木钉子，然后教了她一个方法——放一根桃木扁担在房门下面，将占犯挡了回去，反过来让钉木钉子的人眼睛疼。

于是，婆婆和媳妇冰释前嫌，婆婆拔了木钉子，媳妇拿走了桃木扁担。

这事传开后，很多人对矮地仙另眼相看，认为矮地仙确实比其他地仙厉害多了。

蜉蝣

你没去过来生，怎么知道没有来生呢？

　　我是一个作者，网络上写文章，也是一个上班族。由于喜欢写东西，有个工作上的朋友就给我讲了她的亲身经历，希望我给她写出来，作为一个纪念。

　　这个朋友是个插画师，很漂亮。由于工作上经常有合作项目，我们渐渐成了好朋友。

　　她在北京乃至全国都算得上有一定知名度。为了保护她的隐私，我在征得她的同意之后，隐去她的真名，用"阿离"做替代名字，给大家讲述这个真实又离奇的故事。

　　1

　　阿离的母亲在她十几岁的时候就离世了。

　　她很想她的母亲。用她的话来说就是每天都在想，每天都特别想，一想就止不住地流泪。

　　她听人说，一个人真正的离去，不是那个人去世了，而是这个世界上的人都忘记了他的模样。没人记得，才是真的离去了。

　　阿离说，她害怕忘记母亲的模样，所以那时候就拼命学画画，最后走上了插画师的道路。但是那时候她画画并不是因为喜欢这个，而是为了画出母亲生前的模样，反反复复地画，画了一张又一张，一张又一张，最初的基本功就是这样锻炼下来的。

她还听到有人说，一个人如果想念另一个人，那个人就会出现在他的梦里。

她不知道该不该信这样的话。因为母亲去世五六年了，却从没在她的梦里出现过。她很想见到母亲，哪怕是梦里。

可是这么卑微的心愿也从未实现。

她说，每当想起连梦中相见都不能，她就忍不住流下泪来，忍不住埋怨母亲不想她，埋怨母亲狠心，去了那边之后就把这个女儿忘了。

埋怨之后，她又抹掉脸上的泪水，继续日复一日地画母亲的画像。

2

到了母亲第六年祭日那一天，她又画了一幅全新的母亲的画像，换掉了墙上相框里那张旧的。

就在这一天晚上，她竟然第一次梦到了过世的母亲！

虽然是在梦里，但见到母亲的时候，她的思维还很清晰。

她清楚地知道，母亲已经去世六年了，自己此时是在梦里。

她甚至还记得，就在刚刚睡觉之前，她还在新画像的相框前面放了一盒从超市买来的新鲜荔枝。

母亲生前最爱吃的水果是荔枝，但是自从母亲生下她后，荔枝都留给她吃。母亲自己不再舍得花这个钱，不再舍得多吃一口。

在梦里，她此前心中积压的情绪一下子都倾泻了出来。她在母亲面前无比委屈地大哭，就像是小时候在外面遇到了莫大的委屈一样。

她狠狠地责问母亲："你为什么这么多年都不来我的梦里，不来看看我？你知不知道我有多么多么想你？你就一点儿都不想我吗？你到了那边是不是有了新的生活，所以把留在这边的我忘记了？你知道吗，我天天都想你，特别特别想你。"

母亲听她这么说，也哭了起来。

母亲搂住她，一边抹眼泪一边像生前那样温和地安慰她说："孩子啊，我有很多很多的事情要做啊。这不，刚好今天有空，我就赶来看你了。"

她听了，非常惊讶。她心想，已经去世的人还会有什么事情要忙呢？

于是，她问母亲："你这几年都在忙些什么？"

母亲一边像生前那样轻轻拍打她的背，一边一五一十地告诉她，这些年她去了哪些地方，做了些什么事情。

母亲说得很仔细，有条有理，不像是胡言乱语。

尤其是母亲说的有些地名她听说过，但是也有很多地名她从来没有听说过，不知道在哪里。

至于母亲说她做的很多事情，阿离醒来之后就忘得一干二净。

她醒来之后，觉得这个梦很不可思议，觉得可信，又觉得难以置信。她本来想找高人问一问，但是怕别人说她胡思乱想，也不敢问，只是将这个梦放在了心底。

3

此后的三年时间里，她没再梦到母亲，一次也没有。

她还是很想母亲，特别特别想，一想就要哭。她仍然天天画母亲生前的样子，画了一张又一张。她害怕自己忘记母亲的样子。这是她一生最爱的人啊。

可是让她害怕的事情还是发生了。

有一次，她花了一整天的时间画完了一张新的母亲的画像，画完了一看，觉得画得不太像。她横着看，竖着看，怎么看都不满意，怎么看都觉得不是很像。

经过长期的绘画训练，她绘画的技艺越来越好，这毋庸置疑。可是她突然发现自己已经画不好母亲的画像了。这让她惶恐不安。

她仔细地检查了画像上的每一个细节，母亲的眼睛，母亲的鼻子，母亲的嘴巴，哪怕是脸上一条条细小的皱纹或者是额头和鬓边的发丝。每一处似乎都没有什么问题。可是一旦整个儿看起来，母亲的样子就是不怎么像生前的样子。

惶恐不安的她拿着母亲的画像去找一个技艺高超的画师师父看。

她惊慌地问那个画师："师父，我已经尽我所能了，但是为什么这个画像没有以前的那么好了？"

这个画师跟阿离认识了很多年，知道她的过往。

画师说："阿离，你的绘画技艺当然是越来越好，这个谁都知道。但是呢，过去的事情会随着时间流逝变得越来越模糊。人都是这样，你不要自责。你对母亲的记忆变差了，所以画出来跟以前不一样了。"

她恍然大悟，可是束手无策，于是在画师面前号啕大哭起来。

画师也没有办法，只好安慰说："这个世上所有人都会被忘记的，迟早而已。"

她还是伤心欲绝。

说来也奇怪，从画师那里回来的当天晚上，她居然第二次在梦中见到了她的母亲。

在梦里，她很仔细地看母亲的脸，抚摸母亲的脸。她想尽最大努力记住母亲脸上的每一个细节。可是，她发现梦里母亲的脸有点儿模糊，她用力地睁大眼睛，却无法看清楚母亲脸上的所有细节，就像是自己突然眼睛迷糊了一样。

她又哭了起来。

她问母亲："你怎么又隔了这么久才来看我？"

母亲像生前那样微笑，抚摸她的脸，然后叹气说："唉，我实在是太忙啦。"

她问母亲："这几年你又去了很多地方吗？"

母亲点头，又跟她说这几年她去了哪些地方，做了什么事情。

4

第二天醒来，她又忘记了梦中母亲说的那些事情，但是记住了一个地名——苍山。

之所以只记住了这个地名，是因为她几天之后正好要去这个地方写生。

其实在做这个梦之前，她不是没有想过特意去母亲说过的地方走一走，看一看。可是工作前的她学业繁忙，工作后的她工作繁忙，很难抽出富余的时间去那些地方。况且，她对母亲在梦中说的话将信将疑。

她心想，这回刚好是我要去的地方，那里会不会有母亲走过的踪迹？或者有人见过母亲在那里经过？

她心怀希望，又觉得希望渺茫。她在心里告诉自己，不要抱什么希望，母亲毕竟是已经过世的人，那些毕竟是梦。

几天后，阿离去了苍山写生，边走边画苍山景色。

一时画得起了兴致，她跟一起去的朋友分散了。她一个人沿着好看的风景写生，画下苍山的美景。

等到天色暗下来，她才想起该下山了。

下山的路上，她走得匆忙，一不小心脚下绊到了什么东西，她身子一晃，差点儿摔倒。

她低头看了看，惊讶地发现地上插了许多哀杖。

哀杖是发丧送葬时亡者亲人的手持木，一般来说是柳木或者柏木。亡者入土为安后，亡者的亲人要将哀杖插在回去时的半路上。

她心想，这山路应该是当地人发丧时经常走的路。因为她在周围看到了成百上千的哀杖，就像是刚刚被砍过的玉米地，只留下了一片矮矮的玉米秆的茬儿。

很快，她看到了刚才绊她的那个哀杖。其他的哀杖都插在土里，只有那一根哀杖横躺在地上，显然是被她刚才绊出来的。

她觉得这对亡者不敬，于是急忙走过去，拿起了那根沾了泥土的哀杖，要将它插到原来的坑里。

哀杖旁边有个小小的坑，坑边的泥土破裂，是她绊出哀杖时搅裂的。

她将哀杖插了回去，手放开哀杖的时候，她看到哀杖的截面上居然有一个小小的字。

她看到那个字的时候浑身一颤！汗毛立了起来！

那个字她太熟悉了！那是她母亲名字中的一个字！

她不会忘记，小时候跟着亲人的队伍送走母亲时，她拿出书包里的一支笔，在哀杖的截面上写了一个小小的字。那时候的她还没有学过画画。她想在哀杖上写下母亲的名字，可是哀杖的截面很小，只容得下她写一个字。

此时她看到的那个字，正是她小时候在哀杖上写的那个字！

她回想起梦中母亲说过的那些地名，忽然觉得母亲说的话不一定是毫无根据的！

她站了起来，拼命大喊"妈妈"，就像小时候她感到害怕时呼喊妈妈一样。

山上只有她来来回回的回声。

她疯了一样在附近寻找，她以为可以找到母亲来过这里的其他痕迹，可是周围再没有其他跟母亲有关的东西。

忽然，她听到不远处传来轰隆隆的声音，声音很响，像是猛兽吼叫，又像是有千军万马从不远的前方经过。

她以为地震了，赶紧循着声音传来的方向走去。那是她回去必须经过的路。

走了大约半里山路，她发现前面没有路可走了。

路边的一座石峰塌了方，塌下来的山体压在了那条必经之路上。

如果刚才不是被那个哀杖绊一下，让她停留片刻，那么此时的她就被压在石头和泥土之中了。正是那一绊，让她躲过了死神！

大概一年左右后，她成了业内颇有名气的插画师，尤其是她那次画的苍山景色享有盛誉，被人称赞。她画笔下的苍山壮丽又肃穆，山坡上无数的哀杖让人震撼。其中一个哀杖上写了个极小的字。很多人猜测那个字所包含的意义，但是没人猜出来。她也不说她要表达什么。

成名的她不但画出了许多高质量的插画，还当上了著名插画培训机构的老师。她变得更忙了。

在此期间，她没有再梦到过母亲。虽然她很想每个夜晚都做梦，都梦到母亲，可是一次也没有。但是她不再埋怨母亲不来梦里和她相见了。

如此数年后，她终于再次梦到母亲。

一见到母亲，她还是哭个不停。她问母亲这次为什么间隔了这么久。

母亲抚摸她的头，就像生前那样抚摸她的头。

母亲笑了笑，又跟她说这几年她去了哪里，做了什么事情。

她听得很认真。

最后，母亲又说："我最放心不下的人是你，其实我舍不得走。我希望你能一生平安无忧。之前我去过的所有地方，都是你以后可能遇到难关的地方。我要提前去那些地方，给你化解难关。上次在苍山你会有性命之忧，所以我提前去了那里，做了一些事，很抱歉啊，还是让你受到了惊吓。对不起，妈妈没能好好保护你。但是从此以后啊，你会顺顺利利平平安安。我终于可以放心地走了。妈妈这次要去一个大户人家，那个地方离你这里很远很远，恐怕以后不能再来看你了。"

说完，母亲第一次在她面前大哭起来。

她也抱住母亲大哭。

自从那次梦之后，她再也没有梦到过母亲。

5

她给我讲完她和母亲的梦之后，问我："你写了那么多故事，你说人到底有没有来生？"

我说："或许有的吧？"

她说："真的吗？"

我说："我不能肯定地回答你。你给我讲了这个故事，我也给你讲一个吧。"

6

有一种昆虫叫蜉蝣，它只能活一天。有一天，一个蜉蝣和一个小蚂蚱交了朋友。晚上到来的时候，小蚂蚱跟蜉蝣说："我要回家啦，咱们明天再见。"

蜉蝣就纳闷了，心想：啊？还有明天啊？

小蜉蝣死后，小蚂蚱和小青蛙交了朋友。冬天来了，小青蛙对小蚂蚱说："我要冬眠啦，咱们来年再见吧！"

小蚂蚱很惊讶，它只能活一个春夏。它心想：啊？还有来年啊？

这时候，如果有个亲人对你说，咱们来生见吧。或许你会问，啊？还有来生吗？

可是……你没去过来生，怎么知道没有来生呢？

野狐禅

　　无欲无求不是放下执着，而是你想要执着什
么的时候，却发现没有什么值得执着了。

1

悟道清晨起来，发现门前石阶上放着一朵红玫瑰。

这已经是第二次了。

昨天清晨他出门的时候就看到了一朵玫瑰，摆得端正，花朵红得像一团火，枝叶显然经过细心修剪。

那次他没太在意，心想也许是头一天上山来道观求医拜神的信客落下的。

道观里就他和他师父两个道士，师父已经老得走不动路了，天天坐在神像前的草蒲团上打瞌睡。道观里的事情都要他一个人操劳。除了维持道观的香火，他偶尔还给人看病。看病的手艺是师父以前教的。

今天这朵玫瑰依然红得像火焰，将悟道的心烫了一下。

悟道将那朵花捡了起来。他有些慌张，怕被早起上山砍柴的人看到。

但什么事情都瞒不过师父。

他去给师父请安的时候，师父一眼将他看穿。

"有什么心事？"师父问道。

他便将门前有花的事情说了出来。

"定是……呵……妖怪送来的。"师父打着哈欠说道。

他吃了一惊,问道:"妖怪?"

师父懒懒地说:"现在不是玫瑰的花期,这玫瑰不是通过妖术保持到现在,就是其他东西幻化来的。"

他连忙去将扔了的玫瑰捡了回来,小心翼翼递给坐在草蒲团上的师父。

师父点燃一支蜡烛,将玫瑰往烛火上送。

呲——

他闻到了一股烧焦的气味。

玫瑰变成了一根蜷缩起来的狐狸毛。

狐狸毛红得晃眼,仿佛染了血。

2

他记起前些天下山打水的时候在路边看到一只受伤的狐狸,那狐狸浑身火红,让他担心路边茂密的已经枯萎的狗尾巴草被它纵火点燃。

他放下水桶担子,掏出草药,在手心搓了搓,放到嘴里嚼了嚼,然后敷在狐狸的伤口上。

狐狸双眼充满感激地看着他,目送他挑着晃晃悠悠的水桶下山去。

到了山下,悟道听山下挑水的居民说,昨夜有一户人家半夜听到鸡笼里有窸窸窣窣的声音，过去一看，看到一个人在那里偷鸡。鸡的主人不敢靠近，便拿了菜刀远远地扔了过去，伤了小偷。小偷痛叫一声，却变成了一只狐狸往山上跑了。

悟道听得一愣一愣。

那人问："道长下山的时候可曾看到那只狐狸？"

悟道摇头说："没有。"

那人说："你若是看到了，记得告诉我。现在市集上的狐狸皮可贵了。"

上山的时候，悟道心中十分纠结。他本是治病驱邪的道士，怎么能欺瞒山下的善良居民呢？可那只狐狸太可怜，他不忍心它被人捉住扒了皮。一分心，他就绊到了一块石头，摔了一跤。桶里的水洒了一大半，他衣衫尽湿。

回到山上，师父看出了端倪。

师父问："为什么心神不宁？"

他便跟师父说他在路上救了一只狐狸。可那只狐狸偷了山下人家的鸡。

师父说："你有善心，不是坏事。狐狸是最讲究报答的，有过恩惠的人，它们必定报答。"

悟道说："钱财如粪土，名利皆浮云。我一心修道，不需要任何报答。"

师父说："不是不报，时候未到。"

悟道听着别扭，小声道："这不是骂人的话吗？"

"报恩和报应都是这样。当年我就……"师父咳了一声，后面的话没有说出来就咽了回去。

3

师父病了之后记忆差了许多，上午说过的话，下午就忘得一干二净了。上午就像是前生，下午就像今生。

悟道问师父："会不会是上次那只狐狸送的？"

师父问："哪次？什么狐狸？"

悟道本来想问问师父，如何解决天天收到玫瑰花的问题，见师父把上次的事情都忘记了，只好打消这个念头。

悟道决定在门口默坐到天明，等着那只红狐狸出现，劝它不要再送花了。

月影疏斜，微风徐徐，寒光重叠。

悟道上山十多年，这才发现道观的夜晚是如此的美。

三更刚过，困顿之中的他听到一阵窸窸窣窣的声音由远及近。

睁开眼来，他看到一只火红的狐狸来到了石阶上，像人一样跪坐在他面前。

它伸出爪子，在身上拔了一根狐毛，在月光下晃了晃，便幻化成了一朵火焰般的玫瑰。

"你把花收回去吧，我跟随师父修行无欲无求的境界，不需要任何报答。"悟道淡淡说道。

狐狸摇身一变，变成了一位曼妙女子，款款作揖道："我们狐家最是讲究报恩。道长若是不收，奴家身心难安。奴家无以为报，唯有……"

悟道大喜，说："好好好！"

他急忙站起，宽衣解带。

狐女羞涩难当。

悟道见狐女局促的样子，停止了解衣扣，问道："怎么啦？你后悔了？"

狐女低下头，不敢看他，细声细语道："我们狐家有恩必报，没有后悔不后悔的。不过道长你……是不是着急了些？"

悟道"啧"了一声，说道："着急？你是不知道这山上有多孤苦寂寞。好不容易你来报恩了，怎么能错过？"

狐女的头垂得更低，她抬起手，解开了一颗衣扣。

悟道从自己解开的衣服里摸了摸，掏出一本毛边书来。

悟道欣喜道："往日里我最爱看鬼故事，可是一个人不敢看。今晚有你作伴，我可以安心大胆地看了！"

狐女愣住了。

悟道见状问道："莫非你也不敢看？我虽为道士，进入山门之后却从未学过道术，只学了医术。所以我不敢看。你是狐仙妖怪，怎么也怕妖魔鬼怪呢？"

狐女耸耸肩，将解开的衣扣又扣了回去。

"我怕的不是鬼故事里的鬼，怕的是鬼故事里的人。"狐女说道。

"你还怕人？"悟道惊讶道。

狐女说道："人怕鬼三分，鬼怕人七分。鬼作祟大多是因果报应，简单得很。人作祟大多是为名为利，不可捉摸。说起来，人比鬼可怕多了。"

悟道想了想，点头说道："有道理！既然你怕，那就算了吧。"

说完，悟道将毛边书往怀里塞。

狐女抓住毛边书，说道："看吧，看吧。来都来了。"

于是，悟道摊开书，认真地看起来。

月光明亮，照得大地如白昼一般。

狐女哈欠连天。

4

第二天早晨，悟道给师父道安。

师父忽然摸了摸胸前的衣服，眉头皱起来，好像想起了什么极为重要的事情。

悟道问："师父，怎么了？"

师父说道："我三十年前看过一本鬼故事书，今天好像不见了！"

悟道一愣，仿佛看到一个记起了前世的人。

那毛边书确实是师父的，放在香案上好多年了，蒙了厚厚一层灰。悟道是在一次打扫香堂的时候发现这本书的。

悟道当时问过师父："这是您的东西吗？"

师父当时坐在草蒲团上闭目养神，眼睛都不睁开，就说："这世间没有什么东西是我的，都是身外之物。就连这肉身，也不是我的。它迟早化为尘土。"

悟道拍掉书上的灰，自己收了起来。

山上的日子实在无聊，有本书打发时光也不错。

可他万万没有想到，这毛边书里写的都是妖魔鬼怪，他看了一页，就做了一夜的噩梦。从此以后他不敢一个人看了，却也舍不得扔掉。

悟道也万万没有想到，这个时候师父突然想起那本毛边书了。

悟道不敢欺瞒师父，急忙把昨夜看过的毛边书拿了出来，放到师父手里。

"在这里。我给您收着呢！"悟道说道。

师父恢复了平静，放心地吁了一口气。

悟道纳闷地问道："师父，您不是说，这世间没有什么东西是您的，一切都是身外之物吗？您怎么突然挂念起这本书了？"

师父抚摸起了卷的毛边书，说道："我什么时候说过这样的话？这世界物器都是水中月镜中花，肉身是梦幻泡影，唯有情是真实存在的。有情者，为有情众生，如我们；无情者，为无情众生，如草木。这书是三十年前一只野狐送给我的。"

悟道问："那野狐为什么送这本书给你？"

师父陷入回忆，将毛边书的来历一一道来。

5

"三十年前的冬天，这里落了一场百年难遇的大雪。我去山下给人看病，回来的路上遇到一只饿得皮包骨，即将冻死的野狐。那狐狸浑身雪白，要不是被我踩到，我都看不出它到底是狐狸还是雪。

"那年狐狸闹灾，山下许多人家的家畜被狐狸咬死偷走。或许它们有灵性，早早预料到那年冬天漫长且寒冷，所以囤积过冬食物。

"我本不想管这害人的野狐，但念在踩了它一脚，或许它最后不是冻死，而是被我踩死的。这罪孽在我。于是，我将野狐抱了回来。那时柴火已经烧尽，无法给它取暖，我便盖上被子，抱着它入眠。

"谁料第二日醒来，被子里的野狐变成了一位姑娘！

"我羞愧难当，又懊悔多年修行，无欲无求，竟然一夜被破。

"那姑娘却笑我道：'我们狐类羡慕人间情爱，才修得人身。可见情爱也是修行之道。若是像你这样无欲无求，恐怕修不得人身，只能修成草木！'

"我斥道：'你这是不得法的野狐禅！'

"那姑娘不怒不恼，反而说：'我修的是野狐禅！你修的是木头禅！你还不如我呢！'

"我赶她走。她却不走，说非得报了恩再走。

"她在这山上住了半个月。等我要留她时，她却要走。

"她说，恩情已报完，一年后她要度雷劫，现在要去找能够躲避雷劫的地方。

"我说，那过一些时日再走吧。

"她说，她怕的不是雷劫，她怕的是人言。人言可畏，山下已有许多人说山上的师父被狐妖魅惑，'你看，好多天没有人上

山来找你看病了。’

"临走那天，她送了这本书给我。

"她说：'这书里写的虽然是妖魔鬼怪，道的却是七情六欲。我本一愚昧野狐，因为被书中之情打动，动了心，有了情，这才修成人身。后来我忘了其中的故事，只记住了其中的情。这世间我想也是如此，人都会被忘记，只有情才会流传。没有被忘记的人，也没有人记得他们的模样了，只记得他们曾经有过怎样的情。因此，你修的无欲无求，才是不得法的野狐禅。'

"她走后，我开始看书，看得泪流满面。

"最后几页我一直没看，怕看完了，就没有念想了。"

话刚说完，一根火红的狐狸毛从书页间落下，着地时化成了一朵玫瑰。

6

悟道连忙解释道："师父，昨夜有狐狸来报恩，陪我看了一夜的书。"

师父问："狐狸呢？"

悟道说："天明之前下了山。"

师父问："那你还不赶紧下山去？"

悟道说："我要跟师父学会放下执着，达到无欲无求的境界。"

师父用书敲了一下悟道的额头，喝道："还跟我学什么野狐禅？无欲无求不是放下执着，而是你想要执着什么的时候，却发现没有什么值得执着了！"

悟道狂奔下山，却不见狐女的踪影。

见了人，他也不敢问，怕别人发现狐女。

寻到太阳落了山，月亮上了树，悟道垂头丧气地回到山上，坐在石阶上看着满天的星星。

不一会儿，一个赤红色的窈窕身影走了过来，在石阶前停住。

"恩情虽已报完，但昨夜的鬼故事挺好看的，今夜能不能陪我一起看？"狐女问道。

合欢与独活

世间人大多与年龄相仿的人成为知己，相伴一生，不过屈服于时间罢了。而我要等的人尚未到来，我不能将就。

1

余甲年轻的时候曾经在京城的一个医馆当过三年的伙计。

医馆就在鼓楼附近。

那三年里，余甲每天除了按照开好的方子给病人抓药，就是打扫医馆。他身边没有一个亲人，也没有特别亲密的可以无话不谈的朋友。

在药柜上方的隐秘的楼角上，有一个蜘蛛网。余甲每次打扫的时候，都没有按照老板的要求将那蜘蛛网清理掉。

蜘蛛网上有一只蜘蛛，平日里一动不动地站在蜘蛛网的中央，跟他一样恪尽职守，像他一样孤独。

好在医馆里的其他人都很忙，忙得无暇抬头去仔细看一看头顶的楼角。因此，那只蜘蛛得以像余甲一样被人们忽略。

即使是医馆的老板，也常常唤他做事时忽然忘记了他的名字，于是挠挠头，指了指他，吩咐道："那个……那个……那个谁过来一下……"

余甲在抓药或者打扫的时候，偶尔额头会碰到一丝黏黏的东西，或者手触摸到一丝黏黏的东西。没有人的时候，他捻起黏黏的东西来看，发现是蛛丝。

2

一天深夜，医馆里照例只剩下余甲一人。他打扫完医馆，正要关门睡觉，一个行色匆匆的女人带着一股凛冽的寒意走了进来。

余甲一看那女人的面色，就知道她病情严重。

女人说："小哥，麻烦给我开点药。"

余甲问："有药方吗？"

女人说："没有。我就是有点儿不舒服，你看看我吃点什么药能好？"

余甲虽然当了快三年的伙计，但是只会按照现成的方子开药，不知道怎么看病。

余甲说："不好意思，我只是伙计，不是大夫。"

女人说："熟读唐诗三百首，不会作诗也会吟。你在医馆这么久了，看也看会了吧。"

女人一边说，一边将袖子往上挽起，露出暂白如玉的小臂来。

余甲见那小臂白得令人心慌，惊问道："你这是……"

女人说："看病不是要把脉吗？"

女人抓住余甲的手，放在了她的手腕上。

余甲指尖一凉，仿佛触摸到了什刹海的冰。

余甲倒吸一口气，说："好凉！"

女人说："是吧？"

余甲问："怎么会这么凉？"

女人说："心寒所致。你给我开一点儿驱寒的药吧。"

余甲有些为难，说："驱寒的药有很多种，附子、肉桂、干姜、独活……"

女人说："那就开独活吧，独活能驱寒除湿。"

于是，余甲拿出本已收好的钥匙，打开药柜，给女人拿了一些独活。

女人说："太少了。"

余甲问："要多少？"

女人说："半斤。"

余甲犹豫道："这……"

女人一眼就瞥到了药柜上楼角处的蜘蛛网和蜘蛛。

女人问："那蜘蛛网有些时日了，为什么不清扫干净？"

余甲慌忙称了半斤独活，用纸包好，藤条系好，递到女人面前。

余甲说："你要的半斤独活，千万不要跟别人说。"

女人点头，满意离去。

第二天，医馆大夫发现独活少了许多，问余甲怎么回事。

余甲说："昨晚有人来开药，拿走了半斤。"

大夫说："过量了，会死人的！"

余甲听了，惴惴不安。

3

半个多月后，夜近三更，医馆里只剩了余甲一人。他打扫完医馆，正要关门，上回开药的女人又行色匆匆地来了。身上寒意更甚。

女人进门就说："麻烦你给我开点药。"

说完，她就挽起袖子，抓住余甲的手，放在了她的手腕上。

余甲问："什么病？"

女人说："跌伤。"

余甲问："治跌伤的药有很多种，当归、大黄、续断、合欢……"

女人说："要合欢。合欢治跌伤疼痛。"

余甲问："要多少？"

女人说："半斤。"

余甲犹豫不定。

女人靠近余甲，从余甲肩头捻起一根若隐若现的蛛丝。

女人说："孤独就如这蛛丝，你若放任它，它会在你不知不觉中将你缠绕了一层又一层，最后你会被它困住，成为它的猎物，成为它的食物。"

余甲急忙给她抓了半斤合欢。

女人提起合欢，说道："你知道别人为什么看不到那个蜘蛛网和蜘蛛吗？"

余甲问："为什么？"

女人转身离去，走到药店门口的时候停了下来。

女人说："因为楼角处干干净净，并没有蜘蛛网和蜘蛛。它在你的心里。"

说完，女人跨门而出。

余甲追到门口，大声问道："那为什么你能看见？"

女人的身影已经不见了，但声音飘了过来："因为我也是它的猎物。"

第二天，大夫发现合欢少了许多，又问余甲。

余甲说："昨晚有人来开药，拿走了半斤。"

大夫说："过量了。是上回那个吗？"

余甲说："是。"

大夫幽幽地说："身体这么寒，跌伤这么重，怕是不小心掉在了阴寒的井里。"

大夫叹了一口气。

4

医馆附近就有一口干涸的古井。

余甲经过多方打听，得知以前有个姑娘在这里投了井。

余甲问知情人："是多久以前？"

知情人说："大约六十多年前了。"

余甲又问知情人："姑娘缘何投井？"

知情人说："说来奇怪，据说那姑娘异常聪慧，自小常常念叨'我生君未生，君生我已老。恨不生同时，日日与君好'。姑娘的父母找了高人来看，高人说，此女与相爱的人前世有约，来的时候没有喝孟婆汤。可惜的是，她来早了许多年，或者相约之人来晚了许多年，今生恐怕还是要错过。姑娘的父母问，那该怎么办？高人说，让她多喝鲤鱼汤，或许可以抹去前世记忆。"

余甲迫不及待地问："后来呢？"

知情人说："谁料每次父母端了鲤鱼汤到她面前，她绝不喝一口。到了待嫁年龄，姑娘决意不嫁人。父母问她为何不嫁人。姑娘说：'世间人大多与年龄相仿的人成为知己，相伴一生，不过屈服于时间罢了。而我要等的人尚未到来，我不能将就。'

"父母诧异问道：'那要等多久？两年？'

"姑娘说：'不止两年。'

"父母问：'五年？'

"姑娘说：'不止五年。'

"父母又问：'十年？'

"姑娘说：'不止十年。'

"父母气愤道：'二十年？'

"姑娘说：'不止二十年。'

"父母没了耐心：'问道，那到底要等多久？'

"姑娘说：'大约六十年。'

"父母斥责道：'愚蠢至极！六十年后，你已老去！即使等到了也是枉然！现在南剪子胡同的刘媒婆正给你说一门亲事，东大桥的王员外家，你赶紧准备出嫁为好。'

"姑娘却如梦中惊醒，惊喜道：'我想到等他的办法了！'

"第二天，有人在井里发现了她。"

5

又半个多月后，同样时分，女人来了。

余甲已经半个多月等到三更过后才关门。

她挽起袖子，抓住余甲的手，放在了她的手腕上。

余甲问："什么病？"

女人说："饥饿。"

余甲问："怎么解？"

女人说："给吃的。"

余甲问："要多少？"

女人说："满汉全席。"

余甲急忙去后厨做了一大桌色香味俱全的菜。

又半个多月后，同样时分，女人来了。

她挽起袖子，抓住余甲的手，放在了她的手腕上。

余甲问："什么病？"

女人说："相思。"

余甲问："怎么解？"

女人说："需要你。"

余甲问："要多少？"

女人说："朝朝暮暮。"

一根蛛丝从楼角飘落下来，将余甲和她缠在了一起……

……

余甲在医馆当伙计三年来第一次睡了懒觉，醒来看到枕边留了一张纸条。

纸条上面写着：清明节再来看你。

他发现楼角的蜘蛛网不见了，蜘蛛也无影无踪。

清明节那天，鼓楼附近好多人看见一个人从医馆出来，跳进了那口古井。

医馆里从此少了一个名叫余甲的伙计。

6

据认识余甲的人说，余甲在京城待了三年就回来了，说巧不巧，他是清明节那天晚上回来的。

那时候很多人正在桥边烧纸。到处烟雾缭绕，灰烬漫舞。

余甲就从朦朦胧胧的桥那边走了过来，身后跟着一个怯生生的女人。

数十年后，女人去世。

白发苍苍的余甲在龙湾桥开了一个医馆。

医馆里只有两种药，一种是独活，一种是合欢。

医馆门前贴了一副对联，写的是：独活岂能去寒，合欢竟可疗伤。

横匾上写的是医馆的名字——朝暮医馆。

又数十年后，一女子来到医馆，指着药柜上面楼角的地方，问道："余先生，那里怎么有一张蜘蛛网？"

余甲此时已经风烛残年，时日无多。

他费力地转身，看了看女子指着的地方，说："那里干干净净，并没有蜘蛛网和蜘蛛。"

女子问："那我是怎么看到的？"

他说："它在你的心里。"

女子说："可我常常觉得心里空空。"

他说："因为你在等一个人。可惜你忘了要等的人是谁。等不着的时候，自然心里空空。"

女子问："这算是疾病吗？"

他说："算。相思成疾。"

女子问："那该如何治？"

他说："我给你写个方子。"

待余甲写完，女子取过去一看，药方上写着："取蛛丝一根，缠绕手腕，即可记起。"

次日，龙湾桥的人发现医馆多了一个女主人。

一年后，余甲离开了人间。

龙湾桥的人每天都能看到医馆的女主人坐在门口张望，似乎在等着什么人来。

路过

有相知的人，数十年的人生也短暂。没有相知的人，一天也无比漫长。一生的漫长或短暂，并不是时间的长或短。不是吗？

1

有一户人家生了一个孩子。这个孩子出生时双拳紧握，像是手里攥着什么东西。

在不伤害他的手的前提下，他的父母想了各种办法打开他的手，可是都没能打开。

这孩子从小就体弱多病，长大一些后，走着走着就倒了，吃着吃着就能睡过去。他的父母请了无数的郎中给他看病，可是没人知道这是什么原因。

后来有人说，可能是因为他的双手从不打开。虽然说不上他的双手跟他的病有什么联系，但是他的父母也觉得这是唯一的希望。

时光飞逝，眼见这孩子长成了少年。

少年的二姑母随着姑父在外做生意，在外地打听到一个姓杨的高人。二姑母抱着试一试的心态，将少年带过去让高人看看。

这个姓杨的高人一见少年就说："他只是路过人间的过路人。"

二姑母问："这话是什么意思？"

高人说："他天生三魂六魄，比正常人的三魂七魄少了一魄，所以导致经常昏厥，恐怕命不长。"

二姑母听后深信不疑，便问："有什么破解的方法没有？"

高人说："天生少了一魄，这是天命，人为难改。"

二姑母磕头求救。

高人连连叹气，奈何二姑母长跪不起，磕头不停，只好点头答应出手相救。

高人取了一些少年的头发，用红布包装了起来，然后去了附近的一个庙，将那红布包绑在了香火案桌的桌腿上。

二姑母问："这有什么作用？"

高人说："人为难改，自然只能求神。怕神不救，所以把他绑在桌腿上，和神一样接受人人跪拜，分享香火。这样的话，等于让他认神做了干儿子，或许有效。"

二姑母一听，害怕红布包没绑紧，又找了一条绳来，五花大绑一般将那红布包捆在桌腿上，这才放心。

少年回去之后，并没有什么变化，仍然是走着走着就倒了，吃着吃着就能睡过去，天天无精打采。

但是从那之后，他常常做梦，梦见自己被绑在一个香火案桌的桌腿上，动弹不得。

2

几个月之后，到了夏天，天气炎热。

少年躺在竹床上乘凉时又做了一个梦。他梦见自己被绑在桌腿上，无法动弹。香火案桌前有人跪拜，那人手里捏着点燃的香。

少年闻到香气，很是享受。那人跪拜完毕，走近香火案桌，将香插入香鼎。一截香灰从香鼎落了下来，恰好落在他的手上。香灰滚烫，烫得他瞪眼咬牙，五指张开，身体却纹丝不动，只能忍受。

那个跪拜的人似乎感觉到了异常，朝香火案桌下面看了一眼。

在此之前，少年无数次梦到过有人跪拜，但是没人注意过香火案桌下面五花大绑的他。

可是这次有些不同。那个跪拜的人居然注意到了他。

少年也抬头来看那人，发现那人是一位姑娘。姑娘穿一身青色绸衣，衣上有许多黄色小点，小点熠熠生辉。有风从大殿外面吹来，姑娘身上的绸衣飘动，熠熠生辉的小点起起落落。

姑娘看到了他，朝他微微一笑，然后对着他的手，轻轻一吹，香灰散去。

他正要说谢谢，姑娘却将食指放在了他的嘴上，示意他不要说话。

姑娘对着他的脸看了又看，一脸欣喜。

他看着姑娘，也越看越欢喜。

他们就这样四目相对，一句话也不说。香火缭绕，听着神殿外的雀叫虫鸣。

直到鸡打第一声鸣，姑娘才仓皇离去。

与此同时，少年从梦中醒来。看看外面，已是第二天清晨。

吃早饭时，他的母亲突然惊叫起来。

他的母亲看着他的手，语无伦次地说："你的……那个手……怎么可能……"

他这才发现自己的手不知什么时候已经张开了。

他的母亲抓住他的双手看，发现他的手掌心居然有字！

一只手掌心写着"路"字，一只手掌心写着"过"字。

他的母亲问："到底是路过？还是过路？"

他也弄不清自己的手里为什么有字，这两个字到底按什么顺序念。

不过他并不关心手掌心的字，他心里一直想着梦中的那个姑娘。

3

自从做了那个梦之后，他一天比一天精神起来，不会走着走着就倒了，也不再吃着吃着就睡过去。

后来他感觉到精力无处发泄，常常上山砍柴，下河摸鱼，不做一些耗费精力的事情就浑身难受。

他仍然常常做梦，仍然梦到自己五花大绑地捆在桌腿上。那姑娘不是每次他做梦的时候都会出现。姑娘出现的每一次，他们都四目相对，不言不语。仅是如此，他感到无比快乐。

数年后，他的母亲要找人给他说媒，他一概拒绝，说他心有所属。可他连门都不出，他母亲也不知道他心属谁。

时光飞逝。少年老去。

终于，一天晚上，梦中，姑娘与他对坐到天明。听到鸡鸣声，姑娘说道："此后恐怕不能来了。"

暮年的他惊慌不已，终于忍不住出声问道："为什么？"

姑娘见他说话，吃了一惊。这是她第一次听到他的声音。

姑娘随即微笑说道："我是你那三魂七魄散去之后的一缕游

魂,飘飘忽忽来到此地,染了香火,幻化成了萤火虫,有了道行。虽然如此,但我依然像萤火虫一样朝生暮死。今儿我早上与你相见,甚是欢喜,忍不住频频来看你。可现在日落西山,我此生已尽,怕是不能再见了。"

他恍然大悟,说道:"难怪我会活下来!原来你就是我缺了的那部分。"

姑娘说是。

随即,他又疑惑道:"怎么可能?我都活了数十年了,与你相见也有数十年了,怎么是早上相见,晚上告别呢?"

姑娘说:"朝菌不知晦朔,蟪蛄不知春秋。"

朝菌早上出生,晚上枯死。蝉春生夏死,夏生秋死。长也是一生,短也是一生。

他听不明白。

姑娘又解释道:"梦里的时间和你生活的时间是不一样的,如同黄粱一梦,不过是打了个瞌睡,却梦到了数十年完整的一生。你的数十年,便是我这一日做的梦。有相知的人,数十年的人生也短暂。没有相知的人,一天也无比漫长。一生的漫长或短暂,并不是时间的长或短。不是吗?"

4

那晚之后,他再也没有梦见过那姑娘,他走着走着就倒了,吃着吃着就能睡过去。

若是有人问起他的高龄。他便说"一日而已"。

人人笑他老糊涂了。

几年后,老人与世长辞。

盖棺时,一只萤火虫从门外飞来,穿过众人,落入棺中。众人正要驱赶,可那萤火虫飞进了老人的鼻子里。众人只好将老人与萤火虫一起抬走,入土为安。

他这一生,其实爱上的只是他自己。

气
男

这个世界自始至终没有什么变化。我们感觉到有变化，是因为我们自己的心境变了。

1

阿香的男人每天都赶在太阳落山之前回家。

路上经过龙湾桥的时候，阿香的男人会买一袋糖炒栗子。

阿香不爱吃别的，就喜欢吃糖炒栗子。

每天傍晚，阿香就坐在屋前的枣树下面等她的男人带着糖炒栗子回来。久而久之，她不知道自己等待的是带着糖炒栗子的男人，还是男人带回来的糖炒栗子。

她当初嫁给这个男人，是因为这个男人的气味。

这个男人是医馆里的大夫，远近闻名，治好过不少病人，其中就包括阿香那长年卧病不起的父亲。

阿香还未出阁的时候，每次看到这个男人来她家里，就紧随其后。她并没有暗恋这个男人，她喜欢的是男人身后留下的中药气息。里面有黄芪、当归、甘草、陈皮等等混杂在一起的气味。

这种气味让她有一种莫名其妙的安全感。

有时候，她在这个男人身后站久了，嘴角会忍不住流出口水来，好像这个男人是一罐熬煎好了的汤药，她是久病不愈的患者，恨不能将他一饮而尽。

这个男人是很喜欢她的。阿香能感受到。

他常来阿香家里给阿香的父亲看病，还不收医药费。

明眼人都知道，他来得着实勤了些，常常上一副汤药还没用完，他就来了。来就来吧，他还常带草莓来。他装模作样地看一看阿香的父亲，坐下来缓缓喝完一杯茶，还舍不得走。

阿香的父亲自然也知道这个男人的心思，出于感恩，也是出于对女儿一片好心，他劝阿香嫁给他。

阿香一想到这个男人身上的气味，就答应了。

阿香坐在迎亲的红轿子里的时候，心里还想着，我到底迷恋的是这个人，还是这个中药气味？

洞房那天晚上，阿香和他滚在一个被窝里时，他兴奋得像一只捕捉到食物的野兽，抱着她又啃又咬，而她一味地嗅着他身上每一处的气息。

她的动作引起了男人的注意。

男人问道："你这是做什么？"

她说："你身上有我喜欢的气息。"

2

嫁给这个男人后不久，她跟着她的男人去了那个散发着浓烈的中药气味的医馆。当各种中药的气息扑面而来时，她贪婪地呼吸，仿佛是常年吃不饱的人，忽然面前摆上了满汉全席。

男人将她向医馆里的老板、掌柜、伙计一一介绍。

这里的每个人身上都有中药气味。

她这才发现，原来这么多人身上带着她喜欢的中药气息！原来这个男人是如此普通，如此平庸。这个男人身上的中药气息不过如此，甚至相形失色。

从医馆回来之后，阿香闷闷不乐。

男人问她怎么了。她也不回答。

趁男人睡着的时候，她闻了闻，男人身上的中药气息，已经淡得若有若无。

第二天，男人给她带回来一袋糖炒栗子。

她惊讶地问："你怎么知道我喜欢吃这个？"

男人说："早就知道了。以前我去你家，常带我最喜欢吃的草莓去，但是没见你吃过。我就问你父亲，你喜欢吃什么。你父亲说你从小喜欢吃糖炒栗子。见你最近心情不好，我就特意在龙湾桥买了一袋，希望你心情会好一些。"

从那之后，男人每次回来都会给她带糖炒栗子。

阿香心想，虽然他身上的气味让我失望，但是天天给我带糖炒栗子，也算是用心了。

从此以后，男人身上多了一种气味，糖炒栗子的香气。尤其双手上气味更重。

偶尔晚上醒来，阿香闻闻男人的手，稍稍感到安慰。

男人常常很早就起来，在阿香还没有睡醒的时候就走了。

阿香有时候头天晚上的糖炒栗子没吃完，便留到第二天当早饭吃。

可是日子一长，阿香开始觉得糖炒栗子也没有那么好吃了。

以前她偶尔吃一次糖炒栗子，每一次都觉得香。

现在天天吃，反而吃腻了，不觉得香了。

3

如此大约半年后，有一天，阿香在枣树下等到太阳落了山，桌上的饭菜已经凉了，也没见她的男人回来。

太阳落山之前下了一阵暴雨。

阿香心想，或许是路上躲雨去了，所以回来得晚。

阿香热了饭菜，自己先吃了。又等了一会儿，仍不见男人回来。她洗了脸，洗了脚，吃了两颗昨天剩下的糖炒栗子，然后漱了口，就回到床上睡觉了。

半夜时分，阿香被一阵敲门声惊醒。她打开门来，站在门外的是她的男人。

男人身上湿透了，抱着肩膀哆嗦。

阿香问："这是怎么了？"

男人并不回答，将手里的糖炒栗子递给她。

阿香接过糖炒栗子一看，袋子里都是水，栗子都泡在水里。

阿香眉头一皱，说道："这还怎么吃？"

男人像是没有听见，将湿漉漉的衣服脱下，里面的衬衣却不换，澡也不洗，一头扎进了被窝里。

阿香将糖炒栗子扔在墙角，回到床边，在男人身边放了一个茶壶，然后在茶壶的另一边躺下。茶壶搁在她和男人之间，与他保持一个茶壶的距离，免得碰到他身上的水。

阿香即将再次入睡的时候，叮当一声响，男人碰倒了茶壶。

还没等阿香反应过来，男人就扑在了她的身上。

阿香闻到了一股浓烈的鱼腥味。

这气味让她感觉非常陌生。她紧张地抓住男人的肩膀，将他推开。

男人又扑了过来。

她一边抗争一边说道："你身上怎么会有这种味道？"

男人吸了吸鼻子，问道："什么味道？"

她撇开脸，说道："你身上有一股鱼腥味。"

男人又吸了吸鼻子，茫然道："哪有什么气味？没有啊！"说完，他又想要跟阿香亲热。

阿香再次抓住他的肩膀，将他推开，问道："那你身上原来的气味呢？"

男人更加茫然，不耐烦地问道："我身上原来有什么气味？"

阿香难以置信地问道："你自己身上的气味，你不知道吗？中药的气味！"

男人皱起眉头："中药的气味？"

阿香点头道："是呀。"

"我以前身上有这种气味吗？"他问道。

听到他说这样的话，阿香感觉跟她睡在一起的不是她的男人，而是另一个人，一个长相跟她的男人一模一样，却不是她男人的人。

这让她惊恐万分。

"你到底是谁？"阿香吓得坐了起来，背靠在床头。

"我还能是谁？我是我啊！"男人推开阿香的手，反过来抓住阿香的肩膀，要将她按下去。

阿香奋力挣扎，可是那个男人的力气太大了。

这让她对那个男人感到更加陌生。以前只要她抗拒，她的男人是不会强迫的。

第二天早晨，阿香醒来之后，那个男人还在打着呼噜。

往日里，阿香醒来之前，她的男人就已经出门去医馆了。

阿香将男人摇醒。

男人睁开眼来，不高兴地看了看阿香，说道："这大早上的，你把我吵醒做什么？"说完，他蒙头又睡。

阿香说道："今天你不去医馆吗？"

男人立即翻身起床，脸也不洗，口也不漱，穿上昨晚脱下的湿衣服，急匆匆夺门而出。

男人走后，阿香心神不宁。

隔壁老婆婆过来要她帮忙将线穿过针眼，阿香穿了好几次也没有成功。

老婆婆问："阿香，你这是怎么啦？"

阿香放下针线，将昨晚异常的事情说了出来。

老婆婆一听，拍手道："哎哟，不得了！"

阿香忙问道："怎么了？"

老婆婆说："昨晚来的恐怕不是你男人。"

阿香早有这种感觉，被老婆婆这么一说，顿时恐慌不已。

"怎么会不是？除了气味不对，其他地方没有差别啊。"阿香心里早已相信了老婆婆的话，但嘴上还犟着。

老婆婆小声道："你没嫁过来之前的一些事情，你是不知道的。"

阿香好奇又害怕地问道："什么事情？"

老婆婆瘪嘴道："你男人小时候啊，算了一个命。算命的先生说，你男人有深水关，要少往水边去。总提心吊胆的也不行啊，你公公婆婆就问有没有破解的办法可以保平安。算命的先生就告诉了你公公婆婆一个破解的办法。住得远的人不知道，住隔壁的我如何不知道？"

阿香回想昨晚男人水淋淋的样子，不禁毛骨悚然。

"破解的办法起作用了吗？"阿香问道。

老婆婆说道："问题就出在这里。那破解的办法其实很简单，捉一条鱼，绑上写了你男人生辰八字的红布，然后将鱼放生。这样那条鱼就做了你男人的替身，代替他过了深水关。鱼救了你的命，替你做了事，你也得替鱼做一件事，做一回替身。"

阿香惊问道："难道昨晚他做了一回鱼的替身不成？"

老婆婆嘶嘶地吸气，然后说道："八九不离十。我一个远亲表姐，曾经遇到过这样的事情。后来她肚子大起来，像是怀了一样。"

阿香惊恐地摸了摸自己的肚子。

老婆婆说："她家里人都以为有了喜，为她高兴。可是不到五个月，她就哭天喊地，说像是要生了。她家里人不信啊，但还是叫了接生婆来。结果你猜怎么着？"

阿香问道："怎么了？"

老婆婆的声音更小了："结果生了一脸盆的鱼籽下来！"

阿香吓得脸色煞白。

老婆婆安慰道："这鱼怕是也想传宗接代。不过你别怕，龙湾桥有一位高人，我听那高人说，要是遇到这样的情况，就在怀孕的女人床边放一个砧板和一把菜刀。古话说，人为刀俎我为鱼肉。放了砧板和菜刀，药不用吃，符不需画，该吃吃，该喝喝，过不了几天，肚子就会瘪下去。就是跑茅房多一点。"

老婆婆走后，阿香将厨房的砧板和菜刀放到了卧室床边。

4

可是她仍然不安心。

她走到龙湾桥，找到那位高人，将自己的遭遇和老婆婆说的办法说给高人听，想要验证破解办法的真假。

高人耐心听完之后，笑道："五色令人目盲，五音令人耳聋。你能直观感受到的东西，反而会让你迷失。你男人还是那个男人。当你喜欢他的时候，他就是好的，跟你喜欢的中药气味一样。当你不喜欢他的时候，他就是普通人，跟你喜欢的糖炒栗子一样慢慢变淡。当你讨厌他的时候，他就是怎么都不好的人，跟你讨厌的鱼腥气一样。"

阿香怀疑道："可是我的感觉非常真实。他的变化也非常真实。"

高人道："这个世界自始至终没有什么变化，我们感觉到有变化，是因为我们自己的心境变了。比如龙湾桥的糖炒栗子，栗子还是那个栗子，但是你喜欢吃的时候，它是香的，你不喜欢吃了，它就不香了。"

从龙湾桥回来时，阿香自己去栗子铺买了一袋糖炒栗子，并嘱托栗子铺老板告诉男人，她已经买了，不用再买，早早回来。

那天太阳下山时，她站在枣树下，看着男人一脸欣喜地回来了。

阿香说："累了吧，饭菜刚好。"

进门时，男人吸了吸鼻子，问道："阿香，你不是不喜欢吃草莓吗？"

阿香问道："怎么啦？"

男人说道："你是不是吃草莓了？我在你身上闻到了一股草莓的气味。"

桃源梦

很多人相信了字和字里面的道理，却忽略了本身最直接的感受，被外在迷惑。有时候你要相信，感觉对了，就对了。

1

"山叔，您能帮我见到去世的亲人吗？"

山叔正在堂屋里剥板栗的时候，听到一个怯怯的小女孩的声音从门口那边传来。

这个时候正是板栗成熟的季节。家家户户都忙于收板栗。

板栗外壳的刺很扎手，但是对于这里的人来说已经习以为常。即使不戴手套，大多数人也能庖丁解牛一般将栗子从刺猬一样的外壳中掏出来。

山叔已经五十多岁，剥了五十多年板栗。可是今天却被板栗的刺扎了好几下，手指的胀痛感让他心烦意乱。

这是怎么了？这板栗成了精不成？山叔心想。

就在他这么想的时候，那个小女孩突然出现在门口，问了那么一句话。

山叔认得她，她叫小鱼。她的父亲半年前做木工活儿的时候发生意外去世了，留下她和母亲相依为命。

"以后会见到的。"山叔放下板栗，揉着被扎的手指，温和地说道。

他知道小鱼为什么来找他。

他在这个地方小有名气，平时跟普通百姓没有什么区别，种板栗树，收麦子，农闲的时候帮人处理一些阴阳古怪的事情。小到寻找丢失的牛羊，大到治疗疯了的人，普通如占卦算命，玄妙如询问过世人的消息，他都有所涉及。

外面传言山叔的家有个连接阴间的通道。但是谁也没有证实过。

小鱼正是听到了这样的传言，才找到山叔家里来。

她太想她的父亲了。她每次看到别人家的小孩跟父亲撒娇逗乐，就怨恨自己的父亲为什么要离开她，将她一个人留在这个世界上。

她明明知道父亲是意外去世的，临终前血泊中的父亲还特意看了她最后一眼，一行热泪滚滚流下，融入了血里。她从父亲渐渐暗淡的眼睛里看到了舍不得的眼神。她知道父亲也不想这样。但是她仍然忍不住暗暗埋怨父亲。

年幼的小鱼不知道，大人的世界里有太多无可奈何的事情。

山叔也对小鱼无可奈何。

小鱼问他道："以后会见到？是明天吗？是后天吗？"

山叔叹气道："比明后天要久一些。"

"明年吗？还是后年？"小鱼追问道。

"迟早会有那么一天的。我们所有的人，都会见面。"山叔看到了手指里的一根刺，那是板栗的尖儿断在里面。

他想将那根刺弄出来，用指甲刮了一下，那根刺非但没出来，却进去了一些。十指连心，那根刺扎得他钻心地疼。

"可是我不想等那么久。我想马上见到我的爸爸。"小鱼的眼睛湿润了。看得出来，她一直忍着不让泪水流出来。

山叔想找一根绣花针把肉里的刺挑出来，翻了好几个抽屉，却找不到绣花针的影子。往日里随手翻开抽屉就能看见的绣花针，此时好像躲起来了。

小鱼跟着寻找绣花针的山叔在狭小的房间里走来走去。

山叔感觉自己变成了一只猫，小鱼就是猫尾巴。

那个猫尾巴一边走一边说："山叔，您就帮帮我吧！我给爸爸写了一封信，我说我想他，想见他，想被他抱抱，就像别人家的爸爸抱着他的孩子一样。哪怕到我的梦里来跟我见一见也好。我在后菜园里把信烧了。山叔，你说我爸爸能收到我的信吗？爸爸去世后，连我的梦里都没来过一次。他是不要我了吗？不管我了吗？"

山叔蹲下来，问小鱼："你能帮我把刺弄出来吗？"

小鱼捏住山叔被扎的那个手指，用力地挤。那根刺居然像生长的草芽一般从山叔的肉里冒出头来。小鱼另一只手掐住冒出来的尖儿，将那根刺拔了出来。

山叔看了看那根刺，又看了看小鱼那双水汪汪的眼睛，长叹了一声，说："小鱼，你先回去吧。等山叔想到办法了，再告诉你。"

小鱼失望地回了家。

2

回家之后，小鱼觉得很困，在床上眯了一会儿。

醒来时，她发现外面已经有点儿暗了。妈妈还没有回来。妈妈还在干活。自从爸爸走后，妈妈要比平常干更多的活。

她又想爸爸了。

她擦了擦眼睛，起了床，又去了山叔家。

山叔正在吃饭。房间昏暗。

山叔没有亲人，吃饭的只有他一个人。饭桌底下还有一只猫，猫也正在吃饭，猫碗里的食物比山叔碗里的还要好。

猫先看到了小鱼，猫的眼里放着光。那种光芒让小鱼有点儿害怕。

见小鱼又来了，山叔放下了饭碗。

小鱼眼泪汪汪地说："现在可以带我见我爸爸吗？"

山叔叹了一口气，说道："好吧。"

山叔带着小鱼来到堂屋的中央。

小鱼看见山叔对着堂屋中央的泥土地用力地跺了两脚，然后站定，嘴里开始念念有词。

小鱼很努力地试图记住山叔嘴里念的咒语一般的话。

如果记住了山叔念的话，下次我就可以自己到这里来找爸爸了。她心想。

山叔念完，小鱼看到地上出现了一道裂缝，裂缝里是个楼梯一样通往地下的通道。通道里面一片漆黑，什么都看不到。

小鱼惊讶不已。原来关于山叔的传言是真的！山叔家里真的有连接阴间的通道！并且这个通道就在堂屋里！平时不少人来过山叔家，从堂屋里走过来又走过去，却从来没有人知道他们曾经从阴间的通道上走过！

　　山叔回过头来看了看小鱼，说："你想好了吗？一般人可不敢到地下去。"

　　小鱼好不容易终于等到了可以见到爸爸的机会，她怎么可能不去呢？

　　地下的世界到底是什么样子，她不知道。

　　虽然心里还是有一点儿害怕，但她还是毫不犹豫地走了下去。

　　山叔陪着她走进了通道。

　　走了一会儿，山叔对小鱼说："我只能送你到这里了。我不能跟你过去。"

　　小鱼看看前面，四周仍然一片漆黑，像是在一条深洞里。耳边一直响着滴滴答答的滴水声，声音空洞而阴森。一滴一滴的声音，仿佛随时会滴在身上，又仿佛非常遥远。

　　山叔说："小鱼，你真的要去吗？"

　　小鱼看了看山叔，又看了看山洞，她不想放弃，就冲山叔点了点头。

　　山叔说："那我回去了，我在地上等你。"

　　说完他就又回地面去了。

　　小鱼独自一个人在地洞里前行，伸手不见五指，只能靠摸着墙壁走，脚下有石头，很滑，有水滴到她脖子上，冰凉冰凉的。

　　也不知走了多久，总之很久很久，久到她从来没有经过这种时间。走着走着，前方忽然出现了淡淡的光。小鱼看到了希望，加快脚步往前走。

　　前方光亮越来越大，最后终于一片光明。

她走出洞口。那时候她还没有读过陶渊明的《桃花源记》，后来回想起来，当走出地洞的时候，跟《桃花源记》里找到桃花源时的情景几乎一样。

小鱼看到了一排一排的房屋，有平房，有小楼，房子很新，红色的瓦，雪白的墙，天空是湛蓝的，仿佛刚下过雨。房屋周围都是花草，后面有高高的山。房屋之间有人行走，个个穿着得体，慈眉善目。

最让她记忆深刻的是那里有大片的葵花，一望无际的葵花，简直是葵花的海洋！风一吹来，葵花就像海浪一样起伏。

小鱼以前从没有见过这么美的村庄，那时的农村是不可能这么干净漂亮的。那时的农村人即使脸洗干净，衣服也不可能个个如此清洁。

眼前的情景让她觉得不可思议。小鱼以为地下一定黑咕隆咚，阴森寒凉。她以为意外去世的爸爸会在地下过得很苦。

可这比她地上的地方都好太多了！

她不知道爸爸住在哪个房子里。

于是，她找了一个看上去年纪大一些的人询问。她说了爸爸的名字。

那个人想了想。

她很担心那个人说这里没有她的爸爸。

很快那个人拍了一下脑门，说道："哦，你找他呀。他住在后面第三排第三座房子里。"

小鱼听完欣喜地朝那个人指的方向跑去。

到了第三排那个房子门口，小鱼却又犹豫了。那房子很漂亮，有明亮的窗户，有高高的台阶，房前还有一个菜园。菜园里种着各种蔬菜，碧绿的豆角像长长的辫子垂着。

她正在犹豫着，不知该不该进去，那扇门忽然打开了，门口站了一个人。

那人就是爸爸！

爸爸比活着时还年轻，还干净，穿着灰色的衬衣。

爸爸看了一会儿小鱼，忽然奔了出来，跑到小鱼身前，抱住她，问道："是你吗？小鱼？"

小鱼点点头。

那一瞬间她就流泪了。

爸爸也流泪了。

爸爸抱着小鱼，摸着她的小辫子，小鱼把脸埋在爸爸的怀里拱了拱。

她闻了闻爸爸身上的气味，跟从前一样。

这让小鱼既惊讶，又开心。

爸爸把小鱼领进屋，屋里是崭新的木家具，泛着金黄的光。

小鱼心想，她不回去了，要留下和爸爸在一起。

这时爸爸朝屋里喊了一个人的名字。

屋里出来一个女人。

那女人很年轻，跟妈妈一样，只是没有妈妈好看。女人后面还跟着一个小男孩，三四岁的样子。

小鱼一瞬间就明白了，原来爸爸在这边已经结婚又有孩子了。

她刚才那种想留在这里的念头一下子消失了。

她知道这里不能留，阳间还有她的妈妈，她不能离开妈妈。

爸爸对那个女人说："这是我从前的女儿，她来看我了，你做点饭给她吃吧。"

那女人冲着小鱼温和地笑笑，出门去摘菜了。

爸爸问小鱼："你是怎么到这里来的？"

小鱼说："是山叔带我来的。他送我到半路。我太想你，就求山叔……"

爸爸说："爸爸也很想你。"

知道要走，小鱼就拼命地盯着爸爸看，希望能永远记住他。

爸爸也盯着小鱼看。

那天小鱼在那里吃了一碗豆角焖面。还挺好吃的，跟阳间的味道一样。

吃完饭，小鱼说："我要回去了，爸爸。"

刚说完这句话，她就想流泪。

但是忍着。

爸爸对她说："小鱼，回去吧，不要惦记爸爸，爸爸在这里很好，回去跟妈妈好好过生活。"

小鱼又想流泪。

但她想到如果流泪肯定又让爸爸担心，又生生把眼泪忍住了。

就这样忍着，她就醒过来了。

醒来后，她发现自己躺在床上，外面一片漆黑。已经是深夜了。

小鱼仔细回想了一下，她并没有去山叔家。她是在等妈妈回来的时候睡着了。她是在梦里去山叔家的。

这时，妈妈走了进来。

她赶紧闭上眼睛，假装睡觉。妈妈来到她的床边，给她掖了掖被子，摸了摸她的脸，叹了一声，又出去了。

3

第二天，小鱼又去了山叔家。山叔还在剥板栗。她到山叔堂屋中央的土地上用力踩了踩。地很瓷实，没有撬开过的痕迹。

又来来回回走了好几回，也没任何变化。

她想回忆起努力记住的词，可是怎么也想不起来了。

山叔看她那个样子，说："小鱼，你还是再来给我挑个刺吧，不要在那里转圈了。"

小鱼走过去又捧起山叔的手指头，挤啊挤，又挤得手指肚通红通红。那根刺很快又像草芽一样爬出来了。

小鱼用手轻轻一捏，就捏掉了那根刺。

山叔说："你心里的刺也该拔掉了吧。"

小鱼怔怔地看着山叔。

山叔大手一挥，忽然哈哈大笑说："哎呀，夜里刮了一夜风，肯定又有很多板栗掉在地上了，我得去捡板栗了。"

说完山叔背着箩筐又上了山。

从那之后，小鱼再也不担心爸爸，她知道他过得很好，只会祝福他。她也不再怨恨爸爸，而是接受了事实。她知道爸爸再也回不来了，就变得很坚强，很勇敢。

只是偶尔，她还是会很想念爸爸。

几年后，小鱼在课本上读到《桃花源记》，惊讶不已。误入桃花源的人跟她的经历太相似了！

再往后许多年，小鱼长大了。

这个梦一直长在她心里，每一个细节，都不曾忘记。

4

机缘巧合，小鱼今年将这个梦说给我听了。

我说："你的灵性真的太厉害了！一般人是做不了这样的梦的。"

"是吗？"小鱼问，"那我去的那地方到底是阴间的哪里？怎么会那么美丽？"

我说："你去的不是阴间，是未来。你做的是未来梦，也叫预兆梦。"

小鱼很吃惊："未来？你的意思是我梦到了转世之后的爸爸？"

我点头："是的，其实葵花已经给了你预示，只是你不知道。葵花又叫向日葵，花序随太阳而转动。阴间是没有向日葵的。"

小鱼很高兴："我明白了，我梦到的应该就是他现在的样子，因为只有到了现在才出现了那么美丽的农村。"

小鱼又问："亮兄，你说我这辈子还能遇到我转世的爸爸吗？

他应该比我小，住在一个开满花的地方。"

我没有回答她。

有些事情，可意会不可言传。

外公在世时曾跟我说，仓颉造字鬼夜哭。

我问外公，为什么鬼要哭？

外公说，鬼哭是为自己，有了文字，很多秘密会在人与人之间传开，鬼神就没有秘密可言了；也为人哭，很多人相信了字和字里面的道理，却忽略了本身最直接的感受，被外在迷惑。有时候你要相信，感觉对了，就对了。

有情雀

东边日出西边雨，道士无情雀有情。

1

新人这几天觉得师父有意为难他。

明明这个破道观就只有师父和他两个人守着了，师父还对他没有一点儿好脾气。他若是一气之下下了山，师父别说管这个道观的里里外外了，连自己都照顾不好。

师父已经躺在床上半个月了，眼看油尽灯枯光景不多了，全靠他天天把饭送到床边，把菜送到嘴里。

前天，新人用茶油炒了青菜，盛了米饭，又舀了半碗米汤，小心翼翼地送到师父的床边。

师父哼哼唧唧地爬起来，仿佛有个人摁着他，不让他起来一样。

师父用没了牙齿的嘴巴抿着米饭，像出生不久的婴儿一般吮吸着吃。

抿了一会儿，师父朝他招招手。

新人明白师父的意思，将半碗米汤递过去。师父接了米汤，嘬了一口，终于把嘴里的米饭咽了下去。

就这一口饭，师父仿佛用尽了全身力气。

师父叹了口气，说道："我这皮囊不中用了，把封在里面的灵魂给拖累了。可是这皮囊一烂，灵魂没了依附就会消散。灵魂没了皮囊不行，皮囊没有灵魂也不行。"

新人心想，师父突然说这个做什么？

师父瞥了新人一眼，羡慕道："还是年轻人好啊。"

新人不知道说什么好。

师父又艰难地吃饭，耗了大约一炷香的时间，终于把饭吃完了。见碗口还有茶油，师父又伸出舌头舔了一圈，这才满意地躺了回去。

新人赶紧收拾碗筷。

直挺挺躺着的师父突然说："新人，你上山也快有一年了吧？"

新人轻声说："是的，师父。"

师父长长地叹了一口气，说道："我天天连床都下不得，一直没教你什么东西。"

新人心想，还算有点儿良心！

师父又说："现在已经七月了，我答应要去山下帮一个苦主驱邪的，现在我去不了啦，你就代我去一趟吧。"

新人吓得差点儿蹦起来。师父怕是糊涂了，明明刚才说没有教我什么东西，怎么叫我去山下驱邪？

师父接着说："人不能没点儿长进，做一天和尚撞一天钟。"

新人心想，师父真是糊涂了。我们这里是道观，既不是和尚，也没有钟。

师父斜睨了新人一眼，仿佛歪一下头的力气都没有，然后说道："你天天在山上闲着，也不是个事儿。下山长长见识。那户人家被邪物闹得难以安宁，来找过我好几次。我一去，那里就安宁了，可是我一回来，那邪物又开始作祟。反反复复，让人闹心。"

新人忍不住说道："师父修为高深，都奈何不了那邪物。我什么都不会，又怎能降伏它？"

师父不满意地哼了一声，眼睛一鼓，说道："我这不都是为了你好？"

新人最怕别人说"我这是为了你好"这样的话。他当初不肯上山做道士，他的母亲愤愤道："我这还不是为了你好？我还能害你不成？"

为了不辜负母亲的一片好心，新人硬着头皮来到了这里。

上山之前，他还心存一些幻想。他怕水，听说山中道士大多会蜻蜓点水，从水面掠过而不湿鞋不落水，便想着学这个术法。他也想学穿墙术捉鬼术之类的，可是师父起床都困难，什么都教不了他。

回头一想，他在上山之后的三百多天里，除了吃喝拉撒，就是帮师父吃喝拉撒。

新人觉得自己也不能辜负师父的一片好心，于是洗净师父用过的碗筷之后，简单收拾了一下，便下了山，去找那个苦主。

2

到了苦主家里，新人告诉苦主，师父病重不便下山，自己代师父来驱邪。

苦主哭哭啼啼道："你可算是来了！"

新人问苦主："这邪物是怎么作祟的？"

苦主揉着太阳穴说道："这邪物作祟可不一般！要说邪吧，不怎么邪；要说不邪吧，还真邪得很！"

新人细问缘由。

原来这邪物在苦主家的房梁之上。白天平安无事，可是一到了晚上，房梁上什么都没有，却响起叽叽喳喳的麻雀叫声，吵得苦主睡不好觉。

要说这邪物害人吧，又没有闹得吓人。要说它不害人吧，让人天天睡不好觉，长期如此，让苦主形容憔悴，精神恍惚，饱受折磨。

新人的师父来过几次，也住了几晚。可是新人的师父在的时候，房梁上安安静静，新人的师父一走，房梁上又像往常一样了。

新人心里没有底，但来都来了，即使什么都不会，也要装模作样地坐一晚。

他本想告诉苦主，他虽然是师父的徒弟，但是啥也没有学到。可是这么说的话，师父的面子往哪里搁？

为了维护师父的面子，新人决定硬着头皮会一会那个邪物。

到了晚上，新人叫苦主照常去睡觉，他在房梁下打坐，等待那邪物出现。

新人等了两个时辰，房梁上还是安安静静。

其间有老鼠从屋顶的瓦片上跑过，有蝙蝠撞在了窗户上，有蛐蛐在墙外鸣叫，有蚊虫在耳边嘤嘤哭泣，还有一只猫头鹰在远处的树上偶尔叫一声。

屋顶的瓦片本来如鱼鳞一样紧密，但是老鼠跑多了，有些瓦片挪动了位置。月光便从缝隙里落进屋里，光如细柱，在地上墙上落了一个圆巴巴。

什么都很吵，只有月光是安静的，像道观里的神仙，像寺庙里的佛。

亥时一过，新人忍不住打起哈欠来。

哈欠还没打完，新人的头顶上传来一个声音："困了就睡嘛，别为难自己。"

新人吓得一激灵，顿时睡意全无。他站了起来，抬头一看，借着从瓦缝里漏下来的月光，看到房梁上坐着一位跟他年纪相仿的姑娘。姑娘浑身散发微光，仿佛被月亮照透了一样。

"你是……"新人想了想，"……来偷东西的吗？"

新人实在无法将散发光芒的她和害人的邪物联系起来。他听师父说小偷也叫梁上君子，便以为她是来偷东西的。

姑娘抿嘴一笑，说道："是我的东西被人偷走了，我来找回属于我的东西。"

新人问："你的什么东西被偷了？我帮你找找。"

姑娘笑着说："我的心。"

新人重新坐下，盘腿道："姑娘别打趣了。我师父说，生灵没有心就活不了，除非成了仙成了佛。如果你的心被偷走了，怎么会跟我说话？"

姑娘撇嘴道："树没有心，草没有心，难道是成了仙成了佛吗？难道有心的人，一旦修为圆满，就会变成树，变成草？"

新人闭目道："我不跟你斗嘴。你快走吧，我还要等这里的邪物出现，把它抓起来呢。"

新人觉得这姑娘叽叽喳喳的，像只麻雀。

姑娘乐不可支道："你偷了我的东西，还要抓我？"

新人着急地再次站起来，仰着脖子，对着房梁上的姑娘辩解道："我一年多没下山，怎么会偷你的东西？"

姑娘笑得双肩乱颤，然后收住笑，一本正经说道："一年多以前，你就偷走了我的东西。那时候你的母亲送你上山，我在树林里看了你一眼，就魂不守舍，心不在焉了。因为你师父道行高深，我不敢上山去见你。刚好山下这个自称苦主的人，以前他上山打麻雀，杀了我好多兄弟姐妹。一是为了惩罚他，二是为了见你一面，我便来他家的房梁上，夜夜啼叫，逼迫他去山上找你师父求助。我以为你师父会派你下山，可是次次下山来的是你师父。今天好不容易把你盼来了，你却要抓我？你这岂不是贼喊抓贼？"

新人面红耳赤，争辩道："可我不曾偷过东西，更不可能偷你的东西。"

姑娘道："我的心被你偷走了，被你师父收了去，放在了围棋盒子里。"

新人道："怎么可能？"

姑娘道："你若是不信，回去之后问问你师父。你若是帮我要回来，我以后就不作祟了。"

3

第二天，新人回到山上，将梁上姑娘的话转述给师父听。

师父听完，直挺挺地泪流满面。

新人觉得奇怪，这铁石心肠的人居然会流泪？

师父叫新人扶他靠着床头坐起，然后从枕头后面摸出一个半边黑半边白如八卦状的围棋盒子。盒子上贴了一张黄底朱砂字的符。

新人惊讶不已，问道："还真有这个东西？"

师父摸着围棋盒子，将盒子的来历娓娓道来。

"棋子棋子，是其子也。你其实是我的儿子。十多年前，我与你母亲相恋，后来为了修仙，我离开俗世，来了这座山上隐居修行。一年前，你母亲带着你的魂魄来到这里，说你是我的儿子，要我救你。你母亲说，你为了救一只落水的麻雀，自己落水而亡。魂魄没了寄居之所，即将散去。《子不语》中有'藏魂坛'的术法记载，我便以类似的方法将你的魂魄聚集起来，封藏在这围棋盒子里，然后从水中捞起你，背到山上来，你才得以保住性命。"

新人恍然大悟。他想起一年前看到一只麻雀被人追逐打伤，落入池塘。追逐麻雀的那人就是苦主。苦主见麻雀落水，丧气离去。

他见苦主离开，急忙用树枝去够水中的麻雀，不小心落水。即使如此，他仍用余力将麻雀挑到了岸上，这才开始扑腾呼救。

待他醒来，母亲在他身旁抹泪哭泣。

母亲怪他顽皮，要将他送到道观去，要他做道士的徒弟。

他这才明白，原来那时醒来的是魂魄！

上山时，他一路上听到雀鸣不止。

师父又道："你虽然躯体尚在，魂魄未失，但是魂魄躯体分离，需要修为高深的修行者日夜守护维持，损耗自己的修为换取你的时日。第一次那苦主请我去驱邪，我已经知道是那落水的麻雀想要见你。我当年无情离开你的母亲，这是我应该还的，因此没有答应。如今我已时日不多，朝不保夕。若是将你的魂魄交给它，我也就可以放心归去啦。"

新人摇头道："有心为善，虽善不赏；无心为恶，虽恶不罚。行无心之善，才是真善。我怎么能因为救过它就要它报答？"

师父叹息一声，说道："也罢，也罢。我修行这么多年，看过这么多经书，却还不如你，难怪修不成仙！"

4

几天后的一个早晨，新人给师父送饭时，师父焦急道："不好了，围棋盒子不见了！"

新人将师父的房间翻遍，没有找到自己的魂魄。

师父叹道："命也！命也！"

新人心想，昨天只有一个送柴火的人来过道观，莫不是他拿了不成？

新人急忙下山去找那个送柴火的人。

送柴火的人惭愧道："确实是我拿了。不过我是给那位苦主拿的。那苦主跟我说，他那晚听到你和房梁上的邪物说话，知道那邪物得了围棋盒子就不再作祟，于是偷偷许我钱财，让我从道观取来给他。"

新人急忙去找那苦主。

苦主振振有词道:"驱邪之事本是道观应尽之责,你怎么能反过来责怪我?你若是想要,自己找那邪物要去!"

新人争执不过,只好在苦主家房梁下守到夜晚,苦苦等待。

过了亥时,新人挨不住困意,昏昏欲睡之时,忽然听到房梁上"噗嗤"一声笑。

新人抬起头来,看到了房梁上的姑娘。

新人伸手道:"还我的魂魄来!"

姑娘捂嘴笑道:"也让你体验体验看不到我就魂不守舍的感觉!"说完,她举起围棋盒子晃了晃。

新人被她晃得头晕目眩。

"我的魂儿在你那里,自然魂不守舍!"新人生气道。

姑娘张开双臂,从房梁落下,沾地时悄无声息。她凑近新人,羞涩道:"这话可真好听。"

新人要抢围棋盒子,说道:"还我魂儿来!"

姑娘却将围棋盒子收入怀中,说道:"是你师父送我的。父母之命媒妁之言。怎么能还给你?"

新人道:"明明是偷的。"

姑娘凑到新人耳边,如风吹耳一般说道:"你师父知道你不会拿走盒子,偷偷给了送柴火的人,叫他带给这个人。你师父怕你责怪他,叫送柴火的人说是他偷走的。"

新人愣住了。

姑娘又说道:"你师父真是无情的人,十几年前离你母亲而去,如今知道你不忍心,又让送柴火的人将这盒子托付于我。"

新人说道:"还给我吧。这盒子会损耗你的修为。"

姑娘道:"我积攒修为,正是为情而来。我们麻雀是有情的,你们人才是无情的。你们为了修为,居然弃情而去。"

新人问道:"这又从何说起?"

姑娘道:"你们人不是有句诗吗?说的正是这个意思。"

新人问道:"什么诗?"

姑娘说道:"东边日出西边雨,道士无情雀有情。"

5

数日之后,师父离世,新人离开道观,居于山下。

有人从新人家篱笆外经过,听到新人教一姑娘读诗。

新人道:"你读错了!道是无晴却有晴!"

姑娘朗声道:"道士无情雀有情!"

新人着急道:"不是道士无情!"

姑娘改口道:"好好好,都有情!都有情!"

追魂

生死本就是有定数的事，没人可以强求。

1

大理城外有一条小河，河边住着一位八十多岁的老人。老人姓杨，会一点道术。这样的人在当地叫作"高功"。

老人有三个儿子。

大儿子做石匠，在山上炸石头的时候把自己炸死了。二儿子在外地开当铺。三儿子有点学问，在大理城里做私塾先生，平时很自傲。

两个儿子都很少回来看老人。老人非常寂寞。

大理城里有一位名叫元之力的财主，住在城北。

一年的冬天里，元之力看雪回来之后浑身乏力，吃什么都没有胃口，饭吃不到以前的三分之一就吃不下了，于是日渐消瘦，形销骨立。

元之力心知不妙，赶紧找到大理城里人人称赞的神医，让神医给他看病。

神医给他摸了脉，翻了眼皮看了看眼睛。

然后神医说："很可惜啊，你来得太晚了，已经病入膏肓。

用药你也吃不下，怕是时日无多了。"

从神医那里回来之后，元之力便天天坐在家里，什么人都不见了，什么生意都不管了，心灰意冷地等死。

等了半个月，元之力还没死。

家里人便劝他，生死有命，与其这样等着，还不如趁着最后的日子做些平时想做但没有时间做的事。

元之力喜欢钓鱼。但是生病之前因为生意特别忙，他没有好好钓过鱼。

他觉得家里人说得有道理，反正干等着也是无聊，于是买了钓竿和鱼饵，天天去大理城外的小河边钓鱼。

有一天，那位姓杨的老人从河边经过，看到了钓鱼的元之力。

老人走了过去，对元之力说："别人在这里钓鱼的话，我就不说了。你都时日无多了，不要天天在这里钓鱼浪费光阴。"

元之力很惊讶，但仍然平静地回答说："生死有命，富贵在天。愁眉苦脸也是一天天地过，开开心心也是一天天地过，为什么要把心情弄坏呢？"

老人很欣赏他，邀他到家里吃饭。

从此之后，老人和元之力越来越投缘。元之力常来钓鱼，也常去找老人说话。

2

有一天，老人对元之力说："我年轻的时候学过一点道术，刚好可以帮你渡过难关。以前我没有跟你说，是因为帮你渡过难关的话，我会害了其他人。现在跟你这么投缘，不帮你的话，我心里过意不去。"

元之力听了非常高兴，心想死马当作活马医，不如让这位老人试试看。

但是元之力想试探一下这位老人。

他问老人："大理城里的神医都说治不好我了，你怎么治得好？"

老人说："那不一样，神医治的是皮肉，我治的是魂魄。"

元之力听他这么说，便邀请老人给他治病。

老人说："你今天回去之后，准备香和一斗玉米，还有茶醋油盐，再准备百十来张甲马纸。我腿脚不便，走不了远路，你明天派个人来背我到府上去。"

元之力答应了。

第二天，元之力派了下人来河边，背着老人进了大理城。

老人到了元之力府上后，将点燃的香插在玉米里，又摆好茶醋油盐。然后老人在门外烧甲马纸，烧完拿着一把桃木剑舞起来，从这间房舞到那间房，走完了元之力府上大大小小所有的房间。

老人回到插了香的地方，忽然昏倒在地。

元之力怎么喊都没有用。

不一会儿，老人苏醒过来，对元之力说："我看你啊，这次不会死了。从这里往东去，大概八十多里的地方有一户人家，那户人家的女主人已经怀孕好几个月了，过些天要生小孩。你的魂魄原本要去投到那户人家的，现在我把你的魂魄要回来了。"

元之力感激不尽，说："我给什么都不能回报你的救命之恩，从此以后，我把你当作我的再生父亲一样看待。你把我当作你的儿子吧！"

元之力当即跪在了老人面前，给老人磕头。

老人说："我的三儿子在大理城里，但是很少见面。如果可以的话，麻烦你送我去他那里一趟。"

元之力派下人背着老人去了他三儿子那里。

三儿子见了老人，不高兴地说："你来这里做什么？"

老人说："刚刚我在一个姓元的财主府上做法，看到你的魂魄去抢那甲马纸，我用桃木剑敲了一下你，把你赶走了。你现在是不是经常魂不守舍？你找个时间回家一趟，我要把你的魂魄招回来。"

三儿子不但不信，还将老人骂了一通。

三儿子骂完又说："你不就是想要我回去一趟吗？何必编个这样的理由诅咒我？"

老人再三解释，三儿子嫌他话多，将他赶了出去。

没过多久，三儿子在外喝醉了酒，回家的路上被马车撞到，竟然一命呜呼。

而元之力吃得越来越多，越来越有精神。

元之力又请神医来看了一回。神医惊讶地发现他的不治之症竟然痊愈了！

3

后来，元之力又去了河边钓鱼，又去了老人家里。

元之力跟老人说："你不必为帮了我却害了别人而心有愧疚。我去东边八十多里找到你说的那户人家问过了，那户人家的女主人顺顺利利地生了一个白白胖胖的孩子，并没有出现什么问题。"

老人听了，目瞪口呆了半天，然后捶胸顿足，大哭不止。

几天之后，老人的二儿子突然回来了。

二儿子是回来给老人报喜的。前几天二儿媳生了个白白胖胖的孩子。

老人大吃一惊，问二儿子："你现在在哪里开当铺？什么时候带我去看看？"

二儿子说："太远了。您老人家腿脚又不方便。"

老人问："有多远？"

二儿子说："出了大理城一直往东走，大概八十多里的路程。"

勾销了愿

只有自己可以原谅自己，也只有自己能够拯救自己。

1

大理城里一个肉铺老板的女人生了一个孩子。

这个小孩子自出生那天起，每次吃奶的时候都喜欢咬破奶头，然后吃掉和血混在一起的奶。女人疼得厉害，深受其苦。女人本想不给这个小孩子喂奶了，可是小孩子饿了就大哭，哭得上气不接下气。

女人不忍心，只好忍着疼痛，让小孩子吃她的血和奶。

女人想了很多办法，买了牛奶羊奶来喂小孩子。可是小孩子不吃。女人煮了糜肉粥，小孩也不吃。

有一次，肉铺老板宰了羊回来，手上的羊血没有擦干净。

肉铺老板不小心弄了一些羊血在牛奶里，这小孩子居然立即对着那碗牛奶咿咿呀呀地叫唤。肉铺老板见这小孩子对那碗牛奶感兴趣，就端到小孩子面前。小孩子居然一口气把碗里的牛奶都喝完了。

女人和肉铺老板惊讶之余明白了，原来这小孩子喜欢吃带血的东西。

他们弄了一些新鲜的羊血来，滴了一些在糜肉粥里。小孩子又狼吞虎咽地把糜肉粥吃完了。

女人和肉铺老板害怕了，不知道这个小孩子是怎么回事。

2

他们去问隔壁的老奶奶。

老奶奶安慰他们说："这小孩子喜欢喝血，那你们做菜的时候弄一些煮熟了的血给他吃。"

女人按照老奶奶的说法做了一些像菜一样的血喂这小孩子。

可是这小孩子不吃煮熟了的血，只吃新鲜的血。

这下老奶奶也没有办法了。

他们夫妇俩一面继续给小孩子喂带血的东西吃，一面到处打听询问治好小孩子的办法。

可是人们从来没有见过爱吃血的孩子。

有人说这孩子恐怕是恶魔，将来会给身边人带来灾难，劝肉铺老板夫妇将孩子丢到没有人的山沟里去。

可这小孩子毕竟是亲生骨肉，女人和肉铺老板不忍心抛弃。

这孩子嗜血的事情传出去之后，越传越离奇。越来越多的人感到恐慌，害怕这孩子给他们带来灾难，纷纷要求女人和肉铺老板将孩子丢到没有人的山沟里去。

女人不甘心。她打听到大理城外的一条河边上住着一位姓杨的隐世高人。她决定抱着孩子去试一试运气。

看到小孩子之后，这位高人问女人："俗话说血债血偿，你以前是不是欠下过血债？"

女人说："杀人的血债不曾有过，但是我小时候体弱多病，确实用过血治病。"

女人告诉高人，她小时候面黄肌瘦，吃什么东西也不见身体好一些。后来她的父亲不知道从哪里打听来一个奇怪的偏方，说是要用黄雀的血来治她这个病。于是，她的父亲捉了许多黄雀来，关在一个大鸟笼里，每天捉一只黄雀放血给她喝。很快她变得面色红润，人也胖了起来。她的父亲见她好转，就没再从鸟笼里捉黄雀出来。鸟笼里还剩下十几只黄雀。她的父亲把它们忘记了，等到记起来的时候，那些黄雀都饿死了。

高人听了之后说："那我没有办法了。你的父亲既然捉了黄雀，治好你之后，你的父亲应该感谢黄雀的，不但要给鸟笼里的黄雀养老送终，在外面看到黄雀也要喂食。这叫'勾销了愿'，也叫感恩。就像一个人去寺庙求愿，如愿以偿之后，应该去还愿。你和你的父亲都没有做，这个小孩子就是来讨血债的。"

女人跪下来求高人搭救。

女人说："如果您不救他，他就要被扔到没有人的山沟里去。"

高人说："我也想帮忙，可是时光无法倒流，我真的没有办法。"

女人只好失望地回大理城。

3

进大理城门的时候，一个提着小箱子的年轻男子拦住了她。

年轻男子问她："看你愁眉苦脸的，怀里还抱着一个小孩子，难道是小孩子遇到了什么难关？"

女人哭着将这孩子的事情说了出来。

年轻男子说："你不要着急。我叫边曲，是行医的。我有办法治好他。"

女人大喜。

年轻男子打开小箱子，拿出一张纸来，包了一把细碎如粉末的东西，然后交给女人。

女人闻了闻，没有一点儿药的气味。

年轻男子说："回去之后，你每天给他喂一小撮，这些喂完，他就会好。"

女人要给年轻男子药钱。

年轻男子却摆手不收，慌忙离去。

女人将信将疑，但回家后还是按照年轻男子说的，每天给小孩子喂一小撮药粉。

药粉将近用完的时候，女人才看到包着药粉的纸上写着"勾销了愿"四个字，还画了两个小人。

就在看到这四个字的那天，女人将混了鲜血的羊奶喂给小孩子吃的时候，小孩子喝了一口就吐了出来。

从那之后，小孩子不再喝鲜血了。

4

女人又惊又喜。她在大理城里到处打听名叫边曲的年轻医生，想要登门感谢。可是大理城里没人听说过这个名字。

为了表示感激，肉铺老板和女人将小孩子取名为边曲。

女人想起姓杨的高人说到的"勾销了愿"和包着药的纸上的字一样，于是带着剩下的一点点药粉去了大理城外的河边。

她以为是高人暗施援手救了小孩子边曲。

高人却说："并不是我叫那个医生去城门那里等你的。"

高人拿了女人带来的药粉看了看，惊讶地说："这不是什么药，这是碾碎的小米和花生，还有芝麻和稗子，是用来喂鸟的鸟食。"

女人一头雾水。

高人说："看来黄雀原谅你们了。"

5

二十几年后，这个小孩子成了大理城有名的神医，治好了很多人，一些被认为是不治之症的病也被他治好了。

有一天，神医边曲带着他的母亲去大理城外走亲戚。经过城门的时候，他的母亲忽然想起二十几年前在这里遇到的医生，再看看儿子边曲的脸，发现那个医生跟儿子长得几乎一模一样！

他的母亲吓得不得了，但不敢告诉儿子边曲。

她又找到大理城外河边的高人，跟高人说起这件怪异的事情。

高人笑着说："神医边曲救活了那么多人，凭什么就不可以救活自己？"

她惊讶地问："您的意思……是他救了自己？"

高人说："只有自己可以原谅自己，也只有自己能够拯救自己。"

虚空过往之神

所谓神的护佑，其实是来自爱你的人。

1

大理城里有个人名叫鱼度。他的父亲常年在外做丝绸生意。

鱼度别的都好，唯有一点不好——喜欢赌钱。

在赌场里，鱼度认识了一个名叫胜先的赌徒。鱼度发现胜先总是赢，几乎没有输的时候，于是有意接近他，请他吃饭，想学学赢钱的技巧。

胜先不肯教他。

鱼度每次去赌场都挨着胜先坐，想看出一点儿门道，可是看了好多天，他都没看出蛛丝马迹。

俗话说，好奇害死猫。鱼度越看不明白，就越想看明白。胜先越不教他，他就越想学。

有一天，赌场散场后，鱼度又要请胜先吃饭。

胜先说："我不会教你赢钱技巧的，你别再花心思了。"

鱼度说："我是把你当朋友才请你吃饭的。"

胜先高兴地说："那可以！"

吃饭的时候，鱼度点了酒，给胜先倒了一杯。

胜先推开酒杯，说："你不会是想让我喝多了，不小心告诉你赢钱的技巧吧？"

鱼度自己先喝了一杯，说："酒逢知己千杯少，我平时也不怎么喝酒，我是把你当知己朋友才喝的。"

胜先这才同意喝酒。

他们两人喝了一杯又一杯。终于，胜先不胜酒力，开始胡言乱语。

鱼度趁机问道："胜先，为什么你总是赢钱呢？是不是有什么诀窍？"

胜先神秘兮兮地说："我把你当朋友，跟你透露一点儿。你可千万不要跟别人说！"

鱼度连忙点头。

胜先说："城外有一个小赌场是我朋友开的。任何人只要跟他赌十局，就会掌握赢钱的诀窍。并且我那朋友非常仗义，前面九局你会赢，只有最后一局你会输。他这是考验你。前面九局考验你的野心，最后一局考验你的良心。只要你能通过这一关，他就会教你赢钱的诀窍，从此之后你就跟我一样了。"

鱼度问："为什么前面九局是考验野心，最后一局是考验良心？"

胜先解释说："前面九局，你下的赌注越大，说明野心越大。野心不大的人，他是不会教的。最后一局，你把赢他的钱故意输回去，说明你有良心。没有良心的人，他也是不会教的。"

鱼度迫不及待地要胜先带他去城外的小赌场。

吃完饭，胜先便带着鱼度出了城，去了小赌场。

　　果不其然，鱼度连赌了八局，赌注越来越大，每次都赢了。

　　第九局的时候，鱼度不但将前面赢来的钱都押上了，还将房子和家里的所有丝绸折算筹码之后押上。

　　结果第九局鱼度竟然输了！

　　这时候鱼度才明白，原来胜先他们合伙做了局，他们是为了夺取他所有的家产而来。

　　倾家荡产的鱼度被赌场的人赶了出来。

　　2

　　鱼度后悔莫及。他觉得自己没有颜面回家，于是走到一个树林里，抽下腰带，将腰带系在树上，准备上吊自尽。

　　当脖子伸到腰带上时，他忽然听到有人喊他的名字。

　　他回头一看，喊他的人竟然是他的父亲！

　　他的父亲骑着一匹白马，风尘仆仆的样子。

　　他惊讶不已，急忙收起腰带。

　　他问他的父亲："您不是在外地做生意吗？"

　　他的父亲看到了刚才的情形，问道："你这是做什么呢？"

　　鱼度羞愧地将输掉所有家产的事情说了出来。

　　他以为父亲会非常生气。

　　让他没有想到的是，他的父亲居然微笑着说："不过是中了别人的圈套而已，我在外这么多年，栽过的跟头比你多太多了，也比你这个大太多了。你带我去找你的朋友，我帮你把输掉的家产要回来。"

他哭着说："我都签字画押了，他们怎么会还给我？"

他的父亲说："你忘记了吗？你小时候的玩具被人家抢走了，我带你要了回来。"

他说："家产可不是玩具啊。"

他的父亲说："孩子，功名利禄相对于生命来说，都是玩具。你带我去就是了。"

他牵起父亲的马，回到了小赌场。

胜先和赌场里的其他人见鱼度回来，都非常惊讶。

坐在马上的父亲大喝一声，白马踢翻了堆满钱财的赌桌。

他的父亲指着胜先的鼻子大骂。

胜先吓得抖抖瑟瑟，赶紧将鱼度签了字的纸拿了出来，还给他的父亲。

他的父亲撕了纸，然后对胜先说："我儿鱼度心有贪念，是贪念害了他。可你的贪念不比他的小，迟早也会害了你自己。"

胜先一句话都不敢说。

他的父亲又对鱼度说："你先回去，我还有点儿事要处理，明天早晨再回去。"

鱼度便先回去了。

第二天清晨，鱼度还是不见父亲回来。

他有些担忧，准备出门去找一找。

刚出门，他就碰到了跟着他父亲一起出去的伙计。

伙计带来消息，说他的父亲一个月前在运送丝绸的路上遭遇了马匪。虽然马匪被驱散，但他的父亲伤重去世了。

鱼度想起父亲说的"明天早晨再回去"的话，明白了父亲自身不保，却还要护他周全，顿时悲痛大哭。

3

几年之后，有一次鱼度经过赌场，心中痒痒，忍不住走进了赌场。

不等他下注，胜先就从人群里走了出来，将他拉出赌场。

鱼度疑惑道："以前你骗我去赌，现在怎么不让我赌？"

胜先说："上次你父亲骑马离开后不久，有个人送了一笔钱给我。我问是谁送的，那人说是外地一个做丝绸生意的老板。那个老板还带了一句话给我——以后绝对不能让鱼度再进赌场，再上别人的当。"

鱼度万万没想到，父亲不仅那晚护他周全，还让胜先来避免他重蹈覆辙。

鱼度将他父亲早已去世却骑马回来的事情说给胜先听了。

胜先感慨道："以前常常听说世间有看不见的来往虚空之神护佑世人，原来所谓神的护佑，其实是来自关爱你的人。"

鱼度拍拍胜先的肩膀，说道："既然有来往虚空之神的护佑，我赌两把也不会怎样。"

于是，鱼度推开胜先，进了赌场。

让鱼度没有想到的是，几年没有赌钱的他竟然连赢了七局。

　　他想起之前"九赢一输"的骗局，决定将计就计，一雪前耻。他在第八局的时候押上全部家产，并告诉自己，赢了第八局就离开，绝不进入第九局。

　　就在他以为胜券在握的时候，意外再次来临。

　　他竟然在第八局就输了。

　　鱼度再次倾家荡产。

　　从此大理城里多了一个沿街乞讨的人。

挑夫

但行好事，莫问前程。平生缘善，山水相扶。

1

有一个漂亮女人住在苍山脚下。她的丈夫生前是个挑夫,并且不挑一般人挑得起的东西,专挑一般人挑不起的重物。这样的话,他能赚到比别人多的钱。

由于天天背负太重的物品,挑夫年纪轻轻就累死了。

有一年秋天,大理城里新建了一座寺庙,要从城外搬运一个雕刻好了的石头神像进城。负责修建寺庙的人想到了苍山脚下的挑夫。

那人不知道挑夫已经去世了。

他来到美丽的苍山脚下,找到了那个漂亮女人。

他说明来意,并许以非常高的报酬。

自从挑夫去世之后,这个女人日子过得一天不如一天。突然听到这件事可以赚许多钱,她立即答应下来。

她对那人说:"实在不好意思,我的丈夫这几天不在家,他去别的地方搬很重的东西了。不过请你放心,等回来之后我告诉他。"

那人欣喜地说:"那就好。"

她又说:"这种重活儿要先付一半订金,另一半等搬完了再付。"

那人觉得合理，先给了她一半的订金，然后离开了。

她拿到钱之后，简单收拾行李，决定离开苍山，不再回来。

准备关门离开的时候，她看到了丈夫生前用过的扁担，顿时心生愧疚。

她抚摸压弯了的扁担，说道："你一生未曾失信于人，做的也是别人承担不了的事情，今天我就要离开了，并且毁了你的声誉，这对你来说太不公平了。可是我有什么办法呢？"

说着说着，她哭了起来。

这时候，一个声音响起。

"怎么就没有办法了呢？"

她吓了一跳，转头一看，一位老翁不知道什么时候站在了她家门口。

老翁挑着一担空箩筐，脖子上搭了一条擦汗的毛巾。鞋子破得能看到脚指头。脚指头上的指甲又厚又黑，仿佛石头。

她问老翁是谁。

老翁说："我刚好从门前经过，听到了你说的话。"

她以为老翁知道了她的秘密，肯定想讹她的钱。

于是，她拿出一些钱给老翁，说："您就当没听见。"

老翁摆手说："我不是来要钱的，我是来帮你的。"

她重新将老翁上上下下打量了一番，这老翁没有什么异于常人的地方，看起来力气远不如她丈夫。别说石头神像了，就是一块十几斤的石头他也不见得能搬起来。

老翁说："实不相瞒，以前你丈夫在世的时候，曾经救过我一命。那时候我被人打了一枪，落在了山沟里。你丈夫背着一块大石头从山沟里经过，看到了我，把我放在了石头上面，顺路带我到了医馆治疗。要不是他，我现在已是山沟里的一具白骨。我今天是来报恩的。"

她见老翁说得非常诚恳，便问："您要怎么帮我？"

老翁说："两个时辰之后，太阳会落山。那时候你挑着我这担空箩筐在这苍山脚下挨家挨户去走一遍。见了有劳力的熟人，你就喊他的名字。等他回应了，你就说，辛苦你今晚帮我去搬一点儿东西。要是那人不答应，你就算了。要是那人答应了，你就说，只要你答应就可以了，不用真的来帮忙。"

她疑惑地问："不来怎么帮忙？"

老翁说："你照我说的去做就是。你不是只收到了一半的定金吗？你相信我的话，另一半也会是你的。"

她心动了。

老翁说完这些话就走了，留下了那担空箩筐。

2

她在家里等啊等啊，等到太阳落了山。她急忙挑起空箩筐，挨家挨户地去叫人。

将附近认识的人叫了一遍之后，她就挑着空箩筐回来了。

有的人答应了她，有的人没有答应。

答应了她的人见她说不用真的来帮忙，以为她在开玩笑，也没有当真。

她也不知道那位老翁的话能不能当真，心里既有怀疑，也有期待。

第二天，她出门的时候碰到了昨天答应帮忙的人。

那人说："不知道怎么回事，今早醒来之后腰酸背痛，浑身无力，好像做过什么特别费力气的事情。"

他家里人昨晚看到他躺在床上时大汗淋漓，咬紧牙关，好像身上背了一块大石头。家里人怎么叫他都叫不醒。

她觉得莫名其妙。

不一会儿，她又碰到一个昨天答应帮忙的人。

那人也说今早起来累得要死，胳膊都抬不起来，两腿发软。

她偷偷去看答应帮忙的其他人，每个人都是非常疲惫的样子。

她很惊讶，但不敢说。

第二天下午，负责修建寺庙的人来了。

她很害怕，以为那人发现她的挑夫丈夫去世了。

让她没有想到的是，那人竟然带来了另一半钱，叫她收下。

那人非常满意地说："没想到你说话这么可靠！"

她怯怯地问："怎么啦？"

那人说："昨天石头神像还在城外，今天一大早就在大殿里摆好了。要好多人才搬得动的神像，你丈夫一个人就搬来了！真是天生神力！"

她大吃一惊，立即又放下心来。

那人说："你丈夫今天也不在家吗？"

她说："事情多，他又出去了。"

那人遗憾地说："可惜不能见上一面。"

后来，她将那担空箩筐放在门后，等老翁来取。可是老翁一直没有来。

3

那年年末的最后一天，一位背着猎枪的猎人从苍山脚下经过，到她家里借水喝，看到了门后的空箩筐。

猎人惊讶地问："这箩筐怎么会在你这里？"

她问："你认识这箩筐？"

猎人说："这箩筐是我的，箩筐底下写了我的名字。"

她将箩筐翻了过来，果然看到箩筐底下写了两个苍蝇一样小的字。她以前都不知道箩筐底下还有字。

她说："这箩筐不是我的，是一位老翁留在这里的。"

猎人说："那老翁怕是个小偷吧？"

她问："为什么这么说？"

猎人说："我以前经常挑着这担箩筐去我丈人家送水果，因为那段路上有时候会遇到野兽，所以一边箩筐里放着水果，一边箩筐里放着我的猎枪。结果有一次遇到了一只狐狸，我放下箩筐，开了一枪。被打中的狐狸拼命跑，掉进了山沟里。我跑下山沟里，那只狐狸却不见了。我回到原地时，那担箩筐不见了。真是赔了夫人又折兵。"

她这才明白，原来那老翁是一只狐狸。

她要将空箩筐还给猎人，猎人却不要。

猎人说："我走了很远的路才来到这里，还要走很远的路回去。挑着箩筐不方便。"

她问："你走那么远的路来这里打猎吗？"

猎人说："不，我杀生太多，来这边是要去大理城的寺庙里拜一拜，求神宽恕我这一年来的罪孽。"

她说："既然是去求神宽恕，为什么要背着猎枪去？"

猎人说："我祈求宽恕，但生活还要继续。"

她问："大理城里不止一座寺庙，你要去哪座寺庙？"

猎人说："听说今年新建的寺庙里那个神像很灵验，我要去那个神像面前磕个头。"

顺风耳

世上没有两片完全一样的树叶，也没有两个完全相同的人。

1

曾有一个缝补匠人挑着担子在大理的街头巷尾行走，给人补破了的碗，补漏了的锅，补磨穿了的鞋，补摔断了的手镯。这匠人号称什么都能补，破镜能重圆，覆水也可收，天底下没有他补不了的东西。

一位从苍山来的姑娘捧着一堆瓦罐碎片找到了他，请求他将碎片补起来。

他将瓦罐碎片拼了起来，才发现这是一个猫形瓦罐。

他说："这个我补不了。"

姑娘问："你不是说天底下没有你补不了的东西吗？"

他说："有灵性的东西碎了之后，哪怕外形可以恢复，灵性也不会存在了。这瓦罐猫是有灵性的，我补不了。"

姑娘哭着离开了。

姑娘刚走，一个脑袋上缠着布条的人来到缝补匠人面前。

那人问道："你能补耳朵吗？"

匠人一看，那人有一只耳朵缠在布条里面。

那人说："我喝醉了酒，睡觉的时候被老鼠咬掉了一只耳朵。

你能不能帮我补？"

路过的人们听说有人要补耳朵，觉得非常新奇，都围过来看热闹。

匠人说："这没什么难的。不过我没见过你的耳朵，不知道是什么形状。"

那人说："跟我剩下的这只耳朵一样。"

匠人仔细地看那人剩下的那只耳朵，然后说："补好倒是没有问题，就是价钱比较高。"

匠人开了一个价。

那人一听，咬牙答应了。

匠人问："你想要一个一模一样的耳朵，还是不一样的耳朵？"

那人想都没想，说道："当然要跟原来一模一样！"

匠人又问："要跟原来一模一样的话，难度很大，价钱要翻一倍。"

那人说："没问题。"

匠人点头，又问："你想要一个真耳朵，还是假耳朵？"

那人毫不犹豫地说："当然要真耳朵！"

匠人说："真耳朵的话，难度更大，价钱要再翻一倍。"

那人说："价钱实在太高了。"

匠人说："世上没有两片完全一样的树叶。你要补一个一样的耳朵，还是真耳朵，这跟要找到两片同样的树叶一样难。"

那人想了想，觉得匠人说得有道理，于是说："只要你能补好我的耳朵，这都没问题。"

匠人说："那你明天再过来吧。我要准备一下。"

第二天，那人又来到匠人这里。

匠人果然给他补了一个耳朵，跟他之前的耳朵几乎一模一样。

来看热闹的人们啧啧称奇。

补耳朵的人欣喜得很。

那人回家之后，家里人见了也觉得惊奇，没想到耳朵也能补！

到了夜里，那人正准备睡觉，忽然听到外面非常吵闹。什么声音都有，有男人打牌的声音，有女人抽泣的声音，有小孩追来追去打闹的声音，还有风呼呼吹的声音，有远处鸟叫的声音，有水流哗啦啦的声音，也有马蹄哒哒跑过的声音，马车经过时车轮咕噜咕噜的声音。

那人打开门往外一看，外面一个人都没有。

声音也立即消失了，耳边一片宁静。

可是他往床上一躺，那些声音又响了起来，好像他家住在一个特别热闹车水马龙的地方。

这样吵闹了一夜，他觉都没睡好。

天还没亮，他又听到"叮铃哐当"的切菜擀面包饺子的声音。

天亮之后，他去找缝补匠人，想问问耳朵是怎么回事。

可是缝补匠人不见了。

他逢人便问，可是没人知道缝补匠人去了哪里。

2

有个见多识广的人听他说了夜里听到声音的事情，了然地说："你应该感谢缝补匠人！"

他问："为什么？"

那人说："这是顺风耳啊！"

他问："怎么就是顺风耳了？"

那人说："我们这里没什么人吃面食和饺子，你听到了切菜擀面包饺子的声音，应该是北方很远很远那边的声音。"

那人想了想，又问他："昨晚听到打牌的声音，打牌的人说话没有？"

他说："有。"

那人说："那你学着说说看。"

他学了几句。

那人拍手道："果然是顺风耳！这是山东话！"

他不信，去问其他去过山东的人。被问的人都说确实是山东话。

很快，周围的人都知道他有了一只顺风耳，能听到千里之外的声音。

很多人羡慕他。

他说："这有什么好羡慕的？每天晚上吵得很，睡觉都睡不踏实！"

这样的情况持续了许多天。他想了好多办法，都不能挡住那些声音。

有一天夜里，他忽然听到敲门声。

他打开门，发现门外没有人。

回到床上后，敲门声又响起来。

门外还有一个女人拼命大喊。

白天的时候，他问去过山东的人："那个女人喊的是什么话？"

去过山东的人告诉他说："喊的是快点开门。"

他又问："快点开门做什么？"

被问的人说："我哪里知道？那个女人怕是遇到了什么事情吧？"

他不安地问："那我怎么办？"

被问的人说："远在天边，又不关你的事。你担心什么？"

可他还是每晚忧心不已。每次听到那女人的喊声，他就赶紧起床，去打开门。虽然每次他打开门之后外面一片寂静。

如此几个月后，他决定去山东寻找声音的来源。

这无异于大海捞针。

3

找了大半年，他都没有找到声音所在的地方。

心灰意懒的他决定放弃寻找。他在顺路的一个旅店住下，打算休息一天之后回去。

他住的旅店在一个喧闹的十字路口边上。旅店后面有一条小河，前面的街道人来人往，车水马龙。

夜幕降临，他困意渐浓。他躺到了床上，可是外面还是非常

吵闹。有人在打牌，有人在抽泣，有小孩追逐打闹，有风声，有
鸟叫，有水流声。偶尔还有马车从外面的街道跑过，马蹄嗒嗒，
车轮咕噜。

他一惊，这不就是他一直寻找的地方吗？

就在这时，敲门声响起，一个女人在门外大声呼喊，喊的是"快
点开门"。

这大半年来一直在山东，他已经听得懂这里的话了。

他又惊又喜，急忙起来开门。

打开门后，他果然看到一个女人站在门外。

那个女人是旅店的老板娘。他白天来的时候看到过。女人提
着一只水桶，一脸焦急。

女人见了他，喊道："起火了！起火了！快跑！"

他这才发现旅店已经着了火。火势很大。有人在救火，有人
在逃命。

他撒腿往外跑。

就要跑出旅店大门的时候，他撞到了另一个人。

他正要向那个人道歉，却发现那个人正是消失不见的缝补匠人！

让他百思不得其解的是，匠人手里拿着一个火把。

他惊讶地问匠人："火是你放的？"

匠人见了他，抹了一下额头的汗，说："可算找到你了。"

他问："你是来找我的？"

匠人点头说："是的。"

他问："你找我干什么？"

匠人从腰间掏出一把小刀。

匠人说："有个人的耳朵被老鼠咬坏了，想补一个一模一样的真耳朵，出高价要你这只耳朵。"

他毛骨悚然，问道："想补耳朵的不就是我吗？"

匠人说："对啊。世上没有两片完全一样的树叶。既然要一模一样的，那只能从你这里取了。"

说完，匠人一火把打在他的头上。

他一阵眩晕，倒在了旅店门口。

他想爬起来，但是手脚不听使唤。

他眼睁睁地看着匠人朝他扑了过来，接着耳朵处传来剧烈的疼痛。

然后他看见匠人手里拿着他的耳朵仓皇逃向黑夜深处……

好人相逢

除却大奸大恶之人，这世间本没有好人和坏人之分。
所谓"好人"，是与自己志趣相投的人。

1

吕举人有个视若掌上明珠的独生女儿。

这女儿样样都好，唯有一点不足，她是个哑巴。

因为家教甚严，这位吕大小姐深居闺中，几乎不出门。又因为不会说话，她见人就回避，不与生人往来。

吕举人虽然年纪已大，但还想在功名上再进一步。

有一年，吕举人要赴京赶考，因为路途遥远，要提前启程。吕举人担心家里的藏书被老鼠咬坏，于是新找了一个下人专门照料藏书阁。

吕举人离开前，给了女儿一张纸符，纸上写的是"好人相逢"四个字。

吕举人忧心忡忡地对女儿说："我这一去要很久才能回来，唯一放心不下的就是你。我给你求来一个'好人相逢'符，希望你这段时间里，好人相逢，恶人远离。"

吕举人离开后，这个新来的下人倾心倾力维护藏书阁，白天全天守着不说，半夜还要起来巡视一遍才安心。

吕大小姐有一次睡得晚，见父亲的藏书阁里有灯光，以前这个时候藏书阁是没有灯光的。她心生好奇，走到藏书阁的窗边偷偷往里看，看到那个深夜还在尽职尽责的下人。

这一看，便喜欢上了。

可是她不知道该怎么向这个下人表达爱意。家风家规也让她不敢有所表示。

她只能常常在夜里看到藏书阁有灯光的时候，来到窗外驻足偷看。

这个下人发觉吕大小姐常常深夜来到藏书阁的窗外，以为吕大小姐是来监视他有没有用心守护她父亲的藏书。他不敢吭声，做得更加尽职尽责，又觉得这样的吕大小姐甚是可爱，也开始暗暗留意她。

有个年老的下人趁着吕举人不在，常常深夜潜回府里，偷一些值钱但不易发觉的东西。

有一回，这个年老的下人潜回府里的时候看到吕大小姐站在藏书阁的窗外，顾盼生情。而此时藏书阁里的下人正在里面仔细检查各处。

第二天一早，年老的下人找到照看藏书阁的下人，拍着下人的肩膀说："你这小子有福气啊！吕大小姐居然喜欢你！"

下人不信，说："我不过是一个下人，金枝玉叶的吕大小姐怎么会喜欢我？"

年老的下人说："我看到她深夜在窗外看你，那眼神骗不了人。"

下人想到最近府里经常少一些小东西，不仅不信他的话，还意有所指地笑着说："她应该是担心我没有用心照看老爷的书，还担心家里被人偷了干净，也不能用言语告诉夫人，只好如此常常来盯着我们，您老说是不是这样？"

年老的下人表情一僵，然后嬉笑着说："那是自然。"

至此，吕举人回府之前，府里再没少过东西。

2

吕大小姐身边有个婢女。

这个婢女脾气不好。因为吕大小姐平时不爱指使这个婢女，这个婢女得寸进尺，脾气愈发地大，甚至暗地里欺负吕大小姐，不但不伺候她，还将原本属于她的衣服拿去穿，将原本属于她的食物拿去吃。

吕大小姐一切生活起居都靠自己来完成。

因此，即使吕大小姐经常夜里出来，这个婢女依然酣睡如故，根本不知道。

可是有一天晚上，这个婢女起夜时发现吕大小姐不见了。

她在府里找了一圈，发现吕大小姐居然站在藏书阁外偷看新来的下人。

从此之后，婢女变本加厉，以此要挟吕大小姐，要吕大小姐代她做一些下人们才做的活儿。

吕大小姐害怕婢女将她的秘密告诉母亲，更害怕父亲回来后知道此事，只好默默忍受。

新来的下人看出了些端倪，委婉地告诉了吕大小姐的母亲，说大小姐脾气好，下人都宠成了小姐。

吕大小姐的母亲虽然听后很气愤，但也没全信。毕竟婢女是府中老人了。但她还是罚婢女为全府人洗盆。

婢女知道后气得不行，竟然要吕大小姐代替她洗盆。

吕大小姐也不敢不同意。

一天，这个照看藏书阁的下人沐浴完，将沐浴过的澡盆留给这个婢女刷洗干净。

这个婢女想着之前是他告状，觉得必须把这人从府里除去，才能让她欺负小姐的事儿瞒住。

于是，这个婢女又叫吕大小姐来洗盆。

在吕大小姐去下人浴房时，这个婢女偷偷叫来吕大小姐的母亲，试图让吕大小姐的母亲觉察到吕大小姐和下人之间的那层窗户纸，从而赶走身份卑微的下人。

吕大小姐知道澡盆是藏书阁那个下人沐浴过的，见盆里带着皂角气味的水没倒尽，忍不住偷偷将盆里的水喝了。

吕大小姐的母亲匆匆赶来，看到这一幕，差点儿气昏过去。不过她想起下人之前说的话，觉得一定是婢女没照顾好吕大小姐，才让她不仅哑了，还变傻了，一气之下，把婢女赶出了府外。

3

不久之后，吕大小姐的肚子却渐渐大了起来。

吕大小姐的母亲知道女儿品行端正，断不会与人私会，见她体态异常，只觉得女儿是胃口大开，比以前长胖了。

谁料几个月过去后，吕大小姐居然生下了一个孩子！

吕大小姐的母亲严令府里所有人不要声张，等老爷回来再做定夺。

等到吕举人回来，这个孩子已经会走路了。

吕举人询问吕大小姐到底是怎么回事，恐慌的吕大小姐什么都不说。

吕举人询问下人，下人都说不知道。

吕举人大发雷霆，发誓要将与吕大小姐私通的人捉起来。

他叫来府里所有的男下人，然后问孩子："谁是你的父亲？"

那孩子咿咿呀呀地叫唤着走到了照看藏书阁的下人面前，扑在了他的膝上。

这个下人大惊失色，慌忙往后一退。

那孩子扑了个空，身子一歪，摔倒在地。

"噗"的一声，摔在地上的孩子竟然化作了一摊水。一股皂角气味弥漫开来。

众人惊骇！

吕举人抖着手指着地上的水，问吕大小姐："这是怎么回事？"

吕大小姐这才将偷喝澡盆里的水的事情写了出来。

吕举人见女儿如此喜欢那个下人，很是心疼自己女儿，觉得不得不成全，于是问那个下人是否喜欢吕大小姐。

那个下人没想到之前老下人的话竟是真的，又回想之前每夜来守望自己的吕大小姐，更是被她的痴心打动。只喜得他连连点头。

于是，吕举人将女儿嫁给了那个下人。

后来，吕大小姐又生了一个孩子。

那个下人天天都想提着一个木盆跟在后面，生怕孩子跌倒。

去霉运符

得到爱与庇佑的前提，是去爱人。

1

有一天，远近闻名的神医边曲回到家里，唉声叹气。

神医的妻子问他怎么了。

神医说："今天医馆里接到一位病人，病人已经九十多岁，气息奄奄。可是病人的家人非要我救活她。我说她大寿已尽，怕是救不过来了。病人的家人居然提着刀威胁我，说如果我不能把他的老母亲救活过来，就要我以命相抵。"

神医的妻子担忧道："那怎么办？"

神医说："还能怎么办？我用了最好的药也只能勉强让她多活一天。明天恐怕是撑不过去了。"

神医的妻子着急道："那明天你就别去医馆了。"

神医说："不行，医馆还有其他病人需要治疗。我不去的话，那些病人谁来照顾？"

疲倦的神医吃完饭就早早地睡下了。

神医的妻子睡不着，她在灯光下端详神医的脸，她心疼神医，却束手无策。

这时候，她的目光落在了神医的脖子上。

神医的脖子上戴了一个三角形的东西。

她以前听神医说过，那是神医的外公八年前给他画的一个符，不过那个符不同于一般的平安符，这个符主要用于去霉运。

她把神医摇醒，问道："你脖子上不是有你外公画的符吗？明天应该不会有什么事吧？"

神医看了看符，说道："这个符的用法比较奇怪，要用打鸣的公鸡血点上去，然后用青线缝起来，在这三个角的每个角上缝八针，再用缝的青线挂在脖子上。并且这个符一旦缝好了，只能用七天。七天过后，要把它丢进河里，让霉运跟着它一起流走。"

神医的妻子失望地说："原来只能用七天啊，这都过了八年了。"

神医说："不过我一直舍不得用，虽然天天戴在身上，也只是因为想念外公。"

神医的妻子转而大喜，说道："那明天早上赶紧点公鸡血上去！"

2

第二天，神医的妻子杀了一只打鸣的公鸡，用公鸡血点在了那个符上，然后用青线将符缝了起来，再挂回神医的脖子上。

神医并不相信这个符有作用，但是为了让妻子安心一些，他没有反对。

神医刚到医馆门口，昨天送来的病人的家人就提着刀拦住了他。

"老人家已经断气了！"提着刀的人凶狠地说道。

神医吓得两腿发软。

那人将刀架在了神医的脖子上。

神医急忙说："让我进去看看，或许还有救！"

那人让他进了医馆。

神医摸了摸病人的手，已经冰凉。

神医说："老人家大限已至，并不是我治不好。"

那人暴怒道："你这个庸医！治不好我母亲就说大限已至！我今天要替天行道，杀了你这个庸医！"

那人挥刀就砍。

神医连忙躲避。

就在这时，病床上的老人家突然咳嗽了一声。

那人吓得手里的刀落了地。

神医侧身一看，老人家竟然缓缓坐了起来。

不过老人家的身子比昨天瘦了一大圈，看起来缩水了一样。

老人家看了那人一眼，长叹一声，说道："你不想让我死，还不是因为我那个养子每个月会送银子给我？我吃的用的甚少，还要遭你打骂，银子也都被你花了！我若是死了，你不就没银子了！"

那人扑到老人家床边，摸了摸老人家的手，惊讶道："怎么冰凉的？"

老人家摇头道："哪怕是无病无灾，我也不想活了。本来我寿限已尽，身体已凉，为了不让你加害别人，只能强撑着再活几年。"

说完，老人家连连叹气。

神医听了，惊讶不已。这老人家竟然在寿限已尽之后还能活过来！

那人又惊又喜，赶紧扶着老人家出了医馆，连句感谢的话都没有说。

医馆里其他病人和家属纷纷说那个人的不是。

神医摆摆手，示意他们不要说。神医并不是完全大度，他只是不想惹那人回来。

晚上回到家里，妻子见神医安然无恙归来，高兴得不得了。

她问神医是不是治好了那个病人。

神医摇头，将这天在医馆发生的事情说了出来。

妻子连忙双手合十，说："多亏了你外公留下的符！"

3

第三天，神医照常去了医馆。

快到中午时，昨天那人竟然又领着他母亲来了。

令人惊讶的是，那人的母亲比昨天又瘦了一大圈，只有前天见到时的一半高了！

那人求神医给他母亲开药。

神医无奈道："我从来没有见过这样的情况，不能给你开药。"

医馆里的其他人纷纷说："就算会开药，哪还敢给你开？万一出了什么问题，你又要取他的性命！都像你这样的话，谁还敢给人看病？"

　　那人愤愤离去。

　　第四天，那人又领着他母亲来了。

　　他母亲更加瘦小，如孩童一般，但鸡皮鹤发。

　　神医还是没有给他开药。

　　此后那人每天都来。

　　到了第七天，那人的母亲小如绿豆。那人从兜里将他母亲掏出来之后，神医才看到他母亲身上缠着青线，以青线代衣。

　　七天之后，神医将脖子上的符丢进了河里。

　　那人没再来过医馆。

　　神医听人说，那人的母亲已经小到肉眼看不见了，那人不知道他母亲去了哪里，他母亲的养子也没再送银子来。

桃花女

贪恋虚幻假象的人太多。欺瞒他人的同时，
又怎知自己不是正在被欺瞒呢?

1

琵琶女曾是这座城里最好看的女人。

大概五年前，琵琶女家门前停满了马车。登门求亲的人络绎不绝。追求者不计其数。

时光易逝，容颜易老。

如今她嫁给了一位卖茶的商人，商人不怎么用心待他，一年前去了外地贩茶，一直没有回来。

这一天，她坐在大院前追忆往事，想起从前光景，叹息连连。

大院外非常冷清，门可罗雀。

不一会儿，一个女子从门前经过，一身粉色，头上插了两把折扇，一红一黑。折扇前还插了一枝桃花。

琵琶女觉得这女子装扮怪异，花枝招展。

更让她觉得奇怪的是，此时已是落叶秋季，哪里来的桃花？

琵琶女忍不住站了起来，朝那女子追望。

那女子似乎觉察到了她，回过头来。

琵琶女吓了一跳。

那女子面容奇丑无比。

琵琶女反身要走。

那女子却喊住她，说道："妾身名叫桃花女，方才见小姐长吁短叹，是否心中有烦忧事？"

琵琶女有些怕她，摇头摆手。

桃花女笑道："小姐当年应是绝美之人，闭月羞花。如今门可罗雀，难免心有不甘。"

这句话说到了琵琶女的心里，琵琶女叹息了一声。

桃花女接着说道："妾身虽丑，但有异术，可给人带来桃花运。"

琵琶女说道："现在已是秋季，姑娘头上插有桃花，我就知道姑娘不是常人。不过，我已是明日黄花，姑娘又如何给我带来桃花运？"

桃花女看了看琵琶女的脸，说道："只要将你的容颜与我交换，你就会命犯桃花，追求者比你当年还要多。"

琵琶女听说要用她的容颜与桃花女的容颜交换，顿时心生恐惧。

桃花女凑到琵琶女身边，小声道："俗话说，情人眼里出西施，只要你转了桃花运，再丑也会让人觉得好看。"

琵琶女迟疑道："情人眼里出西施，这句话不假。可是万一我换了之后，还是没人喜欢呢？"

桃花女拿出一张丑陋的脸谱来，上面画的是桃花女的脸。

桃花女说道："你若是不信，可以先用纸脸谱贴在脸上试一试。倘若没有效果，你可以不答应。"

琵琶女觉得这样稳妥，于是答应试一试。

桃花女将纸脸谱贴在琵琶女的脸上，要她独自在热闹的街道上走了一圈。她发现过往行人纷纷注目，比她当年从街上走过时更甚。

待她回家时，院外跟来了许多人，鸟雀惊飞，门庭若市。

琵琶女欢喜不已，于是答应与桃花女交换。

桃花女嘱咐道："虽然情人眼里出西施，但早晚对着镜子梳妆时，切记不能让别人在身旁。"

琵琶女问："为什么？"

桃花女道："桃花运只对人有作用，对镜子无效。若是别人从镜子里看到你，就能看到你真正的脸。"

琵琶女谨记在心。

卖茶商人回来后，一改从前，对她温存有加。但她不愿再依附于卖茶商人，日渐淡漠。

不久，琵琶女离卖茶商人而去。

此后追求者越来越多。人们似乎看不见她的真实面容，无不称赞她美若西施，沉鱼落雁。

她享受着众人追捧，心中暗喜。唯独早晨和晚上对着镜子梳妆时，每每看到镜子里面那张丑陋的脸，她戚戚不安。

2

数月之后，琵琶女找到桃花女，说出心中不安，希望换回原来的脸。

桃花女厉声道："既然已经交换，怎么能反悔？你醒醒吧！"

琵琶女听了，吓得浑身是汗。

这一吓，她发现眼前的桃花女消失不见了，而自己坐在一个梳妆镜前。周围家具非常熟悉。那是她嫁给卖茶商人之前的闺房。

她看见梳妆镜中的自己竟然恢复青春，跟五年前一样！

这时，一男子走进她的闺房。

男子见她一脸惊恐，温和地问道："醒了？是不是做了噩梦？"

男子是她以前的心上人。原本他和琵琶女私定终身，可她以前年轻气盛，挑剔成性，即使心上人步步退让，她仍然因为种种小事而心生嫌隙。又因追求者太多，她不甘心，终于弃心上人而去。

她问男子："我刚才做了梦吗？为什么感觉有五年那么久？"

男子道："我刚出去收拾行李，你在这里打了一个盹儿，哪有五年？怕是睡糊涂了吧？"

琵琶女回想此前嫁与商人又遭遇桃花女的种种，确实恍若一梦。

琵琶女问道："你收拾行李做什么？"

男子道："你说我俩缘分已尽，要我离去。我已收拾好，来跟你告别。"

梦中情形历历在目。琵琶女急忙挽留道："此前是我脾气不好，还请你宽谅。我们可以重新来过。"

男子于是留了下来。

两人和好如初。

第二天清晨，琵琶女起床梳妆，见镜子里的自己面若桃花，放下心来。

男子见琵琶女早起，在床上坐了起来，然后穿上鞋，披上衣。

男子来到琵琶女身后，温柔地抚摸她的肩膀。

男子笑问道："今天怎么起得这么早？"

琵琶女道："以前不觉得时光宝贵，如今想珍惜每时每刻，所以早早起来了。"

话说完，琵琶女对着镜子一照，手一抖，梳子落地，摔出了一道裂纹。

琵琶女看到镜子里身后的人居然长着一张极为丑陋的脸！

琵琶女震惊不已，汗流浃背。

受了这一惊吓，她捂住眼睛，失声尖叫。

3

再睁开眼，她发现身后的人不见了。

她的脸映照在镜子里，那是一张垂暮之年的脸，皱纹如沟，鬓发如雪。

她不敢相信，惊慌跑到门外，想要找个人问问如今是什么年头。

外面冷冷清清，门可罗雀。

这时，一个女子悄然从门前经过。女子一身粉色，头上插了两把折扇，一红一黑。

琵琶女心有余悸地喊了一声："请留步！"

那女子回过头来，面容姣好，手里拿了一枝桃花，放在鼻子前嗅。

琵琶女惊喜问道："我可以跟你换脸吗？"

那女子鄙夷地瞥了她一眼，说道："有病！"

琵琶女愣在原地。

拈花女子飘然离去。

琵琶女不甘心，步履蹒跚地追了过去，拐过一角之后，发现拈花女子已经无影无踪。

拐角处有一棵桃树，结了一树的桃花。春色盎然。

深水关

人的一生中有各种各样的诱惑，这些诱惑，就是我们的深水关。

1

阿白二十多年来不敢靠近水。

他出生的时候，算命先生就说过他有深水关，迟早会死在水里。

阿白的父母为此天天担心，不让他去池塘游泳，不让他坐船，不让他靠近水边。甚至是家里的水缸，也不让他碰一下，怕他掉进水缸里。

偏偏阿白很喜欢水。对他来说，水中充满了诱惑。

小时候，他非常羡慕别的孩子可以在池塘里欢快地游泳，而他只能远远地观望。

有一次，趁父母不在家，他偷偷跟着别的孩子去了水边。

他没打算下水游泳，就在岸边跟着其他孩子乐一乐。

在水里嬉戏的孩子朝他泼水，笑话他胆子小，他也只是笑着闪躲。

有一个孩子为了让他下水一起玩，将阿白的鞋子抢了过去，扔到了水里。

阿白害怕鞋子漂走，急忙走到了水边。

他虽然喜欢水，但是害怕父母责罚，所以没有下水。他在旁边的树上摘了一根树枝去拨漂在水上的鞋子。

树枝刚碰到鞋子。那鞋子就突然像鱼一样往水下钻。

他吓了一跳，想要收回树枝。

可是浸入水中的树枝尖儿像是钓竿一样被水下一只巨大有力的鱼拽住了。那股力量拖着阿白往水下走。

阿白吓得大叫，赶紧松了手。

他的手一松，那树枝和鞋子又浮起来了，似乎等着他过去抓起来。

阿白不敢再过去，连鞋子都不要就回了家。

阿白的父母回来后，见他鞋子少了一只，问他发生了什么事情。

阿白不敢说。

阿白的父母从别的孩子那里问到了缘由，狠狠地打了阿白一顿。

阿白长大一些后，特别喜欢玩弹弓，用弹弓打鸟。

但是他的弹弓做得不如别人的那么好。别人的弹弓是用树权做的，结实又好看，弹力特别大，打得又远又准。而他的弹弓又丑又没力，根本打不到鸟儿。

他做梦都想要一个好看又有力的弹弓。

但是阿白的父母不会给他做一个这样的弹弓，更不会给他买。他的父母认为那是不务正业。

有一次，他看其他人用弹弓打鸟。

有个人的弹弓弹力太大，一下子没抓住，弹弓掉在了脏水洼里。

那个人见弹弓弄脏了，不想要了。

阿白赶紧去捡。

那脏水洼还没有脸盆那么大那么深。

他跑得太急，脚底下绊到了一块石头，结果一头栽倒在脏水洼里。

他想爬起来，可是脑袋好像被摁住了一样抬不起来。

就在他几乎呛死的时候，同行的伙伴发现了异常，将他拉了起来。

伙伴惊奇地问道："你这是怎么回事？这个脸盆大的水洼也差点把你淹死？"

阿白脸色煞白，浑身冰凉，说不出一句话来。

从那之后，阿白洗脸都不敢往脸盆里多倒水，每次都只倒很浅一层，只够打湿手巾。洗澡的时候要么淋浴，要么擦洗。

2

阿白二十多岁的时候在林场伐木，与他相伴的只有一匹拉车的马和一个赶车的老头。林场非常偏远，阿白非常寂寞。

一天晚上，阿白梦中醒来，感到口渴，便去找水喝。

可是壶里的水喝光了。

他只好自己去水缸边舀水。平时是老头负责食物和水。

他走到水缸边，却看到一个姑娘坐在水缸里，正用舀水的瓢往身上浇水。

那姑娘的脸白得像月亮，头发黑得像乌云。

姑娘见他过来，却不躲避。

姑娘笑着问他："你刚才做的是什么梦？"

阿白干咽了一口，没有回答。

姑娘在水缸里往一边挪了挪，指着空出的地方，说："来，一起。"

阿白的脚不听使唤地拖沓着往前走，走到了水缸边上。

姑娘抓住他的手，牵引着他往水缸里去。

姑娘的手软绵而冰凉，仿佛是一堆雪落在了他的手上。

阿白有些犹豫。

姑娘从水缸里站了起来，嘴唇在他的脸上轻轻碰了一下，仿佛是晴空下忽然有一滴雨水落在了他的脸上，预示着暴雨即将来临。

阿白感到呼吸困难。他抓住姑娘的手，抬起一条腿，要跨进水缸。

就在这时，赶车的老头从屋里跑了出来，大喊："阿白！她就是那样淹死的！"

老头的声音如雷，将阿白惊醒。

阿白大吃一惊。

阿白握着的那只手变成了一只清凉的瓢，那姑娘哀号一声，身体化成了水，就如瓢中倒出的水一样落回水缸里。

赶车的老头见阿白失魂落魄的样子，问道："你是不是有深水关？"

阿白哆嗦着点头。

老头说："不碍事，我给你找一条鱼来做你的替身，让鱼代替你去过深水关。"

后来老头找来一条鲤鱼，在鲤鱼尾巴上绑了写有阿白生辰八字的红布，然后放到了一条小河里。

看着鲤鱼游走后，老头说："人的一生中有各种各样的诱惑，让它代替你去过深水关，去承受诱惑。"

从此以后，阿白不再怕水了。

惊
骇
之
神

有的话不能随便说。因为说了，有些人过后就忘，
有些人却信以为真。

1

有个石匠技艺极好，方圆几十里的石墩石柱石像都是他做的。

附近寺庙若是需要雕刻新的石像，都会首先邀请他去完成。

曾经请他雕刻过石佛的寺庙比其他几座寺庙都要灵验，似乎因为佛像出自他的手而更庄严肃穆，也更愿意护佑一方百姓。

石匠性格温和，为人友善，尤其对他的妻子非常好。

石匠的妻子比石匠年轻许多，长得也很漂亮。她本来可以嫁个很好的人家，但是她从小就爱做噩梦，且胆子非常小，因此常常惊骇万分，睡不好觉。

有人说，许多石佛出自石匠之手，石匠多多少少有些佛性。她若是嫁给石匠，或许可以睡安稳觉。

她见过石匠一次之后，果然心神安定了许多。于是，她拒绝了更好的亲事，嫁给了石匠，与石匠一起过上了缝缝补补的清贫生活。

石匠认为妻子下嫁给他，受了委屈，因此从不让妻子做重活儿，从不跟妻子说一句重话。哪怕是洗衣做饭这种事情，他都亲力亲为，不让妻子插手。

邻里乡亲无人不羡慕石匠，也无人不羡慕石匠的妻子。

后来他们生了一个孩子。儿子长大后去外地做了书吏，因为公务繁忙并且路途遥远，不常回来。石匠和妻子依旧相依为命，琴瑟和谐。

2

石匠四十岁那一年去山上采石，因为一块巨石滑落，被砸成重伤。此后他天天躺在床上，不能动弹。

自从病倒之后，他对妻子万般刁难，动不动就破口大骂，骂得很难听。

石匠的妻子每次被骂之后，无人倾诉，只能偷偷哭泣。

有一天，石匠的妻子见外面阳光暖和，便将石匠从床上抱起，挪到院外晒晒太阳。

石匠又对妻子骂骂咧咧。

住在隔壁的堂嫂看不下去了，说道："她好心让你晒晒太阳，你怎么还骂她？"

石匠怒道："让我的眼睛对着太阳，是想把我眼睛刺瞎吗？把我眼睛弄瞎了，就能带男人回来？"

说完，石匠奋力从躺椅上滚了下来，撒泼打滚。

石匠的妻子只好含泪将他抱回屋里，给他换下弄脏的衣服，然后给他洗衣服。

石匠的妻子越想越气，在院子里一边洗衣服一边流泪。

过往的人见了，都劝石匠的妻子离他而去。

但石匠的妻子依然无微不至地服侍石匠。

石匠的身体日渐消瘦，一天不如一天。但是石匠越来越刁难妻子，一天都不间断。

妻子给他盛好的饭，他故意打翻。妻子给他端来的汤，他故意泼到床上。

临到最后一口气了，石匠流着泪对妻子说："我对你不好，省得我走了以后你挂念我。"

当时医生和许多朋友站在床边，听他这么说，没人不动容。

3

石匠去世后，按照当地的风俗习惯，亡者家人要在门楣上挂镜子，在墙壁上画弓箭符。这么做是为了防止亡者因为思念家而回到家里来作祟，吓到家里人。

石匠的妻子却没有在门楣上挂镜子，也没有在墙壁上画弓箭符。

人们问她为什么不挂镜子，不画弓箭符。

她流着泪信誓旦旦地说："即使他死了，也要给他留一扇门，让他可以随时回来。"

谁知此后的每天夜里，她都听到房间里有响动，仿佛石匠生前在家里走动一样发出窸窸窣窣的声音。

如果睡觉时脚露在被子外，她就会感觉到有人摸她的脚。摸她脚的那只手非常粗糙，跟石匠那双因为打磨石头而皲裂的手一样粗糙。她吓得赶紧将脚缩回被子里。

她很害怕，于是叫了亲戚来家里做伴。

做伴的亲戚以为她产生了幻觉，便来陪她。

可是做伴的亲戚半夜听到了有人在房间里走动的声音，吓得再也不敢来陪她了。

住在隔壁的堂嫂也常听到她那边房间里有异响，仿佛小偷进了门。

石匠的儿子听说了此事，便写了书信来，叫母亲去他那里住。

石匠的妻子顾不得当初说的要留一扇门的话，急急忙忙收拾了行李，锁上了门，投奔远在外地的儿子。

石匠的妻子离开后，隔壁的堂嫂说她再也没有听到什么异响了。

人们茶余饭后说起此事，都感慨不已，为石匠死后的孤独而叹息，也为石匠的妻子终于摆脱恐惧而高兴。

堂嫂不这么认为。

堂嫂说："之所以房间里再没异响了，恐怕是因为石匠跟着他妻子去了远方。"

有人问："他为什么要跟去？"

堂嫂说："因为有的话不能随便说，既然说了，有些人过后就忘，有些人却信以为真。"

药神

欲壑难填，终将害人害己。

1

很久以前，有一个村庄闹瘟疫，家家户户有人患病。这种病即使吃药也很难治好。

到了过年的时候，由于这个村庄的人出去办年货走亲戚，很快周边村庄都出现了有人患病的情况。一时之间，人心惶惶。

附近镇上唯一一家药铺的掌柜见此情况，心生歹意，坐地起价。

穷苦百姓卖牛卖地来治病，可是药价太高，很多人因此束手无策，只能眼睁睁看着染病的亲人离世。

有一个名叫栓儿的人，为人勤劳善良又热心，家中只有一位老母亲，母子二人相依为命。不幸的是，栓儿的老母亲染上了这种病。栓儿不仅照顾老母亲，还热心照顾其他生病的村民，天天忙里忙外。

有一天傍晚，栓儿像往常一样在老母亲身边伺候，不想老母亲竟然说："栓儿，你不用为我忙了，我不行了。"说完双眼一闭，昏了过去。

无论栓儿怎么喊怎么摇，老母亲不再睁开眼看他。

此时一阵敲门声传来。

栓儿前去开门，见门外站着一位面容姣好的姑娘。

姑娘说："我出来走亲戚，路途遥远，走到这里天色已晚，想在你这里借宿一夜。"

栓儿怕她染病，便将家中老母亲生病的状况如实相告。

姑娘说："你若不留我，我露宿在外，恐怕也会染上风寒。如果遇上山中野兽，恐怕尸骨无存。"

栓儿只好让她进了屋。

栓儿说："我家里的东西都卖了钱，换了药给母亲和其他生病的人治病，没有多余的床给姑娘睡。你就睡我的床吧。"

姑娘说："那你到哪里睡？"

栓儿说："厨房的柴堆里还有些草，我在那里睡就行。"

于是，栓儿安顿好老母亲后，自己去了柴堆里睡觉。

睡到半夜，姑娘听到脚步声，醒了过来。

姑娘见栓儿站在床边。

姑娘问："你半夜来我这里做什么？"

栓儿说："我怕母亲的病传染给你，在你床边烧一些艾草。"

姑娘往床边一看，果然地上有好多艾草。

栓儿点燃了艾草，屋里起了烟。栓儿就走了。

过了一会儿，姑娘又听到了脚步声。

姑娘见栓儿又来到了床边。

姑娘问："你又来我这里做什么？"

栓儿说："夜里凉，我看你盖好被子没有。"

栓儿见姑娘的被子盖好了，又走了。

2

第二天一大早，姑娘起了床，来到厨房，对柴堆里的栓儿说："趁天还早，你去西南山顶山的凹地，那里有个元宝形状的石盘。石盘中有一株紫花青草。你把它掐回来煮水，喂你母亲喝下，你母亲的病就可痊愈。切记，只许掐，不许拔。"

姑娘离去后，栓儿赶紧去姑娘说的地方，果然找到了一个元宝形状的石盘，在石盘中看到了一株紫花青草。

栓儿掐了紫花青草，回来煮了水，捏开母亲的嘴，给母亲喂下。说来也怪，他的母亲喝下后不多时便睁开了眼，又过了一会儿，居然能下地走动了。

栓儿大喜，提了水上山去浇花。他发现掐掉了的紫花青草很快又长出了一些。

到了第二天，他再去浇水的时候，紫花青草原样长出来了。

栓儿又惊又喜，他再次掐了紫花青草，回去煮了水，喂给其他生病的村民喝。

就这样，栓儿每天都山上山下来回跑。几天之后，很多病人恢复了健康。

药铺掌柜听说此事，气得火冒三丈。他偷偷跟踪栓儿，知道了"神花仙草"的所在。

栓儿不知道药铺掌柜跟在他后面。

栓儿浇完水走后，药铺掌柜来到"神花仙草"前，抓住"神花仙草"，想要将它连根拔出。

没了"神花仙草",病人就还要去他的药铺买药。

可是不管他怎么用力也拔不出"神花仙草"。那个小石盘却突然越长越大,越长越高。

他趴在石盘上,握住"神花仙草"不撒手。

元宝石盘顷刻间高出十几丈,一座大山峰就此形成。

由于大山峰是元宝形状,上面宽下面窄,陡壁悬崖,上面的人下不来,下面的人上不去。药铺掌柜困在了山顶,活活饿死了。

后来人们根据山峰的形状,将此山命名为元宝山。至今还流传着一句顺口溜——

元宝穴内灵芝草,消病灭灾宝中宝。

谁要黑心去偷挖,必死洞内跑不了。

担货五郎

种恶之人，总会食其恶果。早晚而已。

1

有一个担货郎名叫阿五。他的心肠特别好，常常帮助别人，有时候东西给了别人，却分文不取。人们都叫他做担货五郎。

元宵节那天，阿五挑着货担在外面走了一圈，傍晚时分，他走到了一个村庄，在一个比较偏僻的巷道被一个妇人拦住。

妇人说："我要买一根绣花的针。"

阿五从货担里拿出一根绣花的针，给了妇人。

妇人问："这根针多少钱？"

阿五摆摆手，说："一根针而已，不要钱，送你了。"

妇人问："你这样做生意，怎么能赚到钱呢？"

阿五说："我不指望赚到钱。"

妇人问："听说你的货担里不但不进钱，反而常常带钱出来给别人？"

阿五笑着说："钱财乃身外之物，我又不愁吃喝，多余的钱便分给需要的人。"

妇人又问："今天是元宵节，你不在家里过节，怎么还跑出来卖货？"

阿五说："俗话说三十晚上的火，十五晚上的灯。我担心有些人家里没有足够的灯油灯芯，所以挑了很多灯油和灯芯出来。"

妇人说："像你这样心肠好的人真少！"

阿五笑了笑，挑起货担要走。

妇人拉住他。

阿五问："你还有什么要买的吗？"

妇人问："你能不能帮我个忙？"

阿五说："只要我力所能及。"

妇人说："我眼睛不太好，穿线穿不进针眼里。你能不能到我家里，帮我把线穿到这个针眼里？"

阿五说："当然可以。"

于是，阿五挑着货担跟着妇人走到了她家里。

妇人给阿五端来一杯茶，又拿出针和线。

阿五喝了茶，将线穿到了针眼里，起身要走，却两腿一软，倒在了地上。

一个男人从房间里走了出来，把阿五的货担藏了起来。

妇人担心地说："我们害了他的命，偷了他的货，不会被发现吧？"

男人说："我注意了，刚才没人看见他来了这里。巷道前后没有人。我把他的尸体埋到后院去。天知地知，你知我知。"

妇人还是很担心。

男人安慰说："除非包公在世，不然绝对发现不了。"

2

几天之后，村里来了一个戏班子。

这戏班子没人请就来了，在村头搭了一个大戏台，吸引了这里的村民来看。

这妇人和男人也来看。

妇人问村里的人："这戏班子是祝寿的啊？还是办喜宴的？"

村里的人说："没有人过寿，也没有人成亲。"

以前村里有人请戏班来，大多请附近的草台班子，人很少，戏也就来来回回那几样。毕竟村里不比城里，没有那么多钱请有名的样样齐全的大戏班。

可是这个戏班的戏子很多，生旦净末丑样样齐全，长枪短剑应有尽有，锣鼓铙钹热闹争鸣，紫蟒朝冠琳琅满目。

村里的男女老少从没见过这样的大场面，都端了椅子板凳来戏台下面，等着看戏。

前面几出戏唱得特别出彩，台下的人看得入迷。

最后一场戏是包公断案。这场戏前面唱的时候还好好的，突然一阵阴风刮起，尘土乱飞。台下的人纷纷遮眼挡鼻。

这阵风一过，台下的人看到台上的王朝马汉押了一男一女跪在包公面前。那一男一女竟然是刚才就在下面看戏的那妇人和男人。

戏台上的黑脸包公将惊堂木一拍，喝问道："你们夫妻两人是如何杀害担货五郎的？快快从实招来！"

　　那妇人和男人吓得浑身哆嗦，但仍然咬定担货五郎与他们毫无关系。

　　黑脸包公呵斥道："你不是说除非包公在世，不然绝对发现不了吗？现在包公我就在你们眼前，你们若是不招，狗头铡伺候！"

　　包公话音刚落，就有两个人抬了狗头铡出来。

　　那妇人和男人见了狗头铡，吓得瘫软如泥，慌忙将害死担货五郎的前前后后说了出来。

　　台下的人听了，惊讶不已，这才知道好几天不见的担货五郎是被这对夫妇杀害了。

　　等包公断案的戏唱完，这个戏班迅速拆了戏台，全部撤走了。

　　村里的人将此事报了官。

　　官府来了人，在那男人在戏台上承认的地方挖出了担货五郎的尸体。

　　那妇人和男人被官府抓走，关进牢狱。

　　那时天气寒冷，牢狱的地上铺了一层稻草，让犯人睡觉时不至于染上寒气。

　　当晚，牢狱之中一盏灯被风吹落，灯芯落在稻草上，灯油泼在稻草上，引燃了地上的稻草。那妇人和男人竟然被活活烧死了。

　　官府派人四处寻找戏班，可是那戏班不知所踪。除了那个村的人，周边几十里没人见过那个戏班。

新衣良药

如若不愿付出，怎敢希冀拥有。

1

阿兰躺在散发着清香气息而昏暗不堪的房间里时，已经开始后悔了。

她像是即将受刑的罪犯一样被捆绑在生了锈的铁架床上。裤腰往下拉了一寸，衣服往上翻了三寸。她努力翘起头来，看到自己雪白的腹部被红色的灯光照得变了样，像是菜市场里肉食铺的砧板上切好待售的猪肉。

要是此时从门口走进来一个不怀好意的人，那她只能任其摆布。

是她最好的朋友吕俏带她来这里的。

阿兰和吕俏从小一起长大。两个人都长得非常漂亮，令人羡慕。

可是阿兰对自己的腹部感到不满意。因为平时吃东西没有节制，她的小腹微微鼓起。其实这算不了什么，穿稍微宽松的衣服，或者稍稍收腹，别人就看不出来。但是在爱美的阿兰看来，这简直是不能忍受的事情。

在所有别人赞美她的话里，她最喜欢别人夸她是衣架子。

"无论什么衣服只要穿到她身上就好看。"

　　她最得意最受用的是类似这样的赞美。

　　她想过节食，可是每次坐在美食面前的时候，还是忍耐不住食指大动。

　　她想过运动，但是她不是个有恒心的人。她每次都是一时冲动办了健身卡，办完之后却没再进过健身房。

　　她还想过很多其他的办法，比如饭前大量吃菠萝，比如在腰上束一条宽的松紧带，据说这些方法都有收腹的作用。但是她都没有坚持下来。

　　她的朋友吕俏就没有这个烦恼。吕俏的身材近乎完美。更让她可气的是，吕俏该吃吃，该喝喝，既不运动，也不节食。

　　阿兰问吕俏："为什么你的身材一直保持得这么好？有什么诀窍吗？"

　　吕俏神秘兮兮地告诉她："我有一种非常特别的减肥方法，既不需要在面对美食的时候克制，也不需要在健身房挥汗如雨地锻炼。"

　　阿兰好奇地问："还有这么好的事情？"

　　吕俏紧接着说："但是这种减肥的方法不能轻易告诉别人。"

　　阿兰软磨硬泡，撒娇撒泼，但吕俏守口如瓶。

　　"我们不是最好的朋友吗？有这样的好事，为什么不跟我分享？"阿兰不愉快地问道。

　　吕俏为难地说道："看起来是很好的事情，不一定是好事。我不告诉你，是为了你好。"

　　阿兰疑虑重重。

从那之后，阿兰偷偷关注吕俏每天的行踪。

2

几个月后，阿兰渐渐发现了吕俏可疑的地方。

吕俏每隔半个月就要去郊外一个非常偏僻的地方一次。

那个地方有一棵大槐树，大槐树下有一间小屋。白天小屋的房门从不打开，到了晚上才会有一个拄着拐杖的年迈的老婆婆打开门，等吕俏进去之后，窗户里便亮起红色的令人遐想的灯光。

灯光大概会亮半个小时，然后熄灭。接着，吕俏从小屋里出来，小心翼翼地左看右看，然后悄悄回家。

除此之外，吕俏一切正常。

阿兰心想，那个小屋里一定藏有什么秘密，这个秘密跟吕俏能保持近乎完美的身材有关。

每次睡前，阿兰一边抚摸自己的小腹，一边心里不平衡。

有一次，阿兰穿上了一件心仪已久的新衣服，得到了许多赞美，却有一人不经意说出的一句话刺痛了她。

那人说："是挺好看的，要是腰那里束一下就完美了。"

言者无心，听者有意。阿兰顿时对那件衣服好感全无，心情也一落千丈。

她忍耐不住了。

在一次吕俏去郊外小屋的路上，阿兰半路拦住了吕俏。

吕俏见阿兰突然出现，吓了一跳。

"我知道你减肥的方法了。今天你不带我去的话，我们就做不成朋友了。"阿兰说道。

吕俏没有办法，只好答应带阿兰一起去。

她们来到小屋门口，开门的老婆婆看到吕俏带来了一个陌生人，却没有一点儿惊讶的表情。

老婆婆将阿兰打量了一番，温和地说道："姑娘，你已经够好了。"

阿兰按着腹部的衣服，说道："我觉得这里不够好，再平一点就好了。"

吕俏无奈道："我劝过她了，没有用。"

老婆婆慈祥地笑了笑，点头道："好吧。那进来吧。"

进了小屋后，里面有好几个房间，空间比阿兰想象的要大许多。

老婆婆领着阿兰进了其中一个房间，然后开了灯。灯是红色的，像血一样撒在墙壁上。房间里看不到别的东西，只有一张铁架床，像是从医院淘汰的旧病床。

然后，老婆婆小声说道："躺上去，无论我做什么，你都不要动。"

阿兰听话地躺了上去。

老婆婆将她捆在了床上。

她觉得奇怪，为什么要把她捆起来呢？

可是她没有动，没有反抗。她担心不配合的话会被老婆婆赶出小屋。

让她觉得奇怪的是，老婆婆将她捆起来之后就出去了，好久没有回到这个房间来。她看了看露出的腹部，担心敞开太久了会着凉。

不一会儿，她闻到一阵淡淡的香气。那香气她以前好像闻到过，这让她有了一点儿安全感。她打起瞌睡来，迷迷糊糊地睡着了。

迷迷糊糊中，她感到腹部传来一阵轻微的刺疼，像是被蚊子咬了。她想抬手去拍一下，但是她的手和脚都被捆着，既没有办法去拍，也没有办法去挠。

她只好默默忍受着，渐渐从迷迷糊糊中清醒过来。

清醒过来的她惊讶地看到一根长长的细细的如针管一样的东西插进了她的肚皮，老婆婆匍匐在床边，嘬着嘴吸着针管一样的东西。仿佛她的肚皮是一杯奶茶。老婆婆一脸的享受，一脸的贪婪。

此时的老婆婆仿佛一只巨大的蚊子！

她惊慌大叫。

老婆婆见她醒了，将针管一样的东西抽了出来，表情又变得慈祥了。

"怕什么？我这是给你吸脂减肥呢。你看看。"老婆婆拍了拍阿兰的肚皮。

阿兰看到自己的肚皮确实瘪了下去，皱得像核桃。

老婆婆说："别担心，明天就好看了。"

到了第二天，阿兰果然发现腹部变得平坦了。她欣喜不已，欢呼雀跃。

虽然心中有那么一点点迷惑与恐慌，但是那些情绪都被高兴淹没。

她穿上以前不敢穿的衣服，走到镜子前，果然无可挑剔。

掀起衣服，她看到腹部留有一个小得像痣的创口。

好在这个地方别人看不到。她这样安慰自己。

虽然只是腹部一点点的变化，但是看到她的人都夸她说"好看得像是变了一个人一样"。她享受着这样的赞美，沉浸在幸福之中。

可是一个多月后，她的腹部又微微鼓了起来。

她找到吕俏，吕俏又带她去了那个小屋。

老婆婆依然慈祥地接待了她，将细长的针管一样的东西插入她的肚皮，吸走多余的东西。

此后每隔一个月左右，阿兰就去一次郊外的小屋。

3

半年后，阿兰有一次去小屋，发现开门迎接她的是一位年轻女子。

她问道："那位老婆婆呢？"

年轻女子笑道："我就是啊。"声音悦耳，不像之前的老婆婆那样沉闷。

阿兰将信将疑。

年轻女子将她捆起来，将针管一样的东西插入她的肚皮，吸走多余的东西。

年轻女人的举手投足跟之前的老婆婆一模一样。

阿兰回家后，在镜子前换衣服时发现脸上多了一些皱纹。那些皱纹很淡，不经意看不出来。但是皱纹比她一个月前看到的时候要明显一点点。

一个月前她就发现脸上有皱纹了，那时候她以为是没有睡好造成的，过些天就会消失。

可是皱纹一直没有消失。这次突然变得更明显了。

她回想那个年轻女子的模样，又想起吕俏说过的话，不禁后背一阵凉意！

她急忙找到吕俏，给吕俏看她脸上淡淡的皱纹。

吕俏叹了口气，说道："我不是跟你说过吗？看起来是很好的事情，不一定是好事。老婆婆吸去了你的能量，所以变得年轻了。你为了好看失去了很多能量，所以会这样。最后老婆婆会变成你年轻的样子，你会变成老婆婆那样子。"

阿兰惊恐万分，求吕俏帮她回到原来的样子。

吕俏摇头道："这种事情一旦开始了，就没有办法回头。"

阿兰生气道："吕俏！你不是我最好的朋友吗？为什么你在开始的时候不告诉我？"

吕俏耸耸肩，回答说："我不是警告过你吗？再说了，我从来都不是你的朋友，我不是吕俏，你的朋友是小屋里那位老婆婆。"

菜人

人间有句话叫秀色可餐。我刚刚看了你一会儿，
就已食尽珍馐美馔。

1

"你的愿望是什么？"细毛坐在菜园旁一个高高的草垛上问她。

她托着腮想了想，说道："要是我说出来，你可不准笑我。"

细毛笑了起来，说道："好的，我不笑！"

她很认真地说道："我的愿望就是把自己养成最好的食材！将来被厨师做成一道菜，端到食客的桌子上，食客拿筷子夹起来一块，放到嘴里咬一口，马上被我的味道折服，称赞说，这是我这辈子吃到的最好吃的东西！这样的话，我就觉得此生圆满了！"

细毛哈哈大笑，笑得肚子疼。

细毛捂住肚子说道："哈哈哈，你这个愿望也太好笑了！"

这时候，一个老头从草垛旁的菜园里走了出来，对着草垛上的细毛喊了一声："细毛，走喽！"

细毛急忙从草垛上滑溜下来，跟在老头屁股后面蹦来跳去，像老头甩来甩去的尾巴一样。

她看着细毛远去的背影，瘪嘴道："你懂什么？学武的人愿望是仗剑走天涯，苦读的人愿望是一举成名天下知。我是在这个菜园里修炼的妖怪，作为一棵菜，最好的归宿不就是做成一道色香味形俱全的美味佳肴，受到食客最由衷的赞美吗？"

2

大概是五百多年前，她还小的时候，有个道士从常山脚下经过，看到了一片菜园，也看到了在菜园里玩耍的她。

道士将手里的拂尘甩了甩，走到她身边，对着她看来看去，嘴角流出一道明亮的涎水来。

那时候她涉世未深，什么都不懂，对世间的所有事物充满了好奇。

她仰起头来打量这个垂涎三尺的道士，不知道他要做什么。

道士抹掉嘴角的涎水，惊喜道："菜人？"

她看了看四周，除了她之外，菜园里没有其他人。

"你是叫我吗？"她睁大了眼睛问道。

道士笑着说："当然啦。"

"可我不叫菜人。"她说道。

道士甩了甩拂尘，赶走一只朝他飞过来，差点撞到他脸上的飞虫。

"呸呸。"道士对着飞虫啐道。

她看到那只飞虫被拂尘打到，落在了菜地里，爬到一棵辣椒树上去了。

"你当然是菜人啊！你在这菜地里吸收天地精华，获取了灵智，才有了像人一样的精魂。你既是菜，又像人，怎么不是菜人？"

道士又摇了摇拂尘。那拂尘简直像是那个道士的尾巴。

"是吗？"她感觉这个道士在骗她，应该不是什么好人。

道士自信满满道："我怎么会骗你？我以前见到过菜人，就像你这样。我告诉你，菜人都是很幸运的。"

"是吗？怎么就幸运了？"她还是不相信这个道士。

"当然幸运了！一般来说，菜都是有时令的。在什么季节就种什么样的菜。种了什么样的菜，就吃什么样的菜。所以啊，菜比山上的花花草草要难修炼得多。因为过不了一个季节，你们就被种菜的人摘回去下了锅，做成各种各样的菜吃了。但凡你这种能开启灵智修炼成精的，都是因为种菜的人把你这棵菜给忘记了。只有这样，你才能日积月累地吸取天地精华，精进修为。"道士一边说，一边顺拂尘上的毛。

"这你说得对。"她不得不认同。每次菜园的主人进来，她都胆战心惊，生怕主人把她给采摘走。那样的话，她的修为就前功尽弃了。

七百年以前，这里还是一片洼地，这片洼地被一位勤劳的老农开垦成了菜园，种上了各种各样的菜。

春天有春笋、莴笋、韭菜、卷心菜等等。夏天有辣椒、丝瓜、苦瓜、西红柿等等。秋季有菠菜、香菜、豌豆、空心菜等等。冬季有青椒、芥菜、花菜、胡萝卜等等。

不论什么季节，这位老农都能种出丰富多彩的蔬菜，让菜园里总是生机勃勃、五彩缤纷。

老农去世后，老农的孩子便接过菜园，在日起而作日落而息，日复一日年复一年的劳作中渐渐变成老农。

老农去世后，老农的孩子又接过菜园。

子子孙孙，如此循环。却又好像时间从未流逝，什么都没有改变过。

这菜园里唯独有一棵种在角落里的她被老农忘记了，因此躲过了每个季节的采摘。

物老成精。渐渐地，她开启了灵智，偷偷修炼。

从那以后，虽然每次菜园主人来采摘，她都怕得要死，但是每次菜园主人把菜篮子装满了都没有想起过她。

因此，她觉得这个道士说得有道理。她确实很幸运，非常幸运，无比幸运！

3

"不过你知道吗？之所以你这么幸运，是因为我师父的师父的师父在你周围画了一道符。"道士指着她真身所在的地方画了一圈。

她快速跑到真身旁边，但是刚刚翻过的菜地里没有符的痕迹。

"哪里有符？"她依然不相信这个道士。

道士摸着拂尘的毛说道："你当然看不到了！这符叫作隐身符！画在房子周围，房子就消失了。画在山的周围，山就消失了！就是有了这个隐身符，菜园的主人才看不到你。你以为他们真的把你忘记啦？"

这下她不知道该不该相信这个道士了。

毕竟她才成为菜人不久,他师父的师父的师父来菜园的时候,她还是一棵傻傻愣愣的没有感知没有感情的菜。那时候的她没有灵智,也没有记忆。

道士说道:"我师父的师父的师父跟我师父的师父说,等到你徒弟的徒弟学会了道法,就去那个菜园,看看那个菜人长成了没有。如果长成了,就再等个五百年,让你徒弟的徒弟的徒弟的徒弟的徒弟……咳……咳咳……咳咳咳……一口气差点憋死我……的徒弟去看看这个菜人是不是可以吃了。我没有咳嗽哦,我师父的师父的师父当年就是这么说的,也是这么咳的。"

她看到道士咳得脖子粗了脸红了,差点儿咳死。

"那一垄种的是萝卜,你拔一个吃吧,止咳化痰的。"她指着一片萝卜地说道。

道士捏了捏喉咙,逞强道:"不碍事。"

他说话的声音都嘶哑了。

"这么说来,我是你师父的师父的师父种的菜咯?"她心想,凡人吃凡菜,按季节吃。仙人吃仙菜,按五百年吃?

不过也在理。她曾听老农的儿子学识字的时候背诗词,背了一句"知君仙骨无寒暑,千载相逢犹旦暮"。她记在了心里,听出其中的大概意思是,对仙人来说这个世界是没有春秋寒暑的,即使一千年之后相见,也像是早上离开晚上归来一样快。

一千年都像是早上到晚上那么短暂,那么他师父的师父的师父为了吃个菜等上几百年算不上稀奇。

她越来越相信这个道士的话了。

道士将拂尘搭在手上，拱手道："正是。"

她也学着道士的样子拱手施礼道："多谢你师父的师父的师父！"

道士扬起拂尘，问道："我师父的师父的师父给你画隐身符，养你几百年，是为了吃你。你为什么不生气，却还要感谢他？"

她说道："作为一棵菜，迟早是要被吃掉的。多亏你师父的师父的师父想吃我，让我多长了好几百年。我不但要感谢他，我还要努力长成最好的食材，让他吃到从未吃过的美味！"

道士哈哈大笑，说道："那你好好修炼！希望你修炼成最好吃的菜人！"

此后五百多年里，她刻苦修炼，一天也没有放松。

4

五百多年的时间里，世间的人如菜园里的菜一样，摘完了一茬，又长了一茬。

她也从一个小孩长成了亭亭玉立的姑娘。

菜园的主人不知道换了多少个，但是每一个主人都似乎看不见她。

唯有这个细毛第一次来菜园，就看到了坐在菜园旁草垛上的她。

细毛是菜园主人的孙儿，每次菜园主人进菜园摘菜的时候，细毛就找她玩。

她听说小孩子的眼睛干净，能看到常人看不到的东西，所以她不觉得惊奇。

细毛渐渐长大，个子比她还要高了，但是还能看见她。

她心想，可能是细毛的眼睛比一般人要纯净。

菜园主人还是"细毛""细毛"地叫他。

她也叫顺了口，一口一个"细毛"。

细毛说："我都成年了，可以娶媳妇了，以后不要叫我细毛了。"

她说："好的，细毛。"

细毛问她："我小的时候，你说你的愿望是变成最好的食材，可是你怎么能确保自己能变成最好的食材呢？"

她说："我看过很多的书呀。最早的时候，我看《齐民要术》《陈敷农书》。"

"你看这些农书做什么？"

"要学农术啊。学好了农术，才能养出好的庄稼做食材。"

细毛想了想，觉得有道理，点头道："嗯。嗯。没想到你这么努力！"

她说："还不止呢。后来我又看了《本草纲目》《食疗本草》。"

"看这些医书做什么？"

"要懂医术啊。学好了医术，才知道食材的特性和疗效。"

细毛想了想，觉得有道理，点头道："是。是。没想到你这么细致！"

她说："还不够呢。最后我又看了《食珍录》《造洋饭书》。"

"看这些食谱做什么？"

"要懂厨艺啊。中餐西餐都要懂。学好了厨艺，才知道食材怎么做才好吃。不懂厨艺的话，再好的食材做出来也不好吃！"

细毛想了想，觉得好有道理，连连点头道："对。对。没想到你这么周全！"

"看来你是真的努力了！没想到即使被人吃掉，也要这么努力。这世上真是没有一件容易的事啊。"细毛流出一道涎水来，赶紧舔了一下嘴唇，用手擦了去。

她若有所失道："可是我很迷茫，不知道什么时候才能实现愿望被吃掉。"

细毛叹道："有人为爱情迷茫，有人为前程迷茫，你居然为什么时候被吃掉迷茫！"

她说道："你懂什么？因为我不知道自己是不是已经成了一个合格的食材，吃起来会不会嚼不动。"

细毛不以为然道："怎么会嚼不动？"

她双手托腮，忧虑道："毕竟我都快一千岁了，从一道菜的食材角度来说，可能老了点儿，说不定很难嚼动。"

细毛笑道："有人在正年轻的时候就担心年龄，你都快一千岁了还在担心这个？不过你不用担心，嚼不嚼得动其实不重要。"

"怎么就不重要呢？有的食材讲究入口即化，有的食材讲究嚼劲十足，但是嚼不动的食材肯定不受欢迎。"她说道。

细毛说道："未必就要嚼得动，如果老了，炖汤不就好了？营养都在汤里。"

她连连摇头，说道："不行。营养都在汤里是错误的说法。

那不过是我的洗澡水。"

"真的不要担心，你肯定是最好的食材。"细毛安慰道。

她叹了一口气，说道："哪有那么容易！"

5

几天之后，一个道士模样的人来到菜园里。

她又惊又喜。惊的是时间居然过得这么快。喜的是她终于等到了这一天。

可是这个道士似乎看不到她。

这个道士站在菜园门口大声道："我师父的师父的师父的师父……咳……师父的师父……我说到哪里了……大概就是这么个意思吧……的师父说时间已到，叫我过来带你走。你跟在我后面即可。"

她赶紧在菜园里挖了生姜摘了大葱小葱辣椒紫苏等等，又拿起早就准备好的其他配料，然后跟着这个道士出了菜园，翻过了几座山，走过了几座桥，穿过一片竹林，来到一个房子前。

这个道士带着她走进房子里。

房子里干净朴素，但一应俱全。

这个道士说道："我师父的师父的师父的师父的师父……我的天哪……活太久了也不是什么好事……大概就是这么个意思吧……的师父晚上过来用膳。你准备一下吧。"

说完，这个道士就走了。

她赶紧烧了水，然后找来一个大木盆，将各种配料倒进去，浇入开水，又兑了凉水，试了试水温，最后将自己泡在里面。

等到天黑了，屋里也黑了，那个道士的祖师爷还没有来。

她却泡得舒服极了，呵欠连天，渐渐迷迷糊糊，最后睡着了。

迷迷糊糊中，她听到外面有了脚步声，听到门开了，脚步近了。

她迷迷糊糊道："客官不要着急，先将我备好的大葱根小葱沫生姜片辣椒汁紫苏叶撒上，不要叫醒我，也不要让我熟睡，五六分熟的时候吃，味道最好。"

她等了一会儿，却不见动静。

又等了一会儿，她听到了打嗝的声音。

她失望之极，眼睛缝里流出泪来。

"你哭什么？"声音就在近前。

她说道："看来我的愿望落空了。"

"不。你是这个世界上最好的菜。我吃饱了。"

她闭着眼睛摇头，说道："你不要安慰我了。你都没吃就饱了。"

"我不是用嘴吃的。我是用眼睛吃的。所以你感觉不到。"

她惊讶不已，但还不想放弃，闭着眼睛说道："我知道你肯定不是一般人，但是用眼睛吃东西，我还是头回听说。"

"大千世界，无奇不有。你没听说过的事情多了去了。"

她不服气道："我都快一千岁了，还有什么事情没有听说过？"

"那你知道你为什么会成为菜人吗？"

她不得不服气，说道："那不知道。"

"那我告诉你吧。很久以前，你我都是得道的仙人。有一次仙尊讲道，说到世人皆苦，你却碰了碰身边的仙人，说唯他是甜。仙尊恼怒，把你贬下人间，让你尝尝人间的苦。"

"所以我被贬到菜园里了？"

"不是。把你贬成了一棵草。仙尊为了证明他的话是对的，执念成魔，变成了妖怪，吃了不少人，可是吃到的都是像莲子一样苦味的人，从来没有吃到过一个甜味的人。为了救你，也为了挽救世人，我把执念成魔的仙尊炖了汤。"

"仙尊的味道怎样？"她不禁心生好奇。

"看什么都是苦味的，自己怎么可能甜？一点儿也不好吃。仙尊不但味道不好，脾气也不好。回归仙界后，你仍然坚称自己吃到过甜味的人，他仍然不信，于是又把你贬下人间。"

"这次是贬到菜园里了吧？"

"是的。仙尊说，除非你成为最美味的菜，否则不许回归仙界。其实他这是不想让你回去了。"

"为什么？"她问道。

"这就是一个魔咒。因为你要回归仙界，就必须变成最美味的菜。可是菜不被吃掉，就不知道是不是最美味的。既然吃掉了，你的修为又要重头再来。如此循环轮回，无法摆脱。"

"原来是这样！"

"可是仙尊忘了人间有句话叫秀色可餐。我刚刚看了你一会儿，就如吃了一顿最美味的大餐盛宴。所以仙尊的魔咒被破了。"

她激动地睁开了眼睛。

"细毛？原来是你？"看到面前的人是细毛，她吃惊地站了起来。

细毛急忙脱下衣服，将春光乍泄的她包裹住。

"我已经吃饱了。勤俭节约一点，别浪费了。"细毛说道。

"五百年前那个道士也是你吗？"她似乎明白了。

"是的。七百年前画隐身符的是我，五百年前跟你说话的也是我。为了保护你，我收了徒弟，又拜了徒弟为师。只有如此循环，我才能生生世世保护你。"

"你为什么要保护我啊？"她问道。

"因为当年让你在仙尊面前说错话的也是我。"细毛说道。

她终于记起来了，高兴得跳了起来："原来你就是那个瓦罐猫啊！"

细毛点头。

"我真的很美味吗？"她抬起手臂，自己舔了一口。

"当然！不过……也有点儿怪异。"细毛看了看那个澡盆。

"哪里怪异？"

"我没见过谁用葱姜蒜泡澡的。"

"现在你见过啦！要不你咬一口试试吧，我刚才尝了一下，真的挺好吃的！"

茶山故事

不够爱的人，才会相忘于江湖。

1

顺着捞刀河往下游走十多里有一座茶山。

茶山顶上住着一只妖怪。

妖怪的妈妈曾说它是在一个毛毛雨的天气里出生的，由于雨后着了凉，它打了一个喷嚏，于是它的妈妈给它取了一个有雨的寓意的名字。

它的妈妈说，她本来对人世间已经失望透顶，好不容易差不多忘记了进入人世间之后的经历，是它的出现让她又有了活下去的欲望。

它的妈妈说，人再失望，顶多熬一百年，妖怪失望，却要熬几百年甚至上千年。人们有句话叫"度日如年"，妖怪却度日如一百年。

它曾问它的妈妈："你为什么失望？"

它的妈妈说："因为我上了人的当。都怪我那时候太年轻不懂事，被你父亲外在的色相迷住了。我告诉你，人间但凡好看的东西，都是靠不住的，都不值得相信。"

它问妈妈："我爸爸的名字叫什么？"

它的妈妈说："太久了，忘记他的名字了。哎，好几百年前的事情了，还记着干什么呢？"

它问妈妈："他就没有一点儿好吗？"

它的妈妈凑到它的耳边，悄悄说："味道还不错。"

说完，它的妈妈嘴角流出了一尺来长的涎水。

"人只能吃，不能爱。你可要记住了！"它的妈妈补充道。

2

茶山下面住着许多种茶的人。

那些人常常在清明前上山采茶。

清明这个节气前后采的茶叶是一年之中最新最好的茶叶，被称为"清明茶"，价钱比其他时候采摘的茶叶要高得多。所以这个时候来采茶的人都急得不得了，生怕清明茶被别人抢走了。

茶山被他们分成了许多块，这一块是这个人的，那一块是那个人的。他们争来争去，有时候因为分歧而打起来。

它想不通，明明那些人还没有的时候，这山就有了，地就有了，茶树就有了。要说也是这个人属于这块地这棵茶树的，那个人属于那块地那棵茶树的，怎么偏偏就反过来了？

它问过妈妈。妈妈说："别跟他们一般见识，其实什么都不属于他们的，他们不在了，这山还在，地还在，茶树还在。"

但是其中有一个年轻男子不争不抢，采茶也非常慢，往往别人都采完茶下山了，他还在山上选着茶树上最嫩的茶叶尖儿一个一个地掐。

太阳落下去，月亮升起来，他还慢慢悠悠的。

它躲在茶树丛里偷偷看着他，替他着急。

等到山下万家灯火燃起，又等到万家灯火熄灭，他才磨磨蹭蹭地下山。

它偷偷跟在后面，送他下山。

送着送着，它就不自觉地流出口水来。

它很讨厌自己流口水，这样让它觉得自己跟妈妈一样。

它不想跟妈妈一样，怕自己跟妈妈一样上人的当。

有好几次，他听到身后有响声，回头来看时，它便迅速躲到了茶树后面，实在来不及的时候就变成一棵小茶树。

几天之后，它决定跟采茶的男子打个照面。

它摘了一根茶树枝，变幻成一把锄头，扛在肩上，假装从他身边经过。

"喂，你这么晚还没下山，不怕碰到吃人的妖怪吗？"它故意吓唬他。

山下早就有传闻，说山上夜晚有妖怪出没，妖怪专门挑好看的人吃。

那个传闻应该是从它的妈妈吃了人之后开始的，从那之后越传越偏离真实的模样。

男子微笑道："我倒想碰到妖怪呢。还有，我不叫喂，我有名字的，我在家里排行最小，所以叫阿幺。"

"阿幺，你不怕被妖怪吃掉吗？"它问道。

"吃什么不好，偏偏要吃人？"阿幺说。

"因为人好吃啊，长得越好看的人越好吃。"它说道。

"那你觉得我好吃吗？"

"我看到你就流口水了。"

"难道你是妖怪不成？"

"我就不能是妖怪吗？"

阿幺笑得双肩颤抖，说："哪有你这样笨的妖怪？妖怪从来不轻易告诉别人它是妖怪。"

它又羞又恼，威胁道："信不信我吃了你？"

阿幺仍然笑个不停，笑得浑身颤抖，篮子里的茶叶都颤了出来。

阿幺说："妖怪从来不暴露吃人的想法，更不会送人下山。"

它丢下锄头，说道："我还就真吃了！"

它抓住他，在他肩膀上咬了一口。

阿幺愣住了。

它说："妈妈骗人，味道并不好。"

然后它慌慌张张地跑回山上去了。

3

过了几天，阿幺没有上山来采茶。

它心里有些慌，于是假装成采茶的人，向其他采茶的人打听阿幺为什么没有来。

满山都是采茶的人，却没有人认识一个名字叫阿幺的年轻人。

采茶的人关切地问它："姑娘，你不会是碰到妖怪了吧？"

它这才知道，原来山下还有一个传闻。

山下有个传闻，说这些年茶山附近出现了一个采茶妖，这妖怪常常混在上山来采茶的人群里，迷惑采茶的年轻男女。待被迷惑的男女神魂颠倒之后，这妖怪便会问那个人的名字。那个人若是将自己的名字告诉了采茶妖，采茶妖便会突然消失。说出了名字的人若是没有动心还好，若是动了心，便会忘了自己姓什么叫什么，也忘了自己见过采茶妖。

它窃喜，它还记得自己的名字。

回到山顶之后，它又时不时感到落寞。

每当感到落寞时，它就禁不住流口水。

4

许多年后，某年清明的前一天，它忽然看到上山来采茶的人群里多了一张熟悉的脸。

太阳落山，其他人采完茶下了山，只有他还在慢慢悠悠地采摘茶叶，专选嫩尖儿掐。

他面容老了许多，采摘的速度比以前更慢。

它又摘了一根茶树枝，变幻成一把锄头扛在肩上，然后走了过去。

"你叫什么名字？"它怯怯地问。

他想了许久，木讷地摇头，说："我已经许久不记得我叫什么名字了。"

它愣住了，默默看着他步履蹒跚地下了山。

5

清明那天上午，它看着外面的雨，忽然记起它的妈妈曾经说过的一件往事。

它的妈妈曾经跟着山下的人去采茶，碰到了一个令她心动的男子。

他们俩无法自制地陷入了爱河。

它的妈妈对那男子说："我还不知道你的名字呢。"

那男子把他的名字告诉了她，从此之后再也没有出现过。

清明那天中午，它给自己泡了一杯新茶。

喝完茶，它觉得有些难过，接着忘记了自己叫什么名字。

但它记得那个采茶的人，他的名字叫阿幺。

6

清明的第二天，它下了山，逢人便问："你见过一个名叫阿幺的人吗？"

它从早上问到太阳落山，没人见过名字叫阿幺的人。

它失落地往回走，回到半山腰的时候，碰到了一个准备下山的人。

它问道："你见过一个名叫阿幺的人吗？"

那人摇头。

它叹息一声，说道："喂，你这么晚还没下山，不怕碰到吃人的妖怪吗？"

那人说："我倒想碰到妖怪呢。"

它问道："你为什么想碰到妖怪？"

那人说："妖怪活得长，以前肯定见过我，我想问问妖怪我叫什么名字。"

它惊讶道："这么巧，你也忘记了自己的名字？"

那人说："是啊，我忘记了自己的名字，但还记得一个不是我的名字。阿霁。"

它问道："阿嚏？好像感冒了打喷嚏一样。"

那人说："不，阿霁的霁，是雨后转晴的意思。"

7

后来，茶山顶上住着两只妖怪。

茶山下流传着一个新的传闻，据说若是遇上采茶妖的人两情相悦，再次遇上，便会想起名字来。不够爱的人，才会相忘于江湖。

桃花猎人

树是有根的人，人是无根的树。

1

洞庭湖往南大约五十里，有一个山清水秀的村庄。

村庄里的人依山而居。

那座山叫作常山。

常山的半山腰有一个医馆，医馆里有个奇怪的女医生。

那女医生名叫阿欢，阿欢从来不给人看病。

白天阿欢在医馆里睡觉，天黑之后，阿欢就起来，在门口点一个橘子灯笼。

常山周边的动物若是受了伤或者得了病，看到常山半山腰的橘子灯笼亮起，就会到医馆门口来敲门。

阿欢像治疗病人一样给动物摸脉，翻眼皮，看舌苔，然后给动物开药。

有一天晚上，阿欢刚刚点燃橘子灯笼，一只狐狸就来到了医馆门口。

狐狸的前腿上挂着一个芭蕉叶大的兽夹，伤口一片殷红。

狐狸身后留下了一串血色的脚印，仿佛是草地上刚开的花。

阿欢急忙将狐狸抱进屋里。

"肯定是桃花岭那个猎人放的。真是石头心肠！"阿欢气咻咻道。

她试了许多次，都没有办法将兽夹掰开。

满头大汗的阿欢抱歉地说道："实在不好意思，我力气太小了，打不开这个兽夹。"

狐狸用尾巴指出兽夹的机关。

阿欢踩住兽夹的机关，轻松地打开了兽夹。

狐狸伸出舌头，不停地舔舐伤口。

阿欢说道："我给你煮一些药，你先喝了止疼。"

阿欢煮了一碗止疼的草药，喂狐狸喝下。

狐狸离开时，阿欢说道："请问狐狸先生，你见过一只猫吗？"

狐狸摇摇头。

阿欢将两个食指放进嘴里，将嘴巴拉得很长，然后张开嘴。

"它大概是这个样子，奶凶奶凶的！"阿欢说话的时候涎水从嘴里流了出来。丑态毕露。

狐狸摇摇头。

阿欢松了手，叹了一口气，说道："那好吧。如果你以后碰到了它，请来告诉我。"

狐狸点点头，离开了。

第二天晚上，阿欢点燃橘子灯笼之后，回到屋里，继续画那张尚未画完的画。

画上是一只奶凶奶凶的猫。猫的嘴巴张得很大。

阿欢正在给猫画胡子的时候，她听到了敲门声。

阿欢打开门一看，是只黄鼠狼。

黄鼠狼的后腿一瘸一拐，似乎痛得厉害。

阿欢将黄鼠狼抱进屋里，细心检查，发现黄鼠狼的后腿中了一枪。

"肯定是桃花岭那个猎人干的！真是衣冠禽兽！"阿欢生气又心疼地说道。

阿欢帮它清理了伤口，又捣了草药。

阿欢正要将捣成了糊状的草药往黄鼠狼的后腿上敷。

黄鼠狼慌忙从阿欢身上跳下，逃到了药柜旁边，敲了敲药柜上贴了一个字帖的抽屉盒子。

抽屉盒子的字帖上写着"金爪儿"三个字。

阿欢恍然大悟，拍了一下后脑勺，笑道："原来我弄错药了！应该用金爪儿给你敷上！"

阿欢换了药，给黄鼠狼敷上，然后包扎好。

黄鼠狼后脚立地，前脚像人一样给她作揖，表示感谢。

阿欢展开她尚未画完的画，问道："请问黄鼠狼先生，你见过一只猫吗？"

黄鼠狼摇摇头。

阿欢学了两声猫叫。

黄鼠狼吓得连连后退。

阿欢俯下身来，说道："它叫起来大概是这个样子，奶凶奶凶的。"

黄鼠狼摇摇头。

　　阿欢耸耸肩，说道："那好吧。如果你以后碰到了它，请来告诉我。"

　　黄鼠狼点点头，慌慌张张地跑了。

　　2

　　阿欢决定出手阻止猎人继续伤害山上的生灵。

　　但是她不敢去桃花岭。

　　她出生的时候，她的奶奶就告诉她，千万不要去桃花岭。

　　她问为什么。

　　奶奶说："你小的时候，有个和尚给你算命，说你是桃花岭的花神转世，要是去了桃花岭，就会死在那里，成为那里的花神。"

　　她还不想死。

　　她不但自己不想死，还希望常山周围的生灵都平平安安。

　　她决定去找一个人帮忙。

　　那个人住在常山的山顶上。

　　常山顶上有一座破庙，破庙里住着个垂垂老矣的和尚。

　　据山下人说，这和尚以吃人为生。他常常在月黑风高夜，乘着黑云飞过洞庭湖，去邻省吃人。傍晚去，子时回。

　　之所以被人发现，是因为有一次和尚下山后跟一位老农聊天。

　　和尚问老农："你活了好几十年，你吃到过甜的肉没有？"

　　老农摇头道："肉大多是腥的，需要生姜和蒜去味。"

　　和尚说道："曾经有人跟我说，人的肉是甜的。"

老农打趣道："难道那个人吃过不成？"

和尚道："那个人吃没吃过，我不知道。但是我吃过无数人，都是又咸又苦，没一个好吃的。"

老农并不害怕。原因有二。第一，老农以为和尚吃素吃太多了，想吃荤的想疯了。第二，老农已经吃了太多生活的苦，如今孤苦伶仃，过一天算一天。

和尚知道老农不怕，才跟老农说这些。

和尚告诉老农说，他常常在月黑风高夜，乘着黑云飞过洞庭湖，去邻省吃人。傍晚去，子时回。如此辛苦许多年，就是为了吃到一个甜味的人，可是竟然没有吃到一个甜味的人！

老农说道："你不应该吃素吗？"

和尚说道："古有苏东坡先生说，鸡是钻篱菜，鱼是水梭花，酒是般若汤。说来鸡鱼酒都可以吃。照我看，人是无根树。树不也是素的吗？怎么就吃不得？"

老农道："人怎么是无根树呢？"

和尚说道："你看啊，树有春夏秋冬，人有生老病死。山上的树枯荣交替，多少年后，山上还是郁郁葱葱的树。山下的人辈辈相传，多少年后，山下还是来来往往的人。可不是没有什么区别吗？要说有区别，就是树有根，寸步不移，人无根，行动自在。可是呢，树还靠着土地里的五行精气而生，人也靠着土地上的五谷杂粮而生。树是有根的人。人是无根的树。"

老农活了一辈子，头一回才知道人就是树。

很快和尚吃人的传言就传开了。再也没有人敢去山顶的破庙。

3

阿欢走进破庙的时候，吃人的和尚正坐在破落生草的大殿里
晒太阳。

见阿欢闯入，和尚大吃一惊，随即清了清嗓子，说道："没
有人敢到我这里来。你胆子可真大！"

阿欢说道："我不是人。"

和尚无奈一笑，说道："我差点儿忘了，你原来是一棵草药。
因为本性未泯，在这半山腰医治飞禽走兽。"

阿欢诧异道："你竟然知道我的本身？"

和尚道："我活了五千多年，上至夏商，下至如今，什么事
情不知道？"

"那我在成为草药之前是什么？"阿欢问道。

"是仙。可惜啊，因为你欺师灭祖，遭受惩罚，才落到了这里，
长成了一棵草药。"和尚叹息道。

阿欢笑了。

和尚怒道："你笑什么？你以为我骗你的吗？出家人不打诳
语！"

阿欢笑得更厉害了。

"出家人还不杀生吃肉呢。我听山下的人说，你既杀生又吃
肉。"阿欢笑道。

和尚瞪眼道："你好不容易修成人身，就不怕我吃了你？"

阿欢道："我不怕。"

和尚道："莫非你也像那老农一样厌倦了生活？"

阿欢摆手道："不不不，我挺喜欢活着的，我喜欢这里的一切，花花草草，虫鱼鸟兽，还有山下那些浑身烟火气息的人们。"

"那你为什么不怕我？"

"山下人都说，你不是想吃人，而是想吃到甜味的人。可我是草药啊，俗话说，良药苦口利于病。我肯定是带着苦味的，你吃我做什么？"

和尚哑口无言。

阿欢继而说道："我这次来找你呢，是想请你帮个忙。"

"不帮。请回吧。"和尚道。

阿欢耸肩，转身往外走，边走边道："那算了吧。我听说桃花岭有一个猎人天天喝桃花蜜，那桃花蜜据说是桃园里蜂蜜采集的，非常甜。据我多年从医的不成熟的经验来看，哪怕是苦黄连，天天泡在桃花蜜里，也泡成甜的了。如果世上仅有那么一个甜味的人，那么他远在天边，近在眼前。"

走出破庙，阿欢侧头一看，和尚紧跟在她身后。

"举手之劳，何足挂齿！"和尚挥袖道。

4

从破庙回来的当天晚上，阿欢还正在剥橘子，外面就响起了敲门声。

阿欢打开门一看，竟然是背着枪的猎人站在门口。

猎人的脸上满是血红的唇印，仿佛粘满了桃花瓣。

阿欢吃了一惊。

猎人要进来。

阿欢急忙张开双臂，拦在门口。

"我是兽医，不给人看病的。"阿欢想了许久，想出这么一个借口来。

猎人抹了一把脸上的血，说道："我想，有些话再不说就晚了。其实上次来的狐狸，是我变的。上次来的黄鼠狼，也是我变的。我之前还变成了麻雀、山鸡、獐子、野兔、穿山甲、乌龟、羊……你能想象到的动物我都变了一遍，就为了每天晚上能见你一回。我用猎人能想到的办法，想方设法将自己弄伤，才有理由来找你医治。我从来没有伤害它们，我伤害的是我自己。"

阿欢心口如有小鹿猛撞。

"那又怎样？"阿欢扬起下巴，假装不以为然地说道。

猎人说道："我本来一直想偷偷喜欢你，但是今天不一样了！"

"怎么不一样？"阿欢倒是好奇了。

猎人指着满满一脸的"桃花瓣"，说道："今天天才黑，一朵黑云就飘到了我家门前，还没等我反应过来，一个男人从黑云上跳了下来，抱住我，在我脸上一顿乱啃！弄了我一脸的口水和印子！"

阿欢想想都觉得恶心。

"我还没有说话，那个男人就哇地吐了，说了声'好苦'，又腾云而去！"猎人激动地说道。

阿欢心想，这和尚还真是吃不了苦，怎么就浅尝辄止了？看来这个计谋落了空，要想想新的办法。不过好在这憨憨猎人应该不知道这件事与我有关。

"与我何干？"阿欢死撑着脸皮说道。

"干系大了！我想这个死变态应该是喜欢上了我。且他能腾云驾雾，法力高强。我虽然会些变化，但自知不是他的对手。所以我要赶紧向你表明心意，免得以后没了机会。"猎人将背后的枪取下。

阿欢吓得往后一退。

猎人单膝跪地，手中的枪变成了一枝灿烂的桃花。

阿欢脸颊飞红。

"可是……我一直在等一只猫。我变成草药之后，之前的记忆都失去了。但我一直记得……有一只猫在等我。"阿欢连连后退。

猎人将两个食指放进嘴里，将嘴巴拉得很长，然后学了两声猫叫。

阿欢怔住了，继而高兴得跳了起来！

"就是你！就是你！你就是那只瓦罐猫！"阿欢抢过桃花，抱住猎人哭了起来，"我找了你好久好久！我明明问过你看到过那只奶凶奶凶的猫没有。你为什么每次都摇头？"

猎人在她耳边说道："你学得太不像了。我以为你要找的不是我。"

"可是我也画了你的样子啊！你变成黄鼠狼的时候，我给你看过。"

"你画得太不像了。我以为你心里有了其他的猫，更不敢告诉你我是谁了。"

"我是不是太没用了？明明想找的是你，却总是说错画错。"

"不。你有两处说对了。"

"哪两处？"

"你说我是石头心肠，衣冠禽兽。我是瓦罐，自然是石头心肠，我是猫，自然是衣冠禽兽。"

"还有，你为什么天天喝桃花蜜啊？"

"因为你以前跟我说，世人皆苦，唯你是甜。我怕我不甜了。"

前身误

这世上哪有方方面面周全的人？真正的感情是
不受世俗限制的。

1

"请问，你确定要看你的前世吗？"那个看起来一点儿也不仙风道骨的男子推了推鼻梁上的眼镜，问小薇道。

"确定。"小薇毫不犹豫地回答。

小薇听说这个人仙风道骨，玉树临风，来之前还充满了期待，结果见面一看，大失所望。

不就是一个平平无奇的普通人吗？在上下班高峰期往人堆里一扔，恐怕就找不着了。小薇心想。

"请问，你为什么要看你的前世呢？"那个平平无奇的人透过眼镜片看着她，将她上上下下打量了一番，又问道。

"这个……"小薇有些犹豫。

可以说是为了看看自己和那个喜欢的男生前世是什么关系吗？万一只能看自己的前世，不能看别人的前世，岂不是之前的钱都白交了？小薇心里有点没底。

小薇是闺密介绍到这里来看前世的。

来之前，闺密跟她说，每个人都只能看自己的前世是什么样子，不能看别人的前世。那是别人的隐私。

闺密说，很久以前是可以查看别人的前世的。

曾经有个女人在这里看了自己和丈夫的前世，发现前世的自己是一只漂亮的天鹅，而前世的丈夫是一口枯井里望着天的癞蛤蟆。因为自己从井口巴掌大的天空飞过的时候，坐井望天的癞蛤蟆动了吃天鹅肉的念想，导致他们两人今生到了一起。

那个女人回去之后，越想越气，终于跟丈夫大动干戈，闹得不可开交。

那丈夫问出女人吵闹的缘由，寻到了这里来，将两人的前世又看了一遍。

这丈夫发现，前世的妻子确实是天鹅，前世的他确实坐在井里望着天。但是有一处之前没有看清楚。枯井里的癞蛤蟆其实是只金蟾。纯金打造，金光闪闪。不知什么原因他落在了这口枯井里。有一天，一只天鹅从井口巴掌大的天空飞过时，恰好看到了这只金蟾。天鹅的注意力被金光闪闪的癞蛤蟆吸引，一时忘了飞翔，掉落在了枯井里。因缘际会，妙不可言，前世的因导致了他们两人今生的果。

这丈夫回去之后，两人吵得更加厉害，最后两人一起来到这里，要这个平平无奇的人给个交代，不然就要起诉他。

从那之后，这里就不能看别人的前世了。

"同样的情景，有的人只看到自己的好，觉得别人配不上自己。"平淡无奇的人以这样的理由拒绝来者看别人的前世。

这是其一。

其二，还曾有些人在这里看了自己的前世之后，发现前世不如自己想象的好，尤其看到自己前世是蟑螂，是老鼠，是羊驼，是屎壳郎诸如此类的，大多死不认账，非说弄错了，还要退款。

因此，这里多了一条规定——提前交款，且不满意不退款。

由于提前交的钱还不少，小薇慎之又慎。

闺密之所以介绍她来这里，是因为她喜欢一个人已经十八年了。

她不确定还要不要坚持下去。

2

她记得，第一次见到那个男生的时候，是在她刚进大学时的第一节课堂上。

那时候她才十八岁。

她记得，老师在讲台上讲课的时候，坐在前排的她回头到处乱看。其他同学都听得非常认真，但有一个男生趴在桌上睡觉。就在她看着那个男生的时候，那个男生抬起头来，恰好两人四目相对。

那男生朝她笑了一下。顿时她感觉心跳加快，似乎整个人都不是自己的了。

后来她才知道，这就是传说中的一见钟情。

可是她有些自卑。她觉得自己有点儿胖。

她从别人那里打听到，那个男生家庭条件优渥。并且他长得又高又帅，是很多女生喜欢的类型。

其实她也不算胖，只是对于一个这样优秀的男生来说，她自己觉得应该还是不够的。

于是，她就这样喜欢了那个男生十八年。

那个男生在这十八年中渐渐成长为一个男人。

她感觉那个男人是喜欢她的，或多或少。

她不敢表达，又害怕错过。

闺密知道了她的心思，于是给她出了个主意，介绍她来这里看看她的前世，看看她和那个男人到底有没有可能。

"我想看看我和另一个人的前世情缘。"小薇终于还是说了出来。

"哦。"平淡无奇的人皱了皱眉头。

"这样会看到别人的前世，是不是不可以？"小薇小心翼翼地问道。

"原则上是不可以的。"

"那好吧……"

"加钱就可以。"

"啊？"

"请你闭上眼睛。"平淡无奇的人说道。

小薇闭上眼睛，如愿看到了那个男人和她的前世。

原来那个男人在明朝时是一个风流倜傥的世家公子，而她是一个大户人家的……丫鬟。

公子对她家的小姐有点儿意思，常常要她帮忙送信。一来二去，她和公子也熟悉了。

其实她第一眼看到公子的时候，就对公子一见钟情。

她觉得公子是她见过的最好的人，就像天上的星星。但她知道自己是个丫鬟，身份不可逾越，于是一直压抑自己的感情。

每次帮公子送信的时候，她都好希望公子的信是写给她的。

时光飞逝，后来她到了婚嫁的年纪，小姐要把她嫁了。她终于忍不住告诉小姐，她也喜欢那位公子。小姐大为惊讶，劝说道："他是世家子弟，你们门不当户不对，是不可能在一起的。"

小姐说："你不如好好修炼，修个好一点的来生，说不定你们就能在一起了。"

她知道，小姐对那位公子并没有多少喜欢可言才说这样的话。因为小姐从来都不回那公子的信。

别人轻易得到的，弃之如敝履，并不觉得珍贵。而她无比喜欢，视作日月星辰，却不可得。

"请你睁开眼睛。"平淡无奇的人将她唤回现实。

她哭道："怎么会这样？前世我虽然是个丫鬟，但是其他方面都很好。这一世我不是丫鬟了，从家境来看，也算是个大小姐了吧，可是为什么给了我家世，身材却又不好了？这一世反倒没有那一世修得好。难道我要继续修炼，修到方方面面都配得上他了，才能跟他在一起吗？"

她悲伤不已。

平淡无奇的人淡淡道："一经售出，概不退货。不要以为哭哭啼啼的，我就会少收你一份钱。"

"你这个人可真无情。"她一边擦泪一边打开钱包。

平淡无奇的人淡淡道："昨天有个人来看了前世，跟你差不多，最后非得只给一份的钱。"

"跟我差不多？"她问道。

"细说起来比你更惨。他看到他以前是个世家无忧无虑的公子，可是偏偏喜欢上了一个大户人家的丫鬟。他对那丫鬟一见钟情，但是怕吓到她，也怕她以为他跟其他的风流公子一样调戏下人，于是偷偷写了一封表达爱意的书信给她。那丫鬟却没有任何回应。于是他写了一封又一封，依然石沉大海。他猜想可能是那丫鬟忌惮，也可能是有了别的心上人，那丫鬟只当作什么都没有发生。如此数年后，公子到了谈婚论嫁的年纪，在家里父母的要求下，只好与那个大户人家的小姐结了良缘。后来这公子在小姐那里发现了他写的所有的书信。原来当初那丫鬟把书信都送到小姐这里来了。"说完，平淡无奇的人连连摇头。

她欣喜不已，抓住那人的袖子说道："那个人就是他！原来他一直喜欢我！"

转而她又低落道："可是……前一世我长得漂亮，身材也好……这一世我长得没有那么漂亮，身材也没有那么好……他还会喜欢我吗？"

平淡无奇的人皱眉道："你看你，前世觉得身份卑微，这世又觉得不够好看。这世上哪有方方面面周全的人？真正的感情是不受世俗限制的。快去找他吧，别又错过了。我可不想落个宰熟客的名声……"

神卦女

幸福的人目光柔和，看不透这世界的许多迷障。

痛苦的人目光凌厉，能看透世界的诸多真相。

1

箅口镇有个女人突然因为算卦名声大噪。

那个女人每逢下雨便腰疼得厉害，并且脾气很不好。

曾有病重的人找她算卦。

她卜了一卦，说："你活到这个年纪已经够了，还贪恋什么呢？"

来者一听，不但不生气，竟然还觉得有道理，欢欢喜喜地回去。

曾有人找她算财运。

她卜了一卦，说："你钱财没败光就不错了，还做什么春秋大梦！"

来者一听，恍然大悟，连连道谢。

曾有求姻缘的人找她算卦。

她说："你们缘分已尽，那个人就是跟要饭的一起，也不会跟你一起。"

来者一听，知道过去的不再会回来，也便作罢。

还曾有个人找她算卦。

她连卦都不卜，指着那人大骂："你算个什么东西！"

来者神色赧然，一声不吭，转头灰溜溜地走了。

别人问她为什么卦都不卜就破口大骂。

她依然愤愤不已，说："这还用卜卦吗？我一骂，他心里就明白了。"

据认识她的人说，这个女人以前并没有学过什么占卜之术，没有拜过什么厉害的师父，也没有接触过什么奇怪的人，她是突然之间就会算卦了，还一算一个准儿。

有人想学她算卦，慕名而来。

她却不教。

想学卦的人便问她："你是怎么会的呀？"

她说："因为我看透了！"

想学卦的人不满足于她这种既直接又敷衍的答案，觉得她是舍不得传艺，又去问她的家里人。

她的家里人说，她本来是个安静温柔的人，不算卦，不腰疼，也不口出狂言。是阿龙跑了之后，她才变成这样的。

2

阿龙也是篑口镇的。

她跟阿龙好的时候，她家里人死活不同意，嫌阿龙家里太穷。于是，她跟阿龙约定跳崖殉情。

到了约定的那个夜晚，阿龙却没有出现。

她没想到阿龙会如此胆小，临阵退缩，更是心灰意冷，独自跳下悬崖。

可是她命大，被悬崖上的一棵松树挂住了，挂了三天。

第三天树枝断了，她从树上摔下来，摔伤了腰骨。从此以后，她走路时含着腰，姿势变得别扭，还落下了雨天就腰疼的病根。

她的家里人见她决心这么大，又见她身上落了病根，仪态又大不如以前，加上之前登门提亲的好人家见她变成这样，都纷纷打了退堂鼓，家里人便改了主意，同意她嫁给阿龙。

可是她的家里人主动到阿龙家登门提亲的时候，发现阿龙跑了。

家里人回来后对她说："你看看人心，他见你有伤病在身，也不要你了。"

从那时起，她突然开始给人算卦。卦卦灵验。

不过她只算了一小段时间就不算了。

有人问她为什么不算了。

她说："算卦其实也没什么意思。"

这卦一放，便放了数十年。

3

六十岁生日那天，她一个人在家里过生日。

她无儿无女，父母也早已仙逝。

镇上依然不少痴情男女的故事，依然不少悲欢离合的传说，可是她听了之后心中毫无波澜。

到了这个岁数，似乎这个世界上所有的人和事都跟她没了关系。

她看到门口落了三两只麻雀，便撒了一些碎米粒儿。

麻雀啄着地上的碎米粒儿。

这时，一位佝偻老人走到了门口，惊飞了啄食碎米粒儿的麻雀。

老人说："麻烦您给我算一卦。"

她想着今天过生日，破个例好了。

她往老人看去，那老人背驼得厉害，看不到脸。

她问："算什么？"

老人说："算姻缘。"

她问："算您什么人的姻缘？"

老人说："我自己的。"

她笑了，说："姻缘都是姑娘和小伙子的事情。您都这把年纪了，还算什么姻缘？"

老人说："四十年前，我跟一位姑娘相恋，可是我家里太穷，姑娘家里人瞧不起。姑娘约我在茶山跳崖。这事被我家里人知道了，那天把我绑在家里，不让我出门。第二天姑娘家的人来找我，说姑娘深夜离家，至今未归。我料定那姑娘独自跳了崖，愤懑又羞愧，无脸见人，便远走他乡。这一走，便在外面漂泊了四十年。前不久我路过茶山，意外听人说那姑娘居然还在人世。刚好今天她生日，我来您这里算一卦，看看我跟她的姻缘有没有断，能不能续。"

她落泪了，说："姑娘又不是妖怪，四十年了，哪里还有姑娘？"

老人努力抬起头来，说："怎么没有？她是个六十岁的姑娘。"

她说："你可别再说这么甜的话了，我现在老了，牙不好，经不起甜。"

后来她又开始给人算卦，却怎么算也算不准了。

认识她的人说："怎么那时候卜卦灵验，如今却闹了笑话？"

陪在她身边的老人说："幸福的人目光柔和，看不透这世界的许多迷障。痛苦的人目光凌厉，能看透世界的诸多真相。"

聪慧的听者一听就懂了，感慨道："原来失望的人才会看破。"

然后，那位聪慧的听者又说："如此说来，佛是这个世界上最失望的人了。"

"也是因此而灵验吧？"她说道。

罐头

每个人苦苦寻找的不是别人，而是自己。

1

阿夭的店里最近来了一个行为古怪的客人。

那个客人来了她的店里几十回，常常是早上她刚打开店门的时候就站在外面了，或者是她准备打烊关门的时候发现他还在店里。

但是那个客人从来没有买过店里的东西。

阿夭的店里只卖一种东西——罐头。

不过她这里的罐头可不是什么黄桃罐头橘子罐头沙丁鱼罐头。阿夭店里的罐头在这座城里是出了名的。

阿夭的店是个二层小楼。在一楼的展厅里，每个罐头里面都装着一个豆芽大小的女孩，这些女孩像豆芽一样蜷缩在透明的玻璃罐头里面，供顾客们挑选。

这些罐头里的女孩有胖的有瘦的，有眼睛大的有眼睛小的，有头发长的有头发短的，有脚小的有脚大的，有美的有丑的，有脸白似雪的有一脸雀斑的。

有些顾客的古怪癖好阿夭无法理解，并不是所有的人都喜欢高高瘦瘦长得漂亮的罐头女孩。为了店里的生意，她必须照顾到所有顾客的品位。

　　在这些罐头的旁边，还有许许多多的饮料瓶。饮料瓶上有水蜜桃味，苹果味，荔枝味，蓝莓味，薄荷味，伏特加味等口味的标示。

　　这些罐头上面贴有详细的使用说明书。这些罐头被买走后，顾客们要按照如下步骤使用：

　　1. 先用起子将密封的罐头盖撬开，再用附赠的镊子将豆芽大小的女孩夹起来，这时候尤其要注意了，必须对着女孩的鼻子吹一口气，如果忘了这一步的话，后面的步骤即使正确，也无法获得相应的产品。吹气不用太大力，免得将镊子上的豆芽女孩吹走，但也不能吹得太没力气，那样的话，豆芽女孩后面可能出现一系列莫名其妙的问题。

　　2. 轻轻吹一口气，然后将女孩放进浴缸里。请使用者注意，购买罐头女孩之前必须在家里预备一个浴缸。如果没有浴缸，请买浴缸之后操作。

　　3. 确定家里有浴缸之后，请将豆芽大小的女孩放到浴缸里。同时，如果您购买了门店附赠饮料，请将饮料倒入浴缸中。饮料的口味将决定您的产品最后呈现的口味。

　　4. 然后缓慢地将浴缸放满水。放水的速度不可太快，免得将女孩冲坏。放水的速度也不可太慢，开盖之后的女孩必须在 10 个小时内完成后面的步骤。超过时间则失败。由于操作失误而导致产品无法使用的，概不退货！

　　5. 给浴缸放水之后，请将整洁干净的衣服放在浴缸旁边，然后退出房间。

6. 退出房间后，请您开始计时。此时罐头女孩经过吹气和水的泡发，会逐渐长大。

7. 大约 8 个小时后，请您敲门，如果门内有女孩回应，并且得到女孩同意，您再进门，即可得到一个与罐头里最早的展示图一模一样的女孩！如果在您敲门之后没有得到回应，请来门店更换全新罐头。门店将负责收回失败的产品。

注意：该系列产品有保质期。保质期为一年。过保质期后，该产品会缩水，最后成为豆芽大小。门店负责回收。

那个客人每次进了阿夭的店里，就对着罐头的使用说明书看了又看，有时候还念出来。

每次阿夭以为那个客人要买一个罐头的时候，那个客人转身就走了。

如此十几次后，阿夭决定问问那个客人到底什么意思。

2

又一次，阿夭准备打烊的时候，那个客人来了。

客人又走到了摆满了罐头女孩的玻璃柜台前面，仔细地看罐头上的使用说明书。

阿夭放下即将锁门的钥匙，走了过去，靠着柜台，问道："您好，我们家最新推出了巧克力味的系列产品。您要不要看一看？"

客人看了阿夭一眼，说道："我就看看。"

阿夭翻了一个白眼，说道："不好意思，如果您不是真心要买的话，我们现在已经打烊了。请您出去吧。"

客人尴尬道："我也不是不买，是还没有想好买哪个。"

阿夭脸上挂出职业的笑，说道："我看您来了十几回了，还没有决定好吗？"

客人点头道："是啊。我还不知道我自己到底喜欢什么样的和什么口味的。"

阿夭撇了撇嘴，说道："不试一试怎么知道喜欢还是不喜欢呢？如果是第一次买又没有嗜酒的习惯的话，我建议您先买一个大众口味的，比如说苹果味的。"

阿夭领着客人走到苹果口味的饮料瓶前。

客人挠挠头，说道："可是我也不知道我自己到底喜欢什么模样的女孩。"

阿夭点点头，伸手示意柜台里一个奶奶灰短发的豆芽女孩，说道："那我建议您选择我们店里本年度的爆款。仅仅这一个月，这一款卖了三千多个。"

客人犹豫道："卖了这么多啊！那会不会跟别人的弄混淆？"

阿夭耐着性子笑了笑，说道："如果您希望与众不同的话，可以选小雀斑这款，彰显您独特又有格调的品位。"

客人看了看脸上有小雀斑的罐头女孩，为难道："可能我更喜欢白一点的。"

阿夭指着旁边的产品说道："那您可以选择这一款，白雪公主同款。您如果买了这一款，以后就会过上格林童话一般的生活。"

客人不满意道："什么意思？过上七个小矮人和白雪公主的

生活吗？"

阿夭一愣。

客人摆手道："不行不行，我也没有那么喜欢白的。肤色健康一点儿更好。"

阿夭往后退了几步，指着一个罐头女孩说道："那您看看这款小麦肤色的怎么样？"

客人看了看，依然犹豫不决。

阿夭劝道："其实您不用担心，只要您选中了，又能按照使用说明书上的步骤耐心完成，您就一定会喜欢我们的产品。"

客人不相信阿夭的话，问道："为什么你知道我一定会喜欢？"

阿夭说道："根据我这么多年开店的经验，很多人进了店里，都不知道该选什么款式什么口味的罐头。他们之所以这样，是因为他们原来没有找到自己满意的那个人，又害怕找错，于是来到这里尝试。您看到没有，我们的使用说明书在这里写明了，要对着我们的产品吹一口气。"

"对对对。像魔术一样。我还想问呢，吹一口气做什么？"客人问道。

阿夭回答道："吹一口气，我们的产品就会根据顾客的气味产生同样的气味。这样的话，顾客和我们的产品就气味相投。根据我们的调查发现，很多人在寻找另一个人的过程中，自以为有外形和口味的标准，非这样不行，非那样不行，到最后其实只有一个条件，那就是寻找到气味相投的人。一旦气味相投，之前在心里设立的各种标准就都破灭了。每个人苦苦寻找的不是别人，而是自己。所以，我们的产品您一定会喜欢。"

"哦，原来是这样！"客人明白了。

阿夭职业地微笑点头。

客人指着罐头上的"保质期"，问道："既然确定顾客会满意，那为什么会有保质期呢？不能开发永久使用的产品吗？"

阿夭解释道："保质期其实是顾客的保质期。我们的产品实际上没有保质期。"

客人迷惑道："从来只听说产品有保质期，没有听说过买东西的客人还有保质期的！"

阿夭充满歉意地说道："实在不好意思，我们的产品一旦接受气味之后，就很难再发生改变。倒是你们这些顾客到了保质期，大多又改变了气味，还责怪我们产品出了问题。为了保护我们的声誉，也为了保护我们的产品，所以设立保质期。保质期过后，我们收回产品，等顾客来第二次购买。"

客人问道："顾客还会第二次来购买吗？"

阿夭说道："按照以前的统计来看，大部分顾客会。"

客人问道："这又是为什么？"

阿夭说道："因为人这个产品被制造出来的时候也存在一个质量问题——失去了才知道珍惜。"

这时候，一位女客人走进了店里，问阿夭道："请问这里有罐头男孩吗？"

阿夭说道："您好，我们的罐头男孩产品都在二楼。"

女客人问道："为什么罐头女孩在一楼，罐头男孩在二楼？"

　　阿夭说道："因为一楼的顾客来来去去的多，经常需要售后服务。男顾客大多犹豫不定，女顾客认定的，就会毫不犹豫。"

　　女客人上了二楼。

　　先前的客人问道："二楼的产品有没有保质期？"

　　阿夭说道："也有保质期。"

　　客人不满道："那你为什么说一楼的顾客来来去去的多？二楼的顾客她们不会回购吗？"

　　阿夭说道："第一，保质期是顾客的保质期，所以二楼产品的保质期长很多。第二，二楼的顾客一旦对产品失望，大多不再相信新的产品。综合这两个因素，二楼的产品几乎不需要什么售后服务，这也是我们店为什么把罐头男孩产品放在二楼的原因。"

　　话刚说完，女客人下来了，问阿夭道："你们的产品生产线是不是出问题了？我看到好多罐头男孩的脚居然是大猪蹄子！"

　　阿夭说道："哦，您看到的是我们店新推出的'人间真实'系列产品。建议您谨慎挑选！"

枣恋

今晚的月亮真好看。

我听人说，含蓄的人用这句话来表达爱意。

1

螺丝塘的东边有一棵枣树，这棵枣树只结了一颗枣子。这颗枣子十多年不落，常年青色。

螺丝塘的西边有一棵杏树，这棵杏树只结了一颗杏儿。这颗杏儿十多年不落，常年绿色。

螺丝塘的南边有一个村庄，这个村庄里住了一群凡人。这群凡人一百年一换，祖辈善良。

村庄里的人都知道那棵枣树只有一颗枣子，也知道那棵杏树只有一颗杏儿。但是没有人去摘。

村里有个不成文的规矩，没熟的果子不能摘，没长大的鱼不能捞，没成材的小树不能砍。

殊不知"物老为妖，人老成精"，世间万物但凡超过了本来应有的寿命，就会修炼成妖。

修炼成妖的东西，便会有人一样的灵智，有人一样的情感。

这棵枣树和这棵杏树相隔不远，晴空万里的时候，它们都倒映在镜子一般的螺丝塘里。

微风一吹，树沙沙地响，倒影翩翩起舞。

不知不觉中，这棵枣树上的枣子和这棵杏树上的杏儿渐生情愫，相互倾慕。

但是它们两个都不好意思说破。

毕竟大家都成了精，不是凡品，有了人的高傲，也有了人的羞涩，倘若先开口的被拒绝了，面子上挂不住。

谁叫它们两个也都有了人的虚荣和小心。

再者，它们都听说修炼成精的生灵一旦动了凡心，多年的修行就会前功尽弃，沦为凡品。

它们之所以知道这些，是因为十多年前有个道士从螺丝塘边经过。这道士看到了一个娃娃牵着牛来到螺丝塘边，给牛喂水。道士大喜，非得收这个放牛的娃娃做徒儿，要将娃娃带走。

娃娃的家里人不肯。

道士劝道："这孩子骨骼清奇，是个修仙的好料子！你们养他，寿命不过区区百年。我收了他，可以长生！"

娃娃的家里人问道士："你知晓长生之术？"

道士答道："当然！狐蛇黄鹤修炼成人形后，寿命少则几百年，多则上千年。人一出生就相当于修炼成人的妖怪，却荒废前途，陷于吃喝拉撒，困于情爱恩怨，苦于人情世故，百年之内便将唾手得来的大好修为耗费殆尽，可惜可叹！那些好不容易修炼成人的妖怪，本可更上一层楼，却大多也被男欢女爱迷了去，忧虑伤肺，思念伤脾，恐惧伤肾，怒火伤肝。哪怕是欢喜呢，欢喜伤心！"

娃娃的家里人疑惑道："欢喜不是非常快乐吗？快乐怎么会伤了心？"

　　道士甩了一下手里的拂尘，摇头晃脑道："古籍有记载，每个人的心中都藏有神。《灵枢》中有言，喜乐者，神惮散而不藏。《说岳全传》里有打死兀术后笑死的牛皋，《儒林外史》里有乡试中举后发疯的范进。这都是喜伤心的例子。"

　　螺丝塘边枣树上的枣子和杏树上的杏儿听得非常认真。

　　道士又甩了一下手里的拂尘，继续说道："人生在世，喜怒哀乐等七情六欲难免，酸甜苦辣等五谷杂粮难断，使得本有灵气的人渐渐陷入平庸俗套，得不了清净，成不了仙人。我行走大江南北，想要找个好苗子，授予长生之术，但是从来没有见过像他一样纯净的可塑之才。你们今天若是不答应让他做我徒儿，再过几年，让他体会到七情六欲，吃多了五谷杂粮，就没有机会了。哪怕是修炼成人的妖怪，动了俗情凡心，吃了人间烟火，也会前功尽弃，竹篮打水一场空！"

　　枣子和杏儿都听得清清楚楚。

　　那道士终究没能带走放牛的娃娃。

　　毕竟是亲生骨肉，他的父母怎么舍得？

　　道士不甘心，在螺丝塘边等了三天三夜。

　　这可苦了螺丝塘边枣树上的枣子和杏树上的杏儿。枣子一动不敢动，杏儿一声不敢吭，都怕惊动了道士，使得道士发现它们。

　　道士垂头丧气离开后，枣子和杏儿才放下心来。

　　此后，那娃娃依然每天来螺丝塘边给牛喂水。

　　转眼十多年过去，娃娃长成了少年。

2

不知道是从哪一天开始，少年来螺丝塘边给牛喂水的时候，牛背上坐了一位浑身散发酒气的少女。

从此以后，每次少年来螺丝塘边，那位少女都坐在牛背上，留下一路的酒香。

有一次，少年给牛喂水的时候，恰好一位老农到螺丝塘边洗脚。

老农吸了吸鼻子，奇怪地问少年："你喝酒了？怎么一身的酒味？"

少年神色慌张，连忙摆手，却结结巴巴回答道："是……是……是的。我刚刚放牛放得一时高兴，喝了两碗酒。"

螺丝塘边的枣子和杏儿这才明白，除了它们两个和少年，别人都看不见牛背上还坐着一位浑身散发酒气的少女。

到了夜深人静的时候，螺丝塘东边的枣子问西边的杏儿："你知道牛背上的少女是谁吗？"

杏儿说："不知道。你知道吗？"

枣子说："我也不知道。"

枣子想和杏儿多说几句话，可是不知道该说什么。

螺丝塘边一片沉默。平时叫个不停的蛐蛐今晚都没有叫了。也没有风，水面没有波纹。只有月亮映照在水面，悄无声息地移动。

"今晚的月亮真好看。"许久之后，枣子又开口了。

杏儿说道："是啊。真好看。"

接着又是漫无边际的沉默。

没过多久，它们就知道牛背上的少女是谁了。

因为十多年前那个道士回来了。

道士来到螺丝塘边，闻到了残留的酒香，兴奋道："踏破铁蹄无觅处，得来全不费工夫！我苦苦寻觅的酒妖，看来就在附近！"

原来牛背上的少女是酒妖。

这时，刚耕完田的老农过来洗脚。

道士问老农："您最近有没有闻到一股非常香的酒味？"

老农回答道："村里有打酒的师傅，你要是想喝酒，去找他就行。实惠又好喝。"

道士摇头道："我不是想喝酒。我要找一个常人看不见的酒妖。这酒妖在一个酒坊修炼了几百年，吸收了窖泥里几百年的精华，浑身散发酒香。最近酒坊老板发现酿造出来的酒都没了酒香气，窖泥都没了气息，才知道那酒妖已经逃之夭夭。酒坊老板托我将她抓回去，免得她为祸人间。"

老农哈哈大笑。

道士问："您笑什么？莫非闻到过？"

老农道："酒是粮食精，越喝越年轻。只要是酒，便是精了。你要把天下的酒都捉起来吗？"

老农刚走，少年牵着牛过来了。

枣子和杏儿都非常着急，可是它们不能喊。一喊，便是此地无银三百两。

少年见了道士，急忙转身，拉扯牵牛的绳子。

道士又吸了吸鼻子，大喜。

道士追了上去。

少年大声道："我是不会做你徒儿的！"

道士拉住少年，叹息道："好好一个修长生的奇才，怎么就受了妖的魅惑？人间情爱都是假的！都是阻碍你长生的孽障！"

道士一边说着，一边从怀里掏出一个酒罐来。

牛背上的少女见了酒罐，大惊失色。

道士举着酒罐，说道："这是千年酒罐，专门收酒妖的。你让我把她带走，免得她害了你，害了别人。"

少年张开双臂，拦在牛头前。

道士说道："你当年不做我的徒儿，那是你自己的选择。如今这酒妖是酒坊老板委托我来抓的，由不得你不答应。"

少年伏身跪地，央求道："只要你放过她，我愿意做你的徒儿，跟你学长生，接你的衣钵。"

道士犹豫不定。

牛背上的少女感激涕零，却道："我活了几百年，天天为酒坊老板酿酒，茫然无趣，虚度年华。唯独这些时日与你为伴，使我体会到了快乐，使我不再有遗憾，不枉人间走一遭。如今若是换你去学长生，岂不是替我受苦？我又怎么忍心？"

说完，少女纵身一跃，自己跳进了千年酒罐中。

道士见少女如此，面露羞愧之色。

少年要去夺千年酒罐。

道士慌忙避开少年，说道："别把酒罐打破了！她进了酒罐，便成了窖泥。酒罐摔破，窖泥就保不住了。"

少年不敢再抢千年酒罐。

"她如何才能回来？"少年问道。

道士道："要看她自己的造化了。"

道士小心翼翼将酒罐放到少年眼前。

少年看到酒罐里面有一团少女模样的窖泥，酒香愈加浓烈。

道士离开螺丝塘的时候，少年跟着道士走了。

老农在螺丝塘边洗脚的时候，看到少年的母亲牵着牛来喂水。

老农问少年哪里去了。

少年的母亲说："他做了道士的徒儿，学长生之术去了。"

3

又十多年后，曾经的少年提着一个酒罐回到了螺丝塘。

这位曾经的少年走到螺丝塘边，将酒罐打破，将窖泥放进了水里。

顷刻间，整个螺丝塘变成了一池酒。酒香四溢，吸引来了枝头的鸟雀，林间的小兽，村庄里的人们。

老农也来了。

曾经的少年不再少年，老农却依然健朗。

老农问曾经的少年："你不是跟你师父学长生之术去了吗？"

曾经的少年坐在水边，深吸一口气，陶醉其中。

良久，曾经的少年回答道："我师父并不会长生之术，他只是需要一个衣钵传承人，想方设法把我骗去罢了。"

老农又问道："那个女孩呢？"

曾经的少年回答道：“她就在这里，您没有闻到她的气息吗？”

螺丝塘边的枣子和杏儿也被酒香陶醉。

酒壮人胆。醉醺醺的枣子认为此时是再好不过的表白时机。

“今晚的月亮真好看。”枣子说道。

杏儿迷糊道：“大白天的，哪来的月亮？”

枣子借着酒意的怂恿，说道：“我听人说，含蓄的人用这句话来表达爱意。”

话一出口，枣子红透。

杏儿一听，霞飞满天。

话音刚落，熟了的枣子从枝头掉落下来。

“糟糕，我终究是要沦为凡品了。”枣子叹道。

熟了的杏儿也从枝头掉落下来。

枣子心中一喜，随即充满歉意道：“实在不好意思，连累你也掉下来了。”

一阵风吹来，酒香飘远，水波荡漾。

枣子被波浪推到了杏儿旁边。

曾经的少年将它们两个捡了起来。

“原来你们已经修炼成妖了。”曾经的少年说道。

枣子道：“我们修为已失，不是妖了。”

“你们如果不是妖，怎么会说人话？”

“你师父说过，修炼的妖一旦动了凡心，就会前功尽弃。”

曾经的少年眉头一皱，说道：“等我以后老了，我也胡说八道。”

订单

所有相遇都是重逢。

1

"可以发你的照片给我看看吗？"阿瓦的手指在手机屏幕上迅速跳跃，打下了这一串字，发给了他刚加的微信好友。

为了适应人类的生活，阿瓦花了将近两个月的时间才学会用手机。

很多人类都已经无法适应人类的生活了。很多老人根本不会玩手机。

阿瓦比最老的人类还要老。

但是他不得不学会使用手机。

因为他虽然年纪很老了，但还是年轻人的模样。

一个年轻人如果说他不会使用手机，那么他就会暴露妖怪的身份。

妖怪一旦暴露，后果不堪设想。

警告他不要暴露身份的，是一个妖怪前辈。

那个妖怪前辈为了掩饰真实身份，去应聘做了一个快递小哥，天天骑着电动摩托奔波在人来人往的大街小巷间。

"累是累了一点，扣去房租和税后，还能有五六千，够天天喝豆腐脑的了。"妖怪前辈说。

妖怪前辈以前爱吃人脑子，但那是很古老时候的事情了。现在大数据时代，少了一个人便会引起人类警觉。它不能随便吃人的脑子了，只好天天喝豆腐脑怀念一下过去美好的时光。

"暴露了身份会怎样？"阿瓦问道。

妖怪前辈说："会遭遇雷劫。"

"雷劫？"

"哎，说得通俗一点，就是遭雷劈！"

阿瓦吓了一跳。

按照妖怪前辈们流传下来的说法，妖怪每活两百年，就会遇到一次雷劫。说得通俗一点，就是会遭雷劈。

因为它们都是扰乱天道的生灵，天道为了让世间维持六道轮回的秩序，不定时地要清理这些不听话的生灵。

妖怪们为了避免雷击，纷纷变化成人的模样，混淆视听。

"你不但要隐藏自己的身份，还要时时提醒自己，你就是妖怪！"妖怪前辈语重心长地说。

"为什么还要提醒自己？"

"因为有的妖怪做人做久了，忘记了自己是妖怪，最后竟然像人一样在短短几十年里渐渐老去，早早地离开了人世间。此前苦苦积累的修为，都浪费掉了。"妖怪前辈不无惋惜地说道。

阿瓦吓了一跳。

"多亏前辈提醒！我还有什么要注意的吗？"菜鸟妖怪阿瓦心慌慌地讨教。

"过一段时间要去算一次命。"妖怪前辈跷起二郎腿说道。

"算命？"阿瓦听不懂。

"哎，这你就不懂了吧？人类每年都要体检。妖怪每过一段时间要算一次命。人是怕生病，我们怕劫难！我们每两百年要遇到一次劫难，可是劫难在这两百年的哪一年来，谁也不知道。所以每过一段时间要算一次命。如果算命先生说，你今年要小心一点，那么你就要做好准备，因为可能是雷劫要来了。"妖怪前辈说道。

"现在算命的骗子多，我找谁去算呢？"阿瓦问道。

妖怪前辈掏出屏幕已经裂成蜘蛛网一样的手机，说道："我推一个微信好友给你。她算命很准的。对了，你会用手机吗？"

阿瓦摇摇头。

妖怪前辈难以置信地看着阿瓦，说道："这都什么时代了？你以为还是那种飞鸽传书快马加鞭的年代？赶紧去买个手机学一学！"

这时，妖怪前辈的手机响起清脆的女人声音："来新订单啦！"

妖怪前辈急忙收起手机，说道："我要去送货了。你会用手机了，我再把她的名片推送给你。"

说完，妖怪前辈急匆匆地骑上电动摩托走了。

2

阿瓦买了一个手机，花了两个月时间，终于学会了使用手机。

妖怪前辈给阿瓦推送了那个算命先生的微信名片。

阿瓦一看，算命先生居然是个女的！

头像是一棵草。草上结了三两朵小花。非常素雅。

微信名叫"鹿竹"。还挺好听的名字。

微信的签名是："林深时见鹿，不可居无竹。"

"这两句明显不搭嘛。林深时见鹿，海蓝时见鲸。宁可食无肉，不可居无竹。这是混搭，假文艺！"阿瓦鄙夷道。

妖怪前辈端着用塑料碗装的豆腐脑，喝了一口，说道："你管她文艺不文艺！算命准就行！"

不一会儿，鹿竹通过了阿瓦的好友申请。

"你好，可以给我算个命吗？"阿瓦打了字发过去。

那边很快回复了："明天迷失桥头来。"

"可以发你的照片给我看看吗？"阿瓦回复道。

妖怪前辈瞥了一眼阿瓦的手机，撇嘴道："小子，你脸皮够厚的啊！我让你加她是保命的，你怎么上来就找人要照片？"

那边回复："要我的照片干什么？"

妖怪前辈笑道："你看，人家不高兴了吧？"

"看你头像觉得很熟悉。"阿瓦回复道。

妖怪前辈道："切！这搭讪手段够老套的！她头像是棵草，你还能看出熟悉来？"

一张女孩的照片出现在对话框里。

妖怪前辈"噗"的一下将喝到嘴里的豆腐脑喷在了阿瓦的手机上。

"哎，你弄脏我手机了！"阿瓦急忙擦干屏幕，仔细地看那张照片。

妖怪前辈连连摇头："老了，老了，搞不懂现在的年轻人了！"

3

第二天一大早，阿瓦就到了迷失桥。

他远远地看到桥头有一个卖小首饰的摊位。摊位后面站着一个女孩。

阿瓦对照手机里的照片看了看，觉得不太像。

他在迷失桥头等了一会儿，不见照片上的女孩出现。

阿瓦掏出手机，发信息给鹿竹："你好，你到了吗？"

很快鹿竹回了消息："桥边有个小摊位，站在摊位旁边的那位美女就是。"

阿瓦走到卖小首饰的摊位前，小心翼翼地问摊位旁边的女孩："你好，请问你有看到一位美女吗？"

那个女孩看了一眼阿瓦的手机，指着自己说道："就是我啊！"

阿瓦大吃一惊。她就是照片上的女孩？这长相也太不一样了！难道这女孩也是妖怪？

"你你你……就是……见鹿？哦不，是鹿竹？"阿瓦难以置信。

女孩点头。

阿瓦收起手机，抱歉道："不好意思，差点儿没认出来。"

鹿竹大方摆手道："我妈都认不出来！"

阿瓦又吃了一惊。这女孩有很高深的修为吧？居然能变得她妈都认不出来？

后来阿瓦才知道，原来鹿竹是用修图软件修了照片。

原来修图是人类常用的妖术。

"哎……你长得真像一个人……"鹿竹上上下下打量阿瓦，然后说道。

阿瓦紧张起来。难道她能看出我是变成人的妖怪？

"你这也不是算命的摊子啊。"阿瓦看了看摊位上亮闪闪的各种首饰，赶紧转移话题。

在阿瓦的记忆里，算命的都会在摊位上放签筒和八卦，挂一个幡旗，幡旗上写"仙人指路""指点迷津"之类的字。

"靠算命赚钱太少了。算命只是我的兼职。"鹿竹说道。

"兼职？"

"是啊。毕竟现在骗子太多，傻子不够用了。"

"什么？"

"呸呸呸，不好意思，我是说，毕竟现在生意不好做了。"鹿竹拍了拍自己的嘴巴说道。

"难怪。"阿瓦说道。

鹿竹点点头，咳了咳，问道："你哪一年什么月份几号几点几分出生的？我给你算算。"

阿瓦想了想，他的出生年份太久远了，如果说出来，那么妖怪的身份立刻暴露了。

"乙丑年丁亥月戊辰日……"阿瓦将他的出生年月日说了出来。

鹿竹眉头一皱，说道："你用的老黄历的算法？"

"卯时。"阿瓦说道。

鹿竹一副为难的样子。

阿瓦问道："怎么啦？算命的不都会老黄历吗？"

他心中窃喜，亏得老黄历是用天干地支来算的，六十年一个甲子轮回，所以不用说出具体是哪一年出生的。不然这女孩知道我是老妖怪，岂不会吓死？

"当然不会……咳……当然不会不知道。不就是老黄历嘛！"说罢，鹿竹掏出手机来。

鹿竹一边敲字一边说："乙丑年……丁亥月……"

"你这是……"阿瓦凑过去看。

鹿竹斜了他一眼，说道："怎么啦？我就是用算命软件来算命的，怎么啦？那些口诀记在心里，还不如记在手机里。俗话说，好记性不如烂笔头嘛。还有句话怎么说来着？不要相信迷信，要相信科学！现在要用科学来算命，知道了吗？"

"哦哦，知道了，知道了。"

"对了，你是什么日子什么时辰来着？"

"戊辰日。卯时。"阿瓦回答道。

阿瓦暗暗吃惊。以前算命先生要用手指的关节来算时辰和方位，要用八卦来推演，现在居然用手机就可以算！妖怪前辈怎么不告诉我用手机可以算命？那我自己用手机算，就不用来找这个姑娘了。

"哦哟哟！不得了！你即将大祸临头！"鹿竹阴阳怪气地大

喊道。

"怎么啦？"阿瓦的心被她吊了起来。

"你最近会遇到一个坎儿。大坎儿！"鹿竹说道。

阿瓦心里一惊。莫不是今年我就会遭遇雷劫？

"我会遇到什么坎儿？"阿瓦心惊胆战地问道。

鹿竹用手指在空中画了一个圈圈，说道："你会被骗！"

阿瓦赶紧问道："被谁骗？"

阿瓦心想，可能按人的八字来算，这个坎儿是被骗；按妖怪的八字来算，就是劫难。

鹿竹道："话不能说太明白。你给我支付宝转一千块，我告诉你怎么迈过这个坎儿！"

阿瓦立即扫了她的付款码，支付了一千块。

鹿竹叹了口气，说道："就你这个谁都相信的人，怎么迈得过这个坎儿？"

阿瓦紧张道："你的意思是……我没救了吗？"

"你有没有脑子啊？"鹿竹举起手来要敲阿瓦的头。

阿瓦急忙躲开，生怕鹿竹敲到他的头，可是为时已晚。

鹿竹敲到了阿瓦的头。

"嘣——嘣——"

阿瓦的头发出了敲木鱼一般的声音。

"你还真没有脑子！"鹿竹眼睛中有惊喜的神色。

阿瓦不明白她为什么高兴。

"可算是找到你了！你就是我的有缘人呐！"鹿竹一把抓住

了阿瓦的手。

阿瓦急忙抽回手。

"找我做什么？"阿瓦警觉道。

鹿竹再次抓住他的手，将他拉到摊位后面，小声道："找你帮我化解躲不过去的劫难！"

阿瓦迷惑道："我自己的坎儿尚且过不去，怎么帮你化解劫难？"

鹿竹道："我师父告诉我说，只有你这种有缘人能帮我化解劫难。说实话，你跟我师父长得有点儿像。不过我师父可聪明了。"

阿瓦说道："有什么劫难只能我帮忙化解？"

鹿竹说道："我这劫难啊，一言难尽。我师父告诉我说，这劫难是前世带来的。"

"还能从前世带来？"阿瓦问道。

鹿竹说道："反正我师父是这么说的。在遇到我师父之前，我总是茶不思饭不想，无精打采，觉得人间好没意思。有一天，我从这迷失桥边经过，被我师父拉住。我师父跟我说，你正在历劫！千劫万难你都过来了，唯独这个劫难恐怕在劫难逃！我不信。我师父说，你是不是觉得喝茶无味？我说，是。我师父说，你是不是觉得吃饭不香？我说，是。我师父说，你是不是总觉得没精神？我说，是。我师父说，你是不是总觉得人间好没意思？我说，是。我师父说，这还不是历劫？我问，历劫是这样吗？我听说历劫都是惊心动魄，天打雷劈的。我师父拉住我说，哎呀呀，这历劫分为两种，跟生病一样分为急性的和慢性的。天打雷劈是急性的，你这是慢性的。"

阿瓦觉得鹿竹说得有道理。妖怪前辈说算命就是体检，那么历劫怎么就不能有急性和慢性的呢？

鹿竹继续说道："我问师父怎么办。我师父说，你要做我的徒弟，接我的班。帮人化解劫难，行善积德。时机一到，你这个慢性劫难便可自行化解。就这样，他成了我师父。我要他教我算命口诀，他说没必要，手机上都现成的。"

阿瓦听得一愣一愣的。

鹿竹说道："我问师父，要算到什么时候才算是渡过了这个劫难？我师父说，等你遇到一个脑子敲起来嘣嘣响的有缘人，便是圆满之时。我问师父，为什么要遇到那样的人才算圆满？我师父说，因为没脑子的人不会做坏事，必定是个大善人。哪怕做了坏事，不知者不罪。你一直跟着他，就可以化解劫难。我问师父，一直跟着他就行吗？我师父说，当然，好人有好报，劫难不会发生在大善人的身边。我师父还说，为什么常有人说好人一生平安，那是因为他身边有许多暗暗保护他的妖怪。保护好人，就是保护自己免遭劫难。"

阿瓦道："你要一直跟着我？是不是想赖上我啊？"

"你不信？"鹿竹从摊位底下抽出一封信来，递给阿瓦，"我师父临走前留了一封信给我，说我不能偷看，要等那个有缘人来了给他看。"

阿瓦将信将疑。她总不能临时写一封信来骗我吧？

阿瓦接过信，拆开来看。

4

信上的字写得歪歪扭扭，如同猫爪子挠的一般。

信中内容如下：

当你看到这封信的时候，恭喜你，你已经历劫成功！

但是历劫如同重生，你很可能已经忘记了过去的一切。

事情要从很久远的时候说起。那时候你和这个女孩都是位列仙班的神仙。因为得罪了仙尊，你和这个女孩被小心眼儿的仙尊贬下凡间。为了惩罚你们，仙尊下了一条仙令，你们每过两百年会经历一次劫难。渡劫失败，则灰飞烟灭；渡劫成功，则会渐渐忘记彼此。

几年前，我在这迷失桥边给人算命。有不少妖怪假装成人来算命，只要是善良的妖怪，我都坦言相告，帮助它们隐藏于人世间。

之所以算命，也是因为我要寻找那个女孩。

苍天不负有心人。终于，就在我快要历劫的时候，我在桥边等到了她。

我以为她是来算命的，可惜不是。

她已经忘记了自己的妖怪身份，成了一个普普通通的人。

但是我看出来她不快乐。她在等你，但是她忘记了要等的是谁。

于是，我收了她为徒，让她守在桥边，等你来找到她。

我猜你有缘来到迷失桥边的时候，或许你已经忘记了她是谁。毕竟你也是妖怪，你也可能忘记自己的妖怪身份，成为一个普普通通的人。你也可能因为历劫而遭受仙令诅咒，虽然还知道自己是妖怪，但忘记了这个女孩。

害人终害己。仙尊因为嫉妒心而堕落凡间，成为了妖怪。据我所知，目前仙尊找了一个工作，靠送快递为生。

我想你一定会遇见他。

好在你们再次遇见的时候，他不知道你是谁，你也不知道他的过往。

所有相遇都是重逢。你们的过往，导致你们会重逢。

跟仙尊是这样，跟这个女孩也是这样。

因此你必定也会跟这个女孩重逢。

我不担心你们重逢，我担心你们重逢之后错过。

好在所有的妖怪都能从妖怪前辈那里学到每隔一段时间要算一次命的传统。这是我用算命的方式寻找这个女孩的原因，也是我让这个女孩用算命的方式等待你的原因。

你可能会问我，为什么我不亲自告诉你这些事情呢？

别急，我现在就回答你。

我不能亲自告诉你这些事情，是因为我就是你。

我知道我历劫失败就会灰飞烟灭，历劫成功也会忘记她。为了打破仙尊的阻拦，去历劫之前，我设下了这个局，好让你重新回到迷失桥边，回到你喜欢的女孩身边。

还有一件事我得提醒你。我从来没有说过你是她的有缘人，更没有说过她一定要跟着你。

如果她说了，那么再次恭喜你，她肯定是喜欢上你了。

你在劫难逃。

信末的落款是：瓦罐猫。

5

鹿竹问道："我师父在信上都跟你说什么了？"

阿瓦道："他求我答应你。"

鹿竹担忧地问道："那你答应吗？"

阿瓦道："看在他那么诚恳的分儿上，好像没有不答应的
道理。"

走肉

　　人生在世，人人都在做梦。好多人被摄了魂魄，
只是别人没发现，自己也不知道。

1

大年三十那天晚上，阿喜听到招财的房间里传来怪异的狗叫声。

阿喜是第一次来男朋友招财家里过年。

为了给招财的父母留下好印象，阿喜跟招财是分房睡的。

阿喜踮起脚，走到招财的卧室门前，轻轻推开一条门缝。

她从门缝里看到招财从床上一跃而起，手脚同时着地。他像狗一样爬行，脑袋艰难地抬起，看着窗外，似乎窗外有什么东西刚刚经过。

狗叫声是招财发出来的。

汪汪……汪汪……

他就像一条嗅到陌生人气息的恶犬，对着窗户狂吠不止。

阿喜头皮发麻。

她从来不知道招财有这种怪异的行为。

刹那间，她认为招财是生病了，并且是癫痫那种平时看不出来的隐疾。

可就在这么想的时候，她发现事情没有那么简单！

月光从窗户那里洒进来，落在招财的身上，可地上分明是一条狗的影子！

招财！阿喜战栗地大喊一声。

招财转过头来，看到了门后的阿喜。

招财的狗眼里掠过一丝恐慌，他急忙往窗户上跳。

他大概想从窗户那里跳出去，但是窗户是关着的。他的脸撞在了玻璃上，下落的过程中又被墙蹭破了脸皮。

阿喜虽然心里很害怕，但是她更害怕招财受伤。

毕竟此前招财对她特别好，她也喜欢招财好久了。两人之间已有了很深的感情。

阿喜冲过去抱住他。他奋力挣扎，但力气越来越小，最后瘫软如一团烂泥，没一会儿便发出熟睡的鼾声。

阿喜将他拖回床上，急忙出了卧室，打开大门，走到窗外。

外面什么也没有。只有凉风习习。

但是阿喜总觉得刚刚窗外有过什么东西。

2

第二天是大年初一。

吃早饭的时候，招财的父母看到了招财脸上的伤，但是都好像没有什么值得大惊小怪的，安安静静地吃着饭。

为了提醒招财的父母，阿喜故意惊讶地问道："你脸上怎么受了伤？"

招财诧异地摸了摸脸，疼得"嘶嘶"吸气。

显然，他不知道自己脸上有伤，更不知道脸上的伤是怎么来的。

招财的母亲敲了敲筷子，说道："大惊小怪！"

阿喜听得心里一凉，但是不敢接话。

她来招财家之前，就听招财说过了，他的母亲对自己很不满意。

招财的母亲对儿媳是有要求的，并且要求非常明确。第一，必须比招财小三岁；第二，必须是在医院做护士的。

阿喜确实比招财小了三岁，她和招财第一次见面的时候，招财就问过她的年纪。但她不是护士。

仅仅是这一条没有符合要求，招财的母亲便一直不待见阿喜，要招财换一个女朋友。

吃完早饭，阿喜给闺密发了一条信息。

她不敢跟闺密说她昨晚看到男友变成了一条狗。大过年的，说这种话很不吉利。

更重要的是，她如果直接这么说，闺密肯定以为她是因为第一次到男朋友家来而过于紧张以至于产生了幻觉。

因此，她跟闺密说的是——"招财昨晚居然学狗叫！吓了我一跳！"

闺密以前就因为招财的名字像狗的名字而笑话过他和阿喜。

每次阿喜都非常严肃地叫闺密不要开这种玩笑。她怕闺密的话伤到招财的自尊。

闺密知道阿喜不会主动开这种玩笑。

闺密的回复跟阿喜最初的猜想不谋而合。

"他是不是有什么奇怪的隐疾？你可要小心！"闺密回复说。

接着，闺密回复："我认识一位高人，刚好就在你如今所在的城市郊外。你带他去看看。"

为了不让招财抗拒，阿喜和闺密商量好了，阿喜以拜访朋友的方式带他去高人那里看看。

临走时，阿喜决定叫上招财的母亲。

阿喜思前想后，觉得这件事情还是要让他家里人知道为好，免得以后看到这样的状况，还以为是她把招财怎么着了。

其次，她想让招财的母亲知道，即使招财有这样令人意外的隐疾，她还是对招财不离不弃。

这样的话，或许招财的母亲会因此感动，从而改变找儿媳的那两条死标准。

招财的母亲听说儿子有这样的情况，着实大吃一惊。但她不太相信阿喜的所见所闻。

阿喜道："不管是不是我看错了，到高人那里问一问，不就清清楚楚？"

阿喜提到本地的那位高人，招财的母亲早有耳闻。

于是，她们两人带着招财一起去拜访高人。

3

阿喜看到高人眼睛的时候，就觉得找对了人。

高人的眼睛仿佛萎缩了一般深陷眼窝里。阿喜觉得那是因为高人看到过太多常人看不到的东西，耗费了过多的精力。

高人家境富裕，住二层楼的小别墅，院子里有三四辆价格不菲的小车，但他穿得如乞丐一样，身上有股中药店里独有的气味。让阿喜觉得奇怪的是，高人家里没有椅子，只有长凳。高人盘腿坐在长凳上，手里夹着一根燃烧的香烟，气定神闲，稳稳当当，让阿喜生出敬畏之心。

招财没有进门，他站在院子里，背对着高人。

是招财的母亲不让招财进来。

招财的母亲听人说，这位高人跟一般传言中的高人不同，他看人从不看脸，也不看手，更不需知道出生时间，只要远远地从人背后望上一眼，就能知道这个人的过去未来。

高人远远地瞥了招财一眼，立即从长凳下来了。

高人说："走肉！"

阿喜忙问："什么？"

高人说："这个人在六岁那年生日当天被人摄了魂魄，表面上看起来跟常人一样，但实际上已经被人控制。"

高人弹了一下手中燃烧的蓝色过滤嘴香烟，烟头上的烟灰如一片枯叶在带着寒意的秋风中从枝头掉落下来，摔在镜子一般光滑的水磨石地板上。

招财的母亲脸色煞白。

高人说："走肉是一种极为少见但特别邪门的东西。用通俗的话来说，成为了走肉的人，就像鼻子被上了栓的牛，或者脖子被套了链子的狗，平日里不耽误吃喝睡觉行走，但一旦拉住鼻栓或者链子，让它往哪儿走，它就往哪儿走，由不得它自己了。"

高人闭上了眼睛，长长地叹了一口气。

阿喜怯怯地问道："那他会怎么样？"

高人说："他会有些令人意外的行为，那是有人在控制他。他自己却不知道。"

阿喜想起昨晚的情形。

高人闭着眼睛说："他怕是要打一辈子光棍。"

阿喜问道："这又是为什么？"

高人说："因为那人不会让走肉找到伴儿。"

"那人？什么人？"阿喜问道。

高人说道："自然是招财六岁生日那天摄了他魂魄的人。"

招财的母亲问："六岁生日那天？"

高人说道："是的。"

招财的母亲摇头道："怎么可能？那天他没有出门，就几个亲戚在一起吃了个饭。"

高人道："摄人魂魄，往往神不知鬼不觉。这样的人很难发现。"

阿喜问："有破解的方法吗？"

高人摇了摇头，说："没有。"

招财的母亲听高人这么说，心里很不舒服，但仍然挤出笑容，塞了一条带蓝色过滤嘴的香烟给高人。

来之前，招财的母亲就跟阿喜说，她听说这位高人从不收钱，只收烟，并且只收这种高级香烟。

高人将香烟推回招财母亲的手里，说："您这个孩儿命苦哇，我怎么能收你的东西呢！"

　　说得好像招财的命不好跟他脱不了关系一样。他受之有愧。

　　招财的母亲说道："那我回去问问他六岁生日那天碰到过什么怪异的人没有。"

　　高人说："您这样问，容易吓着他。他现在就像是梦游的人走到了悬崖边上，您突然叫醒他，他可能因为惊吓而失足掉下悬崖。我前面说了，这种事情从来都是神不知鬼不觉的，你问他，他也不知道。"

　　阿喜问道："还有这样的说法？"

　　高人说："人生在世，人人都在做梦。好多人被摄了魂魄，只是别人没发现，自己不知道。你突然叫醒的话，无论是谁，都会吓到。有魂魄的人吓到了，尚能恢复平静。没有魂魄的人吓到了，魂魄还是回不来，就会无所适从，轻则生病，重则丧命！"

　　招财的母亲哭道："我儿的命好苦哇！"

　　招财听到母亲哭声，急忙走进来看看发生了什么事情。

　　招财的母亲怕招财发觉，急忙找了个借口，拉着他出去了。

　　阿喜见招财和他母亲出去了，不甘心道："求求您帮帮我，天无绝人之路，怎么就没有任何办法了？只要能救他，让我折寿都行！"

　　高人叹道："你这姑娘怎么这么傻？三条腿的蛤蟆见不着，两条腿的男人还不到处都是？你可以寻个更好的。"

　　阿喜听出其中还有一线希望，于是抓住高人的衣袖，苦苦哀求。

　　高人终于动了恻隐之心，无奈道："好吧，好吧，还有一线生机。

本命年的农历生日那天，实现他自己的一个愿望，即可帮他从走肉的状态中走出来，获得自由身。”

阿喜说："好像今年就是他的本命年。但是我只记得他的公历生日，不知道他的农历生日是哪天。"

高人道："你问问他，不就知道了？"

4

从高人那里回来后，阿喜问招财："你今年是本命年吧？"

招财回答说："是的。刚好二十四岁。"

阿喜又问："你的农历生日是哪天？我只记得你的公历生日。"

招财不解道："你问我的农历生日做什么？"

阿喜道："我想在你农历生日那天，实现你一个愿望。你有什么愿望？你提前告诉我，我好好准备一下。"

招财叹气道："其实我的生日是大年三十。我跟我妈说过了，我的愿望是和你在一起。可是我妈说，一定要找个比我小三岁并且职业是护士的女孩。"

阿喜恐慌道："你的生日是昨天？"

招财点头。

阿喜知道为时已晚。

但她仍然心存一丝幻想。如果能找到当初摄走招财魂魄的人，或许去求求那个人，还是能挽救招财。

阿喜又问道："你还记得你六岁生日那天见过什么奇怪的人

吗？"

招财道："六岁生日那天？问这个做什么？"

阿喜道："好奇而已。但是你要照实说。"

招财想了想，摇头道："没有啊，就我爸妈，还有伯伯姑姑几个人一起吃了一顿饭。"

阿喜想了想，问道："你的亲人里面有没有什么人跟你说过比较奇怪的话？"

招财脱口而出道："我母亲吃饭的时候跟亲人们说，以后我们家招财要成为一个好学生，每次考试要在年级前三，听老师家长长辈的话，然后考上我们这里最好的中学，最少拿一个省级比赛的奖，然后考上他伯伯以前读过的大学，学他伯伯教的那个专业，这样出来就有最好的资源，然后在家附近那个知名的研究所上班，说出去我脸上有光。工资高不高没有关系，要稳定，退休了有退休金。谈对象的话，一定要比他小三岁，必须是在附近医院当护士的。"

阿喜惊讶道："前面你都做到了。"

招财摇头道："不，是我母亲让我做到的。我只是为了让她满意。什么时候生小孩，什么时候应该混到单位的什么位置，退休时至少要混到什么级别，她都给我想好了。"

阿喜问道："那你不厌烦吗？"

招财道："我觉得好像绝大部分人都是这么想的，也是这么做的。有什么问题吗？要是我没有做到我母亲说的那样，我就觉得我好像掉队了。"

阿喜摇头道："不，完全按照别人的方式生活，那跟行尸走肉有什么区别？"

招财道："我从六岁开始，就是这样生活的。我没有觉得哪里不好啊。"

阿喜道："我知道了，原来那个人不是别人，而是你的母亲！"

招财茫然问道："什么意思？"

阿喜道："没什么，我想问问你，你会听你母亲的，找一个护士当女朋友吗？"

招财挠挠头，说道："我也想问问你，你可不可以去我姑姑的医院当护士？我母亲跟姑姑打好招呼了，只要你愿意，随时可以去上班。"

阿喜起了一身鸡皮疙瘩。

她当天买了回家的高铁票。

离开这座城市的时候，她看到了许许多多的走肉。

图书在版编目（CIP）数据

大人也需要童话 / 童亮著. —— 成都：四川文艺出
版社, 2021.8
ISBN 978-7-5411-6094-3

Ⅰ. ①大… Ⅱ. ①童… Ⅲ. ①短篇小说 – 小说集 – 中
国 – 当代 Ⅳ. ①I247.7

中国版本图书馆CIP数据核字(2021)第157087号

DAREN YE XUYAO TONGHUA

大人也需要童话

童亮 著

出 品 人	张庆宁
责任编辑	邓 敏
封面设计	白砚川
内文设计	小 T
责任校对	汪 平

出版发行　四川文艺出版社（成都市槐树街2号）
网　　址　www.scwys.com
电　　话　028-86259287(发行部)　　028-86259303（编辑部）
传　　真　028-86259306

邮购地址　北京市朝阳区马哥孛罗大厦1201　　100020
印　　刷　三河市国新印装有限公司
成品尺寸　145mm×210mm　　　　开　本　32开
印　　张　12.25　　　　　　　　字　数　280千
版　　次　2021年8月第一版　　　印　次　2021年8月第一版
书　　号　ISBN 978-7-5411-6094-3
定　　价　49.00元